창약

어떤 **마술**의

금서목록
INDEX

카마치 카즈마
일러스트 / 하이무라 키요타카

CONTENTS

마이도노 호시미

창약

어떤 마술의 금서목록

I N D E X

카마치 카즈마 지음
하이무라 키요타카 일러스트
김소연 옮김

서장 이브의 최초에 교차점에서 Prepare_for_Xmas_Eve!

>> 12월 24일 오전 0시 00분
>> 도쿄 서부, 학원도시, 제7학구 역 앞 번화가

세 장의 날개를 가진 프로펠러가 빙글빙글 돌고 있었다.

이 도시라면 어디에나 있는 풍력 발전 프로펠러다.

옆으로 내리는 눈이 덮쳐드는 심야의 거리를, 총 200명 가까이 되는 사무라이들이 걷고 있었다.

"그렇다고 해도 뭐가 크리스마스야. 이런 거 너무 블랙이라고……."

실례, 엄밀하게 말하면 명문 아가씨 학교 토키와다이 중학교의 반짝거리는 아가씨들이었다. 그 한쪽에, 교복 위에 두꺼운 더플코트를 입은 미사카 미코토(맨다리)는 입술이 새파랗게 질린 채 어딘가 아득한 눈을 했다. 눈 내리는 밤에 맨다리여서 그럴지도 모른다. 맨다리니까.

"이러다 죽을 거야. 그냥 죽을 거야."

"언니, 마음을 단단히 먹지 않으면 정말로 저세상에 다다르고 말 거예요."

이브인데도 아시안의 비유를 빼지 못하는 것은, 옆을 걷고 있는 트윈테일 후배, 시라이 쿠로코다.

모두가 들뜨는 크리스마스이브가 왔다. 한때 해외 뉴스에서 세상을 떠들썩하게 했던, 디지털카메라를 발견하면 멋대로 셀카를 찍기 시작하는 숲의 동물도 이 환경에 던져 넣으면 즐기는 법을 배울 것이다. 그런데 불빛 하나도 없고, 물웅덩이가 얼어붙을 정도로 춥고, 그리고 아가씨들은 색깔도, 맛도 없는 학교 행사로 세월을 보내고 있었다.

밤하늘을 천천히 가로지르는 비행선의 배에 붙어 있는 대형 화면은 이렇게 말하고 있다.

24일 날씨는 전체적으로 맑겠습니다, 하지만 시작과 끝의 심야 시간대는 각각 흐릴 수도 있습니다. 예상 최저 기온은 영하 5도. 우와, 어쩌면 화이트 크리스마스를 기대할 수 있을지도!

"벌써 내리고 있어. 얼어 죽겠다."

"죽음이라는 단어에서 일단 멀어지죠, 언니. 이브는 이미 시작됐으니까요."

그렇다.

눈이 내렸으니 어떻다는 거냐. 역사와 전통의 명문교에 있어서, 크리스마스란 '엄숙하고' '정숙하고' '깨끗한' 날일 뿐이다. 들뜬 기분 따위는 어디에도 없었다. 야외 특별 봉사 활동, 즉 거리의 쓰레기 줍기가 한창 중이다. 24시간 극기 워크 랠리(주1)의 변종이라고 생각해주시면 좋겠다. 완벽하게 의무 교육의 범주를 뛰어넘었다.

옆을 지나가는 드럼통 모양의 청소 로봇이 평소보다 시끄러운 소리를 냈다. 아마 눈을 녹이기 위해 드라이어 비슷한 온풍을 지면에 쐬는 기능이 추가되었을 것이다. …녹이는 것은 좋지만, 그대로 두면 오히려 노면이 얼 것 같기는 한데.

주1) 워크 랠리: 지도에 따라 정해진 코스를 걸어가면서 중간중간 체크포인트에서 퀴즈나 문제를 푸는 체육 경기. 종착점에 도착하면 소요 시간과 문제의 해답을 따져 득점을 계산한다. 대개 3~6명이 단체로 한다.

빵집에 있는 것과 비슷하면서도 다른, 쓰레기 줍는 집게로 땅바닥에 떨어진 무언가를 집는다. 쌓이기 시작한 눈 때문에 땅이 울퉁불퉁해 청소 로봇의 센서가 놓치고 만 것일까. 집어서 보니 크림빵 비닐봉지였다. 게다가 먹다 만 빵이 들어 있고, 흰색과 노란색의 중간 정도 되는 색깔의 크림이 흐물흐물 삐져나와 있다. 최악이었다. 태울 수 있는 쓰레기, 태울 수 없는 쓰레기가 아니라 음식물 쓰레기가 나왔다. 이것만은 12월의 추운 날씨에 감사해야 한다. 얼지 않았다면 더 심한 비주얼이었을 테고.

분리는 나중에 한다. 산타클로스와 달리 꿈도, 희망도 없는 쓰레기봉투에 전리품을 던져 넣으면서, 미코토는 한숨을 쉬었다.

"으으… 토키와다이는 특별히 기독교 계열도 아닌데, 어째서 이렇게 여기저기에서 기워다 붙이는 것처럼 리얼리티나 스테이터스를 주입하려고 하는 걸까."

"…그렇게 따지면 애초에 바다 건너에서 온 크리스마스라는 이벤트 자체를 부정하게 될 수도 있는데요."

"학원도시는 기본적으로 과학 신앙의 화신이자 디지털한 무신론 아니었나?"

"더 이상 말하면 이브 중지하고 돌아가겠어요."

"네놈은 어느 쪽 편이야?!"

"당연히 여자들만 있는 곳에서 한껏 서로 몸을 데워주는 쪽이죠?! 구체적으로는 언니랑!!"

대답이 망가져서 논점이 어긋나고 말 것 같다.

그러나 미사카 미토코에게 이 위기는 최대의 기회이기도 했다. 그녀도 1년에 한 번인 이날이 교도소 같은 회색 행사로 평탄하게 뭉개지는 것은 사양이다.

전교생이 한꺼번에 밖에 나와 있는 것이다.

길을 잃은 척하고 일행으로부터 떨어지려면 지금밖에 없다.

문득, 누군가가 등을 손끝으로 세로로 죽 그었다.

귓가에 살며시 속삭인다.

"(미사… 카 씨☆)"

정신이 들어보니 바로 뒤에 누군가가 달라붙어 있었다. 여기에서 돌아볼 정도로 미코토는 어리석지 않다. 유리로 된 쇼윈도를 바라보니, 긴 금발의 소녀가 아무렇지도 않게 밀착해 있다.

쇼쿠호 미사키.

학원도시 3위의 미코토에 대해 5위의 레벨 5(초능력자). 정신계에 있어서는 최강인 '멘탈아웃(심리 장악)'을 사용한다.

목소리는 내지 않고, 미코토는 쇼윈도를 바라본 채 입술만 움직였다.

"(…네 '멘탈아웃(심리 장악)'이 있으면 선생님들도 쉽게 세뇌할 수 있는 거 아니야?)"

"(그런 건 저쪽도 다 파악하고 있어요. 함포급의 화력을 가진 사춘기 여자애를 맨손으로 때려눕히는 선생님들의 액세서리에 주목하세요. 가슴의 넥타이핀에 2밀리의 카메라 렌즈, 또는 안경이 통째로 모바일 글라스. 인간의 눈과 기계의 눈을 병용해서 사각력을 없애고 있어요.)"

따라서 함께 싸운다.

토키와다이의 선생은 그 소수로 강대한 능력자 집단을 제어하는 기술을 구축하고 있다. 힘으로 누르는 게 통할 거라고 생각할 만큼 미사카 미코토도 만만하게 보지는 않는다.

　기계에 강한 미코토와 정신에 강한 쇼쿠호. 평소에는 견원지간인 아가씨들의 2대 톱이 손을 잡기에는 상응하는 이유라는 것이 있었다.

　"(그런데 미사카 씨도 참 신속하네요. 얼른 도망치고 싶은 우리한테는 어른인 선생님들보다 '텔레포트(공간이동)'를 사용하는 딱딱한 저지먼트(선도위원) 쪽이 무섭기도 하고. 일찌감치 기절시켜줘서 살았어요☆)"

　"……."

　"(뭐어, 설마 여기까지 와서 죄책감이라도 들기 시작했어요? 말해두겠는데, 저도 같은 파벌의 아이는 두고 왔어요. 어떻게 생각해도 집단 행동은 속도 지연과 나쁜 방향으로 눈에 띄는 효과밖에 낳지 않거든요. 정에 얽매이면 실패해서, 모두 나란히 복도에서 정좌하고 있는 회색력 전개(全開)의 크리스마스를 기다리고 있을 거예요오.)"

　알고 있다.

　알고는 있다.

　그러나 옆에서 콧노래를 부르며 기분 좋게 걷고 있는 시라이 쿠로코에게는 아무 죄도 없지 않은가. 그녀는 그녀 나름대로, 룸메이트인 미코토와 즐겁게 크리스마스를 보낼 방법을 정했을지도 모른다. 그것을 헛되이 하는 것이 정말로 옳은 행동일까. 자유와 의리 사이에서 흔들리는 미코토가 힐끗 옆을 보니, 이쪽에 사랑스러운 옆얼굴을 보이는 후배는 입속으로 이렇게 중얼거리고 있었다.

"우헤헤 1년에 한 번 있는 특별한 날은 언니랑 단둘이 으음 그렇고말고요 선생님들은 계엄 태세를 갖추고 학생 기숙사에서 탈주하는 걸 막을 테니까 내가 아무것도 하지 않아도 유사 감옥 상태가 성립해요 이브와 크리스마스 당일 48시간에 걸쳐 언니는 나만의 것 누구의 눈에도 띄지 않을 비밀의 밀실이니까 뭐가 어떻게 되든 밖에서 방해가 끼어들 걱정은 전혀 없어요 다시 말해서 사랑스러운 언니를 묶어서 바닥에 굴리고 눈가리개와 헤드폰과 재갈로 오감을 빼앗고 특제 오일을 듬뿍 사용해서 우후후헤 어른의 단계는 고사하고 인간을 포기해버리는 ×××의 벽을 팡… 부수고."

"쇼쿠호, 지금 당장 고(go)."

도중에 가로막듯이 미코토는 선고했다.

직후, 뒤에 달라붙어 있던 쇼쿠호 미사키가 어깨에 멘 작은 가방에서 TV 리모컨을 꺼내, 아무것도 모르는 (망상투성이의) 시라이 쿠로코의 뒤통수에 가볍게 댄다.

소리도 없이 스위치를 누르는 것만으로도 밤색 트윈테일 머리가 약간 흔들렸다.

정신계로는 최강.

그러나 너무나 응용의 폭이 넓고 스스로도 제어가 어렵기 때문에, TV나 레코더 등 각종 리모컨을 자기 암시 같은 '구획'으로 다루는, 쇼쿠호 미사키의 '멘탈아웃(심리 장악)'.

당연한 일이지만,

"이봐!"

금발 소녀가 가방에 손을 뻗은 시점에서, '능력의 상세한 부분을 알고 있는' 인솔 여교사에게도 긴장이 스쳤다. 그녀는 강한 목소리로, 반사적으로 불러 세운다.

"시라이. 어디에서 그런 리모컨을 주웠지? 녹음기 본체는 버려져 있지 않았어?!"

"네?"

리모컨에 주목하긴 했지만 논점이 어긋났다.

그러나 어긋남이 생긴 것을 여교사는 깨닫지 못한다.

"리모컨이라니, 이건 어묵 만드는 판인데요?"

하지만 트윈테일 소녀가 어이없다는 얼굴로 흔들고 있는 것은 판초콜릿의 빈 상자다.

"아니, 분명히 그건 리모컨이었어. 어딘가에 있을 거야, 분명!"

"어묵 판이에요."

"리모컨이겠지!!"

부자연스러울 정도로 아무래도 상관없는 일에 마구 집착하는 두 사람.

한편, 정말로 진짜 리모컨을 손에 들고 있는 꿀빛 소녀는 쿡쿡 웃고 있었다. 물론 두 사람의 시야 속에 있지만, 누구에게도 언급은 되지 않는다. 여전하다면 여전하지만, 악취미이기 짝이 없었다.

학생과 교사 사이에서 가볍게 말다툼이 일어나는 바람에 대열이 흐트러지고, 세상 물정 모르는 아가씨들이 우르르 모여들었다. 원흉인 쇼쿠호는 한쪽 눈을 찡긋하며,

"모바일 글라스는요오?"

"간섭 완료."

행방을 감추려 해도, 작업에 사용하는 집게나 어중간하게 쓰레기

를 모은 봉투는 아무 데나 버릴 수 없다. 따라서 이쪽은 로봇도 발견할 수 있는 큰길에 놓아두면서.

여기서부터가 진짜다.

미코토는 태연하게 대답하고는 인파를 피해 빌딩 틈새에 있는 골목길로 들어간다.

자신의 것과 함께, 따라온 쇼쿠호의 오른쪽 발목에 채워져 있던 GPS 발신기를 제거하고는 가까이에 산더미처럼 쌓여 있던 맥주 상자의 틈새에 던져 넣는다. 그 후에는 금발 소녀의 잘록한 허리에 양팔을 감고는 그대로 수직으로 뛰어올랐다. 자력을 다루는 힘을 이용해 철근 콘크리트의 벽을 발판으로 삼아, 단숨에 5층 건물 옥상까지 다다른다. 마치 고철 공장에서 폐차를 들어 올리는 크레인에 달려 있는 거대한 리프팅 마그넷 같다.

이것이 학원도시의 초능력.

전기, 약품, 암시. 모든 과학적 접근법을 이용해 '당사자가 보고 있는 현실'을 일그러뜨림으로써, 보통은 있을 수 없는 치우친 양자역학적 관측을 의도적으로 행하고, 미크로한 관측에서 매크로한 현상을 낳는 이형의 테크놀로지.

"아직 첫 번째 스텝이라고요☆"

쇼쿠호는 옥상 난간에서 몸을 내밀면서 중얼거렸다. 방금 전까지 그녀들이 있던 골목길에는 몇 명의 아가씨들이 당황한 듯이 뛰어 들어오고 있었다. 이번에는 토키와다이 최대의 규모를 자랑하는 쇼쿠호 파벌의, 친위대라고도 할 수 있을 것 같은 고위 능력자들이다.

빌딩 옥상까지 올라와도 안심할 수는 없다. 고작해야 5층 건물,

추격자가 이쪽을 알아차리면 수직의 벽을 1초 만에 뛰어오를 방법은 얼마든지 있다.

"일부러 위험을 무릅쓰면서까지 토키와다이의 감시망에서 탈주하고 싶다는 건, 당신도 24일과 25일은 실컷 자유를 만끽하고 싶은 거겠죠? 그렇다면 기합을 넣어야 해요오."

"으… 음, 쇼쿠호."

"어머나, 하긴? 미사카 씨처럼 가슴이 빈약한 애가 혼자 크리스마스의 거리에 해방되어도 주위는 모두 연인투성이인 큰길에서 쓸쓸한 기분을 맛볼 뿐일지도 모르지마안? 푸후후우."

"그 외에도 여러 가지로 추격자를 따돌릴 코스는 있었는데, 어째서 제일 먼저 빌딩 옥상을 골랐을 것 같아?"

네? 하며 금발 소녀가 몇 번 눈을 깜박였다.

미사카 미코토라는 악마는 씩 웃으며 즉시 대답했다.

"할 일을 하고 나면 얼른 인연을 끊고 혼자 도망치기 위해서거든?"

"아앗?! 잠, 미사카 씨, 설마 이런 곳에 저를 두고 갈 생각인가요오?!"

그제야 깨달은 토키와다이의 퀸이 갑자기 허둥거리기 시작했지만, 미코토는 웃으며 옥상 가장자리에서 날았다. 물론 혼자서. 강대한 자력을 빌려 빌딩에서 빌딩으로 마음껏 날아다닐 수 있는 것은, 그녀가 학원도시 제3위의 레벨 5(초능력자)이기 때문이다. 제5위는 그럴 수 없다.

"앗… 핫하아!! 혼자서 죄를 뒤집어쓰고 복도에서 정좌하는 회색 크리스마스를 보내도록 해, 쇼쿠호!! 완.전.승.리!! 부와하하하하핫…!!"

"바, 반드시 할 거야!! 정말로 뿌리의 뿌리부터 근절해주마, 미사카 씨이…!!!!!!"

전력을 다한 우는소리에는 혀를 내밀 수밖에 없었다.

아마 상대도 적당히 도망치는 데 성공하면 미코토를 배신할 생각은 가득했을 것이다. 어차피 견원지간, 이해관계만으로 묶인 협력태세 따위는 오래가지 않는다.

밑에서 볼 때에는 캄캄했던 학원도시도 새삼 상공에서 관찰해보니 전구 장식의 바다로 가득했다. 주민의 80퍼센트가 학생이라는 학원도시는 막차 시각도 꽤 이를 테지만, 그래도 대학생이나 교사들은 밤거리를 만끽하고 있는 모양이다. 토키와다이의 선생들은 그런 것을 보면 해가 될 거라고 생각해서 일부러 쓸쓸한 구역만 골라서 순회 코스를 만들었을 것이다.

"웃."

간신히 실감이 든다.

자유자재의 크리스마스가 시작된 거라는.

"~~웃!!"

압도적인 해방감에 부르르 하고 어린 등근육을 떨다가, 하마터면 제어를 잃고 근처 빌딩의 벽에 격돌할 뻔했다. 가죽 구두 밑바닥을 벽면에 누르고, 자력을 이용해 속도를 죽이면서 지상의 거리로 내려간다.

양손을 치켜들고, 등을 펴고, 새삼 미사카 미코토는 자유로운 밤공기를 온몸으로 뒤집어쓴다.

크리스마스의 번화가는 연인투성이라는 이미지를 갖고 있었던 미코토였지만, 실제로는 다양했다. 친구들끼리 여자 몇 명이서 한데 뭉쳐 노래방에 빨려 들어가는 모습을 보았고, 남매나 자매가 홀케이크 상자를 안고 학생 기숙사로 돌아가는 모습도 있었다. 두꺼운 종이로 된 패키지를 보아하니, 눈사람 가족이 주인공인 해외 3D CG 애니메이션 영화를 모티프로 한 데커레이션 케이크인 모양이다. 생년월일이나 혈액형으로 행운의 색을 이끌어내는, 요즘 유행하는 커스텀 도넛이 만들어내는 긴 행렬 속에는 평범하게 혼자인 사람도 적지 않았다.

(흐음. 밸런타인도 초콜릿의 취급이 많이 바뀌었다는 뉴스는 흔히 들었고, 그런 걸까….)

물론 초중학생이 심야 0시의 거리를 웃는 얼굴로 걷고 있다니 정상적인 상황은 아니다. 그렇다, 24일은 정상적인 날이 아닌 것이다. 교사들 중에서 지원해서 치안 유지를 담당하는 어른 안티스킬(경비원)들도, SUV를 개조한 듯한 지휘관 차량 위에서 메가폰을 한 손에 들고 뭔가 소리친다.

『케이크를 사서 집에 가는 건 상관없지만 이 자리에서 먹는 건 군것질로 간주한다. 반복한다, 사서 집으로 가는 것까지다! 삐삐삐삣…!! 거기 바보 커플, 손을 잡는 것까지는 봐주겠지만 공주님 안기는 금지!! 모처럼의 24일을 단속당해서 유치장에서 지내고 싶나……?!』

고지식 덩어리 같은 선생마저 이랬다. 휴대전화나 스마트폰에 찍히는 것이 전제인지, 아무래도 설교에서 퍼포먼스 냄새가 난다.

보는 것도 견디기 힘들 것 같은 바보 커플도 아주 많지만, 이 상황이라면 적어도 혼자서 길을 걷는 것만으로 이상한 주목을 받을 걱정은 없을 것 같다.

미사카 미코토에게도 먹고 싶은 것, 하고 싶은 일은 여러 가지 있다.

거리의 시계를 보니 심야 0시.

(자유롭게 보낼 수 있는 건 최대로 봐도 이브와 당일의 48시간이라는 건가. 우선 혼자 놀 수 있는 곳은 지금부터 전부 소화해서 시간을 때우면, 아침이 되고 나서가 되려나. 지금 당장 그 바보의 휴대 전화에 전화를 하고 쳐들어가는 것도 좀 그럴테니.)

태연하게 머리에 떠올리고, 하지만 그 직후에 퍼뜩 제정신으로 돌아오는 미코토.

발돋움은 하고 싶다.

시험해보고 싶은 것도 많다. 적어도 어른들에게 관리받는 크리스마스는 질색이다. ……하지만 해보고 싶은 일 리스트의 상대로, 왜 '그 삐죽삐죽 머리'가 제일 먼저 떠오를까? 그리고 일단 떠오르니 고정되어서 떨어지지 않아?! 아니, 뭐, 확실히 무슨 일에든 휘두를 수 있는 남자사람 친구라면 녀석 정도밖에 후보가 없는 건 사실이지만!!

(아니, 아니.)

쇼윈도를 보는 건 그만두자 하고 미코토는 생각한다.

보다 정확하게는, 거기에 비치는 지금의 자신의 얼굴만은.

(아니, 아니, 아니!! 이건, 그래, 우선 놔두는 것뿐이야. 마네킹 같은 거라고! 크리스마스에 해보고 싶은 일이 있다, 그걸 위해 상대가 필요하다. 그냥 그것뿐이고…!!)

그러나 이미 이브는 시작된 것일까.

꿈꾸는 소녀 앞에, 갑작스러운 미러클이 찾아왔다.

가로지른 것이다. 눈앞의 교차점을.
왠지 알몸의 어린 소녀를 안은 카미조 토우마가, 귀신과도 같은 형상의 전력 질주로.

"뭐…."
사고가 멈추었다.
그러나 현실의 시간은 그대로였다. 미코토가 경직해서 뒤에 남겨져 있는 동안에도, 낯선 소녀를 공주님 안기로 안은 삐죽삐죽 머리의 고등학생은 달려가고. 그 뒤를 수많은 불량학생들이 쫓아간다.
"뭐뭐뭐뭐뭐뭐어?! 잠깐 기다려, 너, 이브 날에 대체 뭘 하고 있는 거야아?!"

뭘 하고 있느냐고 물어도, 카미조 토우마도 대답할 수가 없었다.
문제, 자신은 무엇을 하고 있을까?
알몸.
이번에는 전부 다 벗은 여자애다.
아무리 불행 체질이라고 해도 만사에는 한도라는 것이 있을 터다.
"쿠후후."

팔 안의 소녀는 질척하고 탁한 눈동자로, 입술을 초승달처럼 찢으며 웃는다. 우윳빛 피부에 딸기 같은 색의 머리카락이 특징인, 열 살 정도의 작은 여자아이…지만 선량함과도, 무구함과도 동떨어진, 동안(童顔)에는 너무나 어울리지 않는 나—쁜 표정이 떠올라 있었다.

당사자는 공주님 안기를 해주어서 만족한 모양이다.

시트? 드레스? 어쨌거나, 체면치레 정도의 얄팍한 붉은 천을 양손으로 가슴에 끌어안은 채 어두운 듯한 기분 좋은 얼굴로 맨발인 두 다리를 파닥파닥 흔들며,

"우후, 우후후후후. 역시 연인들의 이브로군. 완전히 형태가 망가진 상태야. 예상도 할 수 없는 자극이 끊이지 않아. 쿠후후후후후."

"잠깐 기다려. 이런 거 이상해. 갑자기 캐릭터가 너무 강렬하잖아. 이번에는 뭐야, 운석에 붙어서 지구로 놀러 온 외우주(外宇宙)의 여왕님이나 뭐 그런 거냐…?!"

가까운 편의점에 나갔다.

뒤에서 뭔가 부스럭거리는 것 같아 돌아보았다.

어린 소녀가 있었다.

게다가 그녀의 작은 손이 변덕스럽게 스마트폰을 향한 곳에서는 … ATM 광섬유에 장난을 쳐서 이용객의 카드 번호나 비밀번호를 몰래 훔쳐내려 하고 있던 매우 인텔리한(웃음) 불량배들이 우글거렸다.

덧붙여 말하자면 이 애는 몸에 걸치고 있던 것이 전부 벗겨진 것이 아니다.

처음 만났을 때부터 이랬다. 나쁜 아이는 이 모습 그대로 밤거리를 당당하게 돌아다니며, 그늘에서 몰래 스마트폰을 들고 자신의 의지로 어둡게 상황을 즐기고 있었다.

학원도시는 괜찮은 걸까?

『너 이 자식, 잠깐!! 지금 뭘 찍었어, 기다려어!!』

『우와와 큰일났어 형님 저거 동영상 사이트에 올라가면 우리느은!!』

『수갑과 권총을 들고 있는 안티스킬(경비원)을 걱정해!! 아니, 위험도로 말하면 그쪽이 훨씬 크잖아! 그런데 어째서 우리가 악다아앙?!』

겨울에도 탱크톱 차림인 사람들은 기운이 넘쳤다. 아마 장비 리스트 중에 바지나 팬티 외에 '두꺼운 근육'이라는 것이 다른 틀로 존재할 것이다. 그리고 요즘은 '뭘 꼬나보는 거야'도 꽤 스마트화한 모양이다. 스마트폰으로 할 일이 없다고 해서, 너무 분별없이 이것도 저것도 마구 찍고 다니면 싸움의 방아쇠가 될 수도 있는 것이다. 특히 범죄의 순간이라든가!

모처럼의 이브에 뭘 하는 거야 하고 카미조는 생각한다.

이쪽도, 저쪽도!!

"겨울이야. 눈이 내리고 있다고. 이 내뱉는 숨도 새하얀 상황에서 너 뭘 하는 거야?!"

"별로 이 계절이라서 그런 건 아니야. 빨리 봄이 되었으면 좋겠다고 생각할 정도고."

"……."

"어라?"

아이는 아무것도 보고 있지 않은 것 같으면서도, 실제로는 작은 공기의 변화에 민감하다. 맨발인 두 다리를 파닥거리고 있던 소녀의 움직임이 갑자기 멈추었다.

봄 얘기 같은 건 따라갈 수 없다.

왜냐하면 여름 이전의 기억이 없으니까.

…그러나 이것도 그녀에게 말해봐야 아무것도 개선되지 않는다. 지금 부족한 것은 기억뿐이고 글씨를 읽고 쓰는 것이나 공부 내용까지 잊은 것은 아니기 때문에, 일상생활에는 지장이 없고. 카미조 토우마는 의도적으로 호흡을 가다듬었지만, 그래도 이 계절이다. 하얀 숨으로 가시화되고 마는 것은 마음 한쪽을 들킨 것 같아서 좋지 않다.

하지만,

"어떻게 도망칠 생각이야?"

질척한 어린 소녀(?)가 초승달 같은 웃음을 지으며 묻는다.

고작해야 어린 소녀, 하지만 어린 소녀. 쓸데없는 짐을 안고 있는 카미조에게는 어떻게 해도 핸디캡이 있다. 단순한 직선으로 전력 질주를 하면 따라잡힐 것 같아서 이리저리 지그재그로 좁은 골목길이나 모퉁이를 몇 번이나 돌고, 거리보다도 우선 추격자의 시선을 끊어 놓치게 하는 방향에 주력하고 있었지만,

『어디야, 빌어먹을!!』

『차를 꺼내, 차! 자동 운전인 놈을 대기시켜놨잖아. 반대쪽에서 몰아넣어!!』

『지금 드론을 날렸어…. 하늘의 눈은 전부 보고 있다. 포식자의 그물에서는 도망칠 수 없어, 이 빌어먹을 놈아!!』

(에… 엥, 바보한테 하이테크를 넘겨주면 돼먹지 못한 일이 일어 난다니까!! 이럴 바에는 숲에서 디카를 발견하고 셀카를 찍기 시작 한 원숭이 쪽이 그나마 낫겠다!!)

그리고 왠지 딱 한 사람, 언제까지나 중2의 마음을 잊지 않는 사 람이 섞여 있는 것 같다. 가능하면 무해한 미소녀였으면 좋겠는데.

하지만 뭐, 애초에 일의 발단부터가 편의점 ATM에서 가게 뒤까 지 뻗어 있는 광섬유에 손을 대던 놈들이다. 학원도시의 초능력 개 발에서 뒤처져 레벨 0(무능력) 판정을 먹은 반동으로, 잔재주의 기 술이나 소도구로 기울고 만 것인지도 모른다.

다만 한편으로,

(상대는 테크놀로지에 의존하고 있고, 사용하는 건 자동 운전 자 동차와 머리 위의 드론. 그렇게 되면.)

"지하철!!"

이걸로 동시에 따돌릴 수 있다.

학원도시의 막차 자체는 완전 하교 시각으로 설정되어 있어서 일 찌감치 운행이 멈춰버리지만, 구내 점포나 연결 통로로서의 기능은 꽤 늦게까지 살아 있다. 카미조는 알몸의 소녀를 안은 채 내려가는 계단을 단숨에 뛰어내려, 간신히 눈부신 맨살의 짐을 바닥에 내려 놓았다.

몸을 굽혀 시선을 마주친다.

불행에 익숙한 카미조는 알 수 있다. 생사와 관련되는 장면은 반 드시 드라마틱하지만은 않다는 것을. 아무리 바보 같아도 진지하게 상대하지 않으면 목숨을 잃게 된다. 따끔거리는 공기를 순순히 믿 어라, 지금은 그런 상황이다.

"잘 들어. 출구는 여섯 개지만 전부 무시해. 여기 있는 연결 통로를 그대로 달려가면 다음 역까지 이어져 있으니까, 그쪽 계단을 통해서 지상으로 나가면 드론의 감시 구역 밖으로 나갈 수 있을 거야. 내가 서쪽에서 그 바보들을 유인할 테니까, 넌 그동안 다음 역의 계단을 올라가서 어른들이 모여 있는 곳까지 뛰어가는 거야. 지상 노선과 합류하는 큰 역이라면 대개 안티스킬(경비원) 초소가 있고, 오늘은 24일, 광장에 순찰이 나와 있을 테니까 안심해도 돼. 알겠어?"

"오빠, 무서워어."

"시끄러워, 이 자식!! 더 이상의 양보는 없어!!"

"그리고 꽤나 작전 회의가 오래 끌었네. 이렇게 수다를 떨 여유가 있었을까?"

"……?"

간신히 카미조 토우마가 위화감을 깨달았을 때였다.

가각.

두우우우우우우우우우우우우우우우우우우우우우우우웅!!!!!!

배에 울리는 무시무시한 굉음이 작렬했다.

전후좌우가 아니다. 위에서… 다.

찌릿찌릿, 고막이라기보다 뺨을 얻어맞는 것 같은 그 공포는 5미터 이내에 있는 커다란 나무에 벼락이 떨어졌을 때와 비슷할지도 모른다.

벼락.

고압 전류.

하지만 출혈도, 화상도 없었다. 여기는 지하철역이다. 당연하기도 당연하지만 머리 위는 두꺼운 지반으로 막혀 있다. 거기에 당장 생각이 미치지 않은 것을 보면, 스턴 그레네이드라도 뒤집어쓴 것처럼 의식이 몇 초 흐려져 있었던 것인지도 모른다.

그렇다, 밖에서 무슨 일인가가 있었던 것이다.

카미조는 콘크리트 천장을 바라보며 말했다.

"…넌 여기 있어."

뭔가, 터무니없는 변칙이 일어나고 있다. 지금까지의, 무턱대고 도망치면 어떻게든 되는 차원의 이야기가 아니다. 우선 관찰하고 규칙을 파악하지 않으면 틀림없이 죽는다. 이렇게 과학 만능인 세상에서, 그런 '예감'이 보이지 않는 바늘처럼 카미조의 등 한가운데에 푸욱 파묻히는 것을 알 수 있다.

숨조차 죽이고, 소년은 차가운 콘크리트 계단에 발을 올려놓는다.

한 단.

두 단.

세 단.

조금씩 지상으로 향함에 따라 찌릿거리며 온몸의 피부를 얇게 찌르는 듯한 감각이 더해진다. 처음에는 긴장감 때문인가도 생각했지만, 아니다. 물리적. 스위치를 끈 형광등이 야광 도료처럼 흐릿한 빛을 띠고 있었다. 공기 자체가 전기를 띠고 있는 것이다.

코를 찌르는 것은 희미한 이상한 냄새.

익숙하지 않은, 어딘가 소독약 같은 인상을 주는 이상한 냄새의 정체는… 오존이나 뭐 그런 것일까.

정신이 팔려서는 안 된다.

머리로는 그렇게 알고 있을 텐데, 생리 현상을 막을 수가 없었다. 카미조 토우마의 목이 꿀꺽 하고 움직이고 만 것이다.

그리고.

그래서.

"있지."

그것은, 소녀의 목소리였다.

그것밖에 없었다. 3D 프린터로 만든 비금속 나이프나 경봉, 또는 활까지. 하이테크를 추구한 바보들은, 단 하나의 그림자 주위에서 여기저기 쓰러져, 그대로 움직이지 않는다. 뭔가 안쪽부터 덫처럼 크게 벌어져 있는 금속 덩어리는… 설마, 자동 운전 자동차인지 뭔지일까?

그리고 모든 일의 원흉.

무언가의 이유로 가로등이 망가졌는지 아까와 비교해서 꽤 어둡다. 희푸른 도깨비불 같은 것이 흔들리고 있는 것은, 세인트 엘모의 불(주2), 첨단 방전일까. 자세히 살펴보니, 세 장의 날개가 달린 풍력 발전 프로펠러 끝이 흐릿하게 빛나고 있었다.

하지만 반딧불 불빛만으로 밤의 숲을 전부 비추기는 어려운 것처럼, 한 점은 빛나고 있어도 전체는 여전히 어둠에 삼켜져 있다.

그래서 중심에 서 있는 누군가는 처음에, 실루엣밖에 보이지 않았다.

주2) 세인트 엘모의 불: 뾰족한 물건의 끝에서 발생하는 코로나 방전. 뇌운의 작용으로 대기 중에 발생하는 강력한 전기장에 의해 일어난다. 세인트 엘모는 뱃사람들의 수호성인의 이름으로, 이 현상이 선박 돛대 등에서 흔히 일어났기 때문에 이런 이름이 붙었다.

파직.

유아등 같은 소리를 내며 희푸른 번갯불이 튀고, 최대 10억 볼트에 달하는 방대한 에너지원의 정체가 밝혀진다.

갈색 쇼트헤어, 지기 싫어하는 듯한 눈동자, 자그마한 체구.

토키와다이 중학교의 복슬복슬한 더플코트, 그 밑에 교복의 짧은 스커트 자락과 눈부신 맨다리를 드러내고 있는 지기 싫어하는 소녀의 정체는,

"미사카…?"

"전체적으로 설명을 해줬으면 하는데."

이쪽이 할 말이다. 어째서 이런 한밤중에 명문 아가씨 학교의 여중생이 학생 기숙사를 빠져나와 밤거리를 배회하고, 너무나 뜬금없이 불량 집단을 고압 전류로 뻗게 하고 만 거지? 거창한 계획을 세우는 것만이 흉악 사건의 전부는 아니다. 어쩌다가 우연히 정도로도 사람을 죽음에 이르게 하는 흉기가 여기저기에 흩어져 있는 상황인데.

아니면.

그녀에게는 이 정도는 위협으로도 느껴지지 않는 것일까.

레벨 0(무능력자), 레벨 1(저능력자), 레벨 2(이능력자), 레벨 3(강능력자), 레벨 4(대능력자), 그리고 레벨 5(초능력자).

도시의 80퍼센트, 실로 180만 명을 일률적으로 분류하는 6단계 평가의, 실로 정점 그룹.

학원도시에 일곱 명밖에 없는 드문 재능의 소유자.

그중에서도 3위, '레일건(초전자포)'.

순수한 발전계라면 최강이라고 하는 소녀에게는.

"아니, 그, 설명이라고 해도… 나도 사건에 휘말려서 도망쳐 다니고 있었을 뿐이지 뭐가 뭔지 모르는 상황이야. 그래도 레벨 0(무능력자)은 레벨 0(무능력자) 나름대로 열심히 여기까지 도망친 거라고. 그러n

말은 끝나지 않았다.

두각샤아!! 소리 덩어리라기보다는 공기의 절연을 깨고 발사된 충격파가 카미조의 온몸을 때린다. 그만큼 했어도, 미코토는 아직 맞힐 생각은 아니다. 방금 그것은, 그만 무심결에. 힘의 제어를 잘못해서 앞머리 부근에서 흐물흐물한 번갯불 덩어리가 튀어나왔을 뿐이다.

그것만으로도, 제대로 맞았으면 사람이 죽었을지도 모르지만.

그리고 카미조 토우마도 죽지 않았다.

파직.

얼굴 앞에 쳐든 오른손의 손바닥에서 빛의 잔재가 튄다. 추정 출력 10억 볼트 남짓, 보통의 레이더라면 옆에 가까이 두면 여파만으로도 불꽃을 내뿜을 것이다. 그럼에도 아무런 절연 성능도 없는 피와 살의 손바닥만으로 없애버린 것이다.

이것이,

"레벨 0(무능력자)…? 웃기지 마…."

사랑스러운 소녀치고는, 고개를 숙이고 있다 해도 꽤 낮은 목소리가 났다.

어떤 소년이 갖고 있는 유일한 힘, '이매진 브레이커(환상을 부수는 자)'.

범위는 오른손 손목에서 아래뿐이지만, 그 효과는 모든 이능을 없앤다는 것.

카미조 토우마의 눈빛도 호전적인 빛을 띤다.

"그러니까 원만하게, 서로 갖고 있는 정보를 꺼내서 더듬더듬 상황을 확인하자고 말하려고 했는데, 그런 분위기가 아닌가…. 아아, 진짜, 이렇게 힘을 쓰는 일은 마지막의 마지막까지 남겨두고 싶었는데에!!"

"…원만하게… 라고…?"

고개를 숙이고 있던 소녀가 뭔가 되풀이하듯이 중얼거렸다.

그리고 겨우 얼굴을 든다.

마침내 제3위의 눈빛이 정면에서 소년을 쏘아본다.

"원만이라는 건 없지 뭐야 그 알몸의 여자애 너 오늘이 무슨 날인지 알아 크리스마스이브는 이미 시작되었는데 대체 뭘 어떻게 하면 그런 길로 내달린다는 거야 변태계에 찬란하게 빛나는 1등성이라도 되고 싶은 거냐 바보냐 죽을 거냐 더듬더듬이라니 알몸의 어린 여자애를 어둡고 차갑고 축축한 지하로 데리고 들어가서 대체 뭘 더듬어서 확인할 생각이었던 거야 뭐라고 말 좀 해보란 말이야아……!!!!!!"

아, 싫다, 카미조는 마음속으로 생각했다.

어떡하지. 셀레브한 무차별 살인마 소녀 쪽이 정상적인 말을 하고 있다.

저도 모르는 사이에 핑… 장히 멀리까지 오고 만 것인지도 모른다.

그리고 멍하니 서 있는 카미조 토우마 바로 뒤에서 악마가 다가왔다. 있으나 마나 한 얇은 천을 한 손으로 가슴에 끌어모은 채, 알몸의 어린 소녀가 소년의 허리 옆에 달라붙은 것이다.

초승달처럼 웃음을 잡아 찢은 채.

패닉으로 두 눈이 빙글빙글 돌고 있는 미사카 미코토의 눈앞에서.

"오빠, 무서워어."

"뭣."

"빨리 무서운 거 처치해줘. 그러고 나면 비밀의 밤을 걷자. 우후후, 1년에 한 번인 크리스마스이브는 이제 막 시작된 참이니까."

"······!!"

카미조가 아무 말도 없이 온몸에 소름이 돋는 것을 느낀 직후였다.

미사카 미코토에게서 뭔가 나왔다.

아니, 그보다, 가볍게 사방에서 푸른 대폭발이 일어났다.

행간 1

인구 약 2,300만 명, 그중 80퍼센트가 학생.

도쿄의 3분의 1을 차지하는 거대한 학원도시에는, 주위를 에워싼 벽 바깥과는 전혀 다른 규칙이 몇 개나 있다. 예를 들면 치안 유지는 경찰 대신 도시 전체에서는 교사 측인 안티스킬(경비원), 개별 학교에서는 학생 측인 저지먼트(선도위원)가 각각 관할하고 있는 점 등이 현저할 것이다.

그러니까 체육 담당 여교사 요미카와 아이호는 동시에 수갑과 권총을 자유롭게 다룰 권한을 가진 안티스킬(경비원)을 겸임하고 있다. 평소에는 어떤 때에도 초록색 체육복 차림으로 나가 죄를 저지른 소년과 소녀를 투명한 방패로 웃으며 무찌르는데, 그러나 상대가 아무리 강한 능력자라 해도 아이에게 총만은 겨누지 않겠다고 굳게 맹세한 그녀지만, 오늘만은 규칙 중 하나가 파탄이 났다.

체육복이 아니라 검은 정장 차림이었던 것이다.

나머지 규칙이 깨지지 않기를 그녀는 강하게 바라고 있었다.

정말로 강하게.

"이쪽입니다."

안내하는 사람의 차가운 목소리에 재촉받으며, 요미카와 아이호는 몇 번이나 구부러지는 통로를 걸어갔다. 길을 잃기 쉽고, 수레 같은 것도 다니기 힘들 것이다. 사상으로는 먼 옛날의 무사 저택과 같지만, 칼이나 창을 휘두르기 어렵게 하기 위해서는 아니다. 목적은 실내 전투용 드론의 자유로운 이동을 방해하기 위해서다. 여기저기에 전파나 적외선을 난반사하는 장애물이 그렇게 보이지는 않는 형태로 설치되어 있고, 바닥에는 무의미한 단차 같은 것도 있다. 아마 선의로 정리된 배리어프리용 자료를 역으로 이용해, 바퀴나 캐터필러로는 넘기 어려운 설계로 해두었을 것이다.

기술만 보면 간단한 것처럼 들릴지도 모르지만, 현실의 건축은 추리 소설의 수수께끼 저택처럼 되지는 않는다. 휠체어나 목발로 다니는 것을 일부러 곤란하게 만드는 설계는 나라에서 허가할 리도 없다. 즉, 규칙을 짓밟고서라도 습격에 대비해야 하는 '무언가'가 이 앞에 잠들어 있다.

방범 카메라는 없었다.

반대로, 빼앗겨서 외부에 정보를 흩뿌리고 말 리스크를 피하는 것인지도 모른다.

복합 장갑으로 된 커다란 문 앞에는, 안내하는 사람과는 별도로 감시하는 남자가 서 있었다. 진종일 여기에만 있는 사람일까? 문 옆에 파이프 의자가 놓여 있다.

요미카와는 눈살을 찌푸리며 말했다.

"…본 적 없는 얼굴이잖아."

"그렇겠죠. 당신에게는 그럴 권한이 없으니까요."

"그렇다면, 열두 명밖에 없다나 하는 총괄 이사쯤 되는 사람의 부하?"

카이즈미.

오야후네.

나키모토.

시오키시.

야쿠미.

…그 외, 여러 '전설'의 보유자 이야기라면 요미카와도 단편적으로는 들었다. 지구상의 과학 기술 전부를 장악하고 있는 학원도시, 그 권력의 정점 그룹에 군림하는 열두 명의 어른들(괴물들).

다만 그녀가 알고 있는 이야기가 진짜인지 아닌지는 알 수 없다. 하나같이 우주인과 콘택트를 하는 검은 옷과 비슷할 정도로 황당무계하고, 게다가 요미카와는 진상은 그 이상일 거라고 경계하고 있다. 경비상 가장 중요한 VIP인 주제에, 누가 죽고 누가 대물림을 했는지조차 확실하지 않았다.

"아뇨."

그러나 조용히 기계적으로 대기하고 있던 남자는 부정했다.

그러고는,

"한 명밖에 없는, 총괄 이사장입니다. 그 이외의 명령은 듣지 않습니다."

"……."

차원이.

또 하나 더 올라간다.

말이 없는 요미카와에게, 남자는 기복 없는 목소리로 이렇게만 말했다.

그것은 반쯤 명령이었다.

"보디 체크를."

"입구에서도 했잖아…."

"서두르십시오."

은행 ATM보다도 말수가 적었다. 학력, 기술, 건강 상태 외에 철저하게 신변이나 품행 조사도 이루어지고 있을 테지만, '무슨 명령을 들어도 의문을 갖지 않는다'는 항목이 필수 사항으로 적혀 있을 것이 틀림없다.

검은 정장 차림으로 요미카와가 가볍게 양손을 들자, 대기하고 있던 문지기가 무언가 막대 모양의 것을 꺼냈다. 도로 공사에서 차를 안내할 때 흔드는 알록달록한 유도등과 비슷하지만, 다르다. 테라헤르츠파(주3)를 이용한 탐지기다. 합성 수지의 동료를 이용하는 3D 프린터로 서브머신 건이나 돌격 소총을 누구나 쉽게 만들 수 있는 세상이 되고 나서 급속하게 보급된 것으로, 이거라면 금속 제품 이외에도 옷 속의 이물을 '투시'할 수 있다.

능력만이 학원도시의 무서움은 아니다.

이 도시에 사는 겨우 20퍼센트의 어른들은 차세대 기술을 이용해, 80퍼센트에 이르는 이능을 손에 넣은 아이들을 제어하는 입장에 있다.

"휴대전화는 맡아두겠습니다."

"마음대로 해."

"넥타이핀은 일단 빼주십시오. 이건 스커트의 옆지퍼입니까?"

"브래지어 후크까지 몰수할 셈이야?"

정면도, 등도 전부 더듬고 나서 남자는 무기질적으로 말했다.

"됐습니다."

주3) 테라헤르츠파: 1초 동안에 1조 번 진동하는 주파수. 전파와 빛의 중간 같은 특성을 갖는 전자파이다.

요란스러운 문이 열렸지만, 안에서는 아무것도 기다리고 있지 않았다.

또 하나, 완전히 똑같은 문이 기다리고 있다. 일부러 이중문으로 해둔 것은 보안상의 사정 외에, 망을 보고 있는 남자들조차 '안'을 들여다보는 것은 허락되지 않기 때문일 것이다.

요미카와가 좁은 공간에 발을 들여놓자 뒤의 문이 닫히고, 그것을 확인하고 나서 두 번째 문의 로드가 풀리기 시작했다.

안쪽에 있는 것은 좁은 방이었다. 그걸로 상대는 만족하는 모양이다.

있는 것은 투명한 테이블과 싸구려 의자 두 개.

그리고 이 방에는 창이 없다.

"…오랜만이잖아."

요미카와 아이호는 가만히 숨을 내쉬듯이, 그렇게만 중얼거렸다.

색이 빠진 하얀 머리카락의 소유자는 의자에 몸을 던지고, 테이블 위에 편하게 뻗은 다리를 가볍게 꼬고 있었다. 그 붉은 눈동자로 방문자를 날카롭게 마주 본다.

"그래서, 일부러 이런 나를 지명해주시다니 무슨 바람이 분 거지?"

나이는 열 살 넘게 차이가 날지도 모른다, 게다가 그 사이에는 성년과 미성년의 벽마저 있다. 하지만 경의를 표해야 하는 것은 요미카와 아이호 쪽이었다. 익숙하지 않은 정장이 그것을 단적으로 나타내고 있다.

두려움.

그리고 유감스러워하듯이.

요미카와 아이호는 상대에게 직함을 붙여서, 이렇게 불렀다.

"학원도시 새 총괄 이사장 액셀러레이터(일방통행) 씨?"

제1장 마치 유원지 같은
Red_Wear, Big_Bag, and_Flying_Sledge

1

꿈이기를 바랐다.

하지만 수면 부족의 머리와 온몸의 근육통이 어젯밤의 일은 현실이었다고 또렷하게 증명해주고 있다.

"…불행해."

학생 기숙사의 한 방에서 카미조 토우마는 낮게 중얼거렸다.

유리 테이블 위에는 전원 케이블과 연결된 휴대전화가 홀더에 세워져 있었다. 눈으로 본 것만으로는 알 수 없지만 근접 무선으로 방의 TV와 연결되어서 커다란 액정에 휴대전화의 영상을 그대로 전송한다.

비디오 채팅이었다.

이번 달의 통신 용량을 와드득와드득 깎으며 비치고 있는 것은 키 135센티, 핑크색 머리카락의 지나치게 수수께끼인 여교사 츠쿠요미 코모에. 게다가 날짜가 날짜라서인지, 오늘은 미니스커트 산타 차림으로 맞이해주었다. 검색 엔진의 톱 페이지처럼 절조 없는 선생이다.

『네…. 그럼 출석 일수가 전혀 충분하지 않은 카미조를 위한, 코모에 선생님의 특별 과외 수업이 시작될 거예요…?』

목소리는 알사탕처럼 달콤하지만 약간의 독이 있었다. 완벽한 웃는 얼굴도 무섭다. 24일이라면 이미 겨울방학, 학생은 물론 선생에게도 귀중한 연휴. 그것이 망쳐진 분노와 울분이 시키면 향수라도 뿌린 것처럼 온몸에서 뿜어 나오고 있었다.

"서로 학교까지 가는 게 귀찮다면 보충수업 같은 건 하지 않아도 되는데….."

『이걸 하지 않으면 카미조는 논의할 필요도 없이 두 번째 1학년으로 보내질 텐데 그래도 괜찮다면요. 으음, 으음, 어떻게 하시겠어요? 아마 두 번째라면 앞으로 일어날 일은 뭐든지 꿰뚫어 보는 나 TUEEE(주4) 라이프가 기다리고 있을 것 같은데요….』

"꼭 보충수업 부탁드립니다!! 절대로 그런 새콤달콤한 게 아닐 거야, 현실의 두 번째 TUEEE 따위! 그냥 그냥 다들 멀찍이서 둘러싸고 바라볼 뿐일 거야!!"

그런 이유로 쉬는 날까지 공부다. 학원도시란 그 이름대로 학교의 도시. 커플이 노래방에 들어가서 옵션인 장난감은 코안경을 고를까, 고양이 귀 머리띠를 고를까로 꺄아꺄아 떠들어대는 평범한 번화가와는 하는 일이 다르다.

…그쪽으로 가고 싶다, 절실하게 바라도 될까?

『학원도시제 초능력의 근간에는 양자역학이 있어요…. 이건 원자보다도 더 작은 양자나 전자, 나아가 말하자면 강한 힘, 약한 힘, 중력, 전자기력의 네 가지 힘의 행동을 설명하는 데 있어서 효과를 발휘하는 것인데요, 동시에 일반 생활 속에서 관측이 가져오는 변화를 자각하는 일은 거의 없죠. 사과를 두고 사라지라고 염을 보내

주4) 나 TUEEE: 인터넷 게임의 속어 중 하나. 자신보다 약한 다른 플레이어를 쓰러뜨리고 '나는 굉장하다'며 기쁨에 취한 상태를 가리킴

도 실제로 사라지는 건 아니니까요…. 말하자면 허수 같은 거고, 그게 없으면 설명할 수 없지만 그것 자체를 실감할 기회는 없다는 느낌일까요. …통상이라면.』

불평투성이 보충수업이었지만, 시작하고 나니 역시 현직 교사다.

술술 흐르는 듯한 말이면서도, 중요한 단어만 억양을 바꾸어 카미조의 머리에 걸리는 것을 남긴다.

덕분에 필기를 하고 형광펜으로 색을 칠하는 작업도 고생스럽지 않다. 이상한 성취감이 따라오기 때문에, 수동 매핑의 RPG에서 던전의 구조를 파헤치는 느낌이다.

…꼭 이브만의 특별 수업이라는 것이 아니라 코모에 선생은 늘 교실에서 이런 꼼꼼한 수업을 해줄 테지만, 새삼 신선한 놀람을 느끼는 데에서 더욱더 카미조 토우마의 출석 일수를 알 수 있다.

『학원도시제는 여기를 억지로 비틂으로써, 뉴튼 역학으로는 설명할 수 없는 현상을 일으켜요. 소위 말하는 초자연 현상. 약품, 전기, 암시, 모든 수단을 사용해서 사람이 세계를 보기 위한 인식을 일그러뜨리고, 보통은 있을 수 없는 관측 결과를 억지로 가져오는 기술. 그걸 미크로의 영역뿐만 아니라 매크로의 세계에까지 끌어냄으로써, 초능력은 실현되는 거예요… 지지.』

"응, 어라? 코모에 선생님???"

뭔가 지금, 영상이 이상해진 것 같은.

불길한 예감이 들어 카미조가 말을 걸었지만, 산타 코스튬 플레이를 한 여교사는 신경 쓰는 기색도 없었다. 아니면 이쪽의 목소리가 들리지 않는 것일까?

『이, 인식을 일그러뜨리기 위한, 자자, 필터 같은 것이 '퍼스널 리얼리티(자신만의 현실)'인데요, 이것에 대해서는… 천차만별이라서, 한 명도 같은 필터는 없어요, 지지지직. 능력 개발의 어려운 점이죠. 자자자자!! 하지만 괜찮아요! 이 세상에 쓸모없는 재능은 없으니까요!! 지금의 카미조가 레벨 0(무능력) 판정이든 뭐든, 자작지?! 반드시 그 장점을 키워서… 지지지자리자리가가각…!!』

"잠깐잠깐잠깐. 무슨 일이 일어나고, 우와앗…?!"

카미조 토우마는 절규했다.

TV 화면이 완전히 멈추고 몇 초 지났나 싶더니, 설마 했던 검정 일색에 하얀 영어투성이로 변했다. 뜻을 알 수 없는 영어가 줄줄이 나오고, 카운트다운이 계속된다. 뭔가 선택지를 골라야 하는 것 같다, 유예는 10초.

뭐랄까, 반대로 신선했다.

있었던 것이다. 컴퓨터라면 몰라도 휴대전화 OS에 크러시 화면…. 꽤 쉽게 깨지는 액정 화면을 필두로 하드웨어 방면의 약함은 그렇다 치더라도 소프트웨어 방면은 비교적 튼튼하고, 이상이 생기면 가볍게 재시작하면 된다는 정도로 생각하고 있었는데. 왠지 늘 다부지던 관리인 누나가 감기로 앓아누워 약해진 모습을 보고 만 기분이다. 오히려 조금 귀엽다.

그리고 휴대전화의 크러시 화면은 그 파랑 일색이 아니었다. 아까도 말했지만 검정이다. 이런 비상사태까지 스타일리시(웃음)하다니 완전히 웃긴다. 보이지 않는 부분의 멋일까. 이쪽에 대해서는 땀을 닦아주려고 했더니 왠지 의외의 속옷을 보고 만 것 같다. 거북하다. 누, 누나…!! 누나는 따뜻한 캐릭터라고 생각하고 있었는데!!

"……."

그리고 카미조가 바보 같은 생각을 하며 도피하는 사이에 10초가 지나고 말았다. TV와 휴대전화의 모니터가 동시에 캄캄해지고, 그때부터 한 마디도 하지 않게 되고 만다.

무언가 벌 같았다.

최신예 휴대전화 OS는 우유부단남을 싫어하는 것인지도 모른다. 평소에는 따뜻하지만 어딘가 요염한 향기를 완전히 숨기지 못하는 누나까지 이쪽에 정나미가 떨어지다니, 더욱더 이 인생에는 희망이 없다.

"으음…."

어떻게 해야 할지 모르겠다.

그래서 카미조 토우마는 방구석에서 삼색 고양이와 놀고 있던 소녀에게 이렇게 말을 걸었다.

"인덱스, 잠깐 밖에 나갈까?"

2

인덱스라는 소녀가 있다.

정확하게는 Index-Librorum-Prohibitorum… 금서목록.

얼핏 보면 긴 은발과 하얀 수도복이 특징인, 약간 유아 체형의 향기가 풍기는 자그마한 몸집의 소녀이기는 하지만, 실제로는 10만 3001권 이상의 마도서를 완전 기억하고 있는 '마도서 도서관'으로서의 역할도 갖고 있는 기묘한 인물이었다. 소속은 영국 청교도 제0성당구 '네세사리우스(필요악의 교회)'. 무슨 말인가 싶지만, 아무래도 학원도시의 벽 바깥에 펼쳐져 있는 커다란 세계에는 그런 것이 있는 모양이다.

마술.

과학을 극한까지 추구한 학원도시가 세상에 내보내는 초능력과 는 대비되는, 또 하나의 이능.

"크리스마스다, 크리스마스으… ♪"

몹시 클리어한 겨울의 푸른 하늘 아래, 발밑에는 어제의 눈이 아 직 조금 남아 있을 정도의 추위인데도, 막상 본인은 하얀 후드 위에 삼색 고양이를 올려놓고 뭔가 웃는 얼굴로 흥얼거렸다. 영국에서 온 주제에 한껏 일본어 노래였다. 어디에서 배웠는지는 모른다. 완 전 기억 능력을 가진 그녀의 경우, TV에 비치는 거리의 전자 상가 안의 방송이라 해도, 한순간이라도 이목이 포착하면 그 모든 것을 정확하게 외워버리니까.

모든 마술을 극한까지 추구한 곳에, '마신'이라는 존재가 있다.

그녀의 머릿속에 있는 마도서를 전부 구사하면, 인간이 그런 것 으로 변할 위험마저 있는 모양이지만….

"흐흐흐… 음. 수헤리베(주5)."

"잠깐, 인덱스. 크리스마스는 어디로 갔어?"

(빌어먹을 휴대전화는 이상야릇한 버튼을 동시에 길게 눌러서 어 떻게든 재시동했지만 선생님한테는 연결도 안 되고. 이거 무슨 트 러블이야?! 애초에 저쪽이랑 이쪽 중 어느 쪽 기재가 망가진 거지 ?!)

"잘 들어, 인덱스. 우선은 코모에 선생님 집으로 가는 거야. 그 빌어먹을 선생님이랑 직접 만나서 보충수업의 향방이 어떻게 되는 지를 알아내야 해. 왜냐하면 여기가 불초 카미조 토우마의 유급을

주5) 수헤리베: 일본에서 원소 주기율표를 외우기 위해 부르는 노래. 원자 번호 순서에 따라 H(수소) He Li Be로 시작한다.

좌우할 중대한 국면이니까."

"토우마, 칠면조 사자!! 길가에서 팔다니 심오해!!"

"사람 얘기를 좀 들어!! 게다가 케이크잖아. 저기, 저거 뭐야. 너무 싸서 오히려 무섭지 않아? 할인 매장에서 파는 칠면조라니 진짜일까? 겉은 얼마든지 공장에서 디자인할 수 있잖아. 지금은 편의점에서 어느 부위인지 알 수 없는 뼈 없는 치킨이나 금방망이 모양으로 만든 수수께끼의 샐러드 치킨이 팔리는 시대고. 혹시, 회전초밥집에서 파는 네기토로(주6)의 정체는 참치가 아니라 개복치라는 식으로 뭔가 완전히 다른 고기를 사용한 건…."

'그' 카미조 토우마가 싸다고 경계한다는 것이니 알아채주시기 바란다. 그렇다, 정말의 정말로 돈이 엄청나게 부족했을 때에는 '달걀 껍질이라면… 많이 모아서 믹서로 갈면 먹을 수 있지 않을까? 죽지는 않겠지, 죽지는!!'까지 선택지로 떠올리는 그 남자가 경계하고 있는 것이다. 저렴함의 왕을!! 크리스마스 판매 전쟁은 사랑과 욕망과 불신감의 덩어리다. 세계적인 축구 대회의 응원 굿즈와 마찬가지로, 딱 하루만 지나버려도 '뭐야… 이건?' 하고 우뚝 멈춰 서게 될 것이 틀림없는 물건들이 반짝반짝 빛나며 거리를 가득 메우고 있다.

가게 앞에서는 초등학생 여자아이가 시끄럽게 떠들고 있었다.

『냐앙?! 산타 포획 키트래!! 하, 학원도시는 언제부터 이런 발명을….』

『아, 안 돼, 프레메어. 이거 틀림없이 여름은 고사하고 가을 시즌이 지나도 안 팔려서 남은 평범한 곤충채집망이야.』

『아저씨, 이거 주세요! 스마트폰으로 찰칵…!!』

주6) 네기토로: 참치 뱃살을 두들겨 다진 파와 섞은 것.

『아앗, 산타는 수액의 젤리로는 모이지 않는데…?!』

…정말이지 '장난감'이란 (처음부터 장난이니까 효능을 보장하지 않아도 된다는 의미에서) 폭이 넓고 무섭다. 이것을 계절 상품으로 받아들일지, 어린아이를 상대로도 인정사정없는 잔인무도한 사기 행위라고 볼지는 사람에 따라 다르다. 어딘지 모르게 축제날의 사격놀이와 통하는 무언가가 느껴진다.

그리고 지금은 아직 즐길 수는 없다.

어중간한 상태로 얼어붙고 만 원격 보충수업이 어떻게 되었는지를 알 때까지는!! 그 미니멈 여교사, 전신 마취를 하고 배를 가르는 대수술 도중에 의사 선생님이 훌쩍 혼자서 여행을 떠나는 것 같은 짓을 하다니…!! 카미조 토우마는 어금니를 끼릭 악문다.

(…젠장…. 휴대전화 자체는 평범하게 재시동할 수 있었으니까, 그래도 연결되지 않는다는 건 아마 트러블이 일어난 건 저쪽일 것 같은데. 선생님 쪽의 에러 때문에 이쪽의 휴대전화까지 데이터가 파손될 뻔했으니까 진짜 사과를 받아야지. 그리고 유급만은 피하자. 어떤 약점을 파고들어서라도!!)

그김에 아직 쓸 수 있는 휴대전화로 슬며시 검색해보아도, 비슷한 트러블이 발생한 기미는 없었다.

푸른 하늘에 떠 있는 비행선의 커다란 화면에서도 대규모 통신장애 같은 이야기는 나오지 않는다.

…세상에서 단 한 사람, 자신뿐이라고 생각하니 굉장히 불안해진다. 아직 세상 사람들이 눈치채지 못한 정체를 알 수 없는 것에 감염되어 있는데, 시큐리티 쪽이 그대로 지나치고 있는 것은 아니겠지.

(제발 선생님 쪽의 기재가 제대로 망가진 것이기를!!)

크리스마스이브까지 전자 기기 트러블로 포맷 후 재설치의 여행이라니 절대로 싫다. 애초에 컴퓨터가 아니라 모바일의 경우는 어떻게 하면 되는지 잘 모르겠다. 아마 설정 화면의 한쪽 구석에 있는 공장 초기화가 어쩌고저쩌고 하는 평범한 초기화로는 안 될 것이다. 하지만 그 이외라면 무엇일까? 어떻게 하는 거야?! 늘 당연하게 사용하는 모바일이 고장 나면 이제는 불안밖에 없다. 빨리 원래대로 돌아와줘, 미인에 상냥한 누나!!

(어, 어쨌든 한 개씩. 다리로 걸어서 어떻게든 되는 곳이라면 할 수 있어. 할 수 있어.)

코모에 선생의 집은 학원도시 제7학구에 있는 아파트일 것이다.

이렇게, 2층 건물에 계단이나 통로는 고사하고 세탁기까지 밖에 나와 있는 느낌의. 20세기 초의 만화가나 재수생밖에 출입이 허락되지 않는 신역(神域)을 자기 집으로 삼고 있는 키 135센티의 판타지 여교사. 그것이 츠쿠요미 코모에다.

두드리면 맞은편으로 빠져버릴 것 같은 문 앞까지 다다르자 카미조는 인터폰을 눌렀다. 그러나 아무 소리도 나지 않는다. 아무래도 건전지가 다되었거나 배선이 끊어진 것 같다. 별수 없이 카미조는 얄팍한 문을 주먹으로 쿵쿵 두드리며,

"이봐요…!! 사모님, 신문 안 보실래요?! 지금 신청하시면 세제 두 박스를 드려요!!"

적당한 말을 외쳤지만 역시 반응이 없었다.

…….

불길한 예감밖에 들지 않는다.

문에는 신문함 슬릿이 달려 있었다. 프라이버시의 개념이 완전히 근절되었다. 카미조는 쪼그려 앉아, 가로로 긴 슬릿을 손끝으로 열어보았다. 옷을 갈아입고 있는 중인 러키 변태 따위는 들어갈 여지조차 없다. 시간이 멈춘 싸늘한 공간이 기다리고 있을 뿐이었다.

(이건, 설마….)

옆집 문이 철컥 하고 열렸다.

새빨간 운동복에 이불을 그대로 가공한 건가 싶을 정도로 두꺼운 겉옷을 걸친 빙글빙글 안경을 쓴 여성이었다. 이 아파트에 이 차림새, 이러고도 직업 만화가가 아니라면 용서하지 않겠다고 카미조가 생각하고 있는데,

"저어, 이 집 사시는 분이라면 사흘 전부터 어딘가 나가서 돌아오지 않고 있는데요…. 우편물은 맡아달라는 부탁을 받았고요."

....
....
....
....

족히 5초는 경직해 있었을 것이다.

그리고 삐죽삐죽 머리는 있는 힘껏 절규했다.

운명을 쥐고 있는 츠쿠요미 코모에, 소식 불명. 그 공사 혼동 여교사, 여행지에 산타 의상과 통신 기재를 가져가서 원격 수업을 하고 있었던 것이다. 어쩐지 보충수업을 학교에서 하고 싶어하지 않는다 했다. 그리고 옆집 사람의 '어딘가' 발언. 즉 그녀도 어디에 있

는지 모른다. 여기에 와서 설마 했던 노 힌트. 애초에 학원도시 안에 있는지, 밖에 있는지조차 확실하지 않다니 수색 난이도가 너무 높다.

운동복 겉옷 빙글빙글 안경은 타인의 아픔에 흥미가 없는 사람인지,

"앗, 맞다. 데이 트레이드, 데이 트레이드. 크리스마스 경기(景氣)라는 알 수 없는 큰 파도가 와 있으니까 화면에서 눈을 떼면 안 되지! 쉬는 건 주식을 다 팔고 올해의 마지막 매매 거래를 웃는 얼굴로 맞이하고 나서! 그럼 이만!!"

"너 이 자식, 그 차림새로 충실한 셀레브님이냐아!!"

상대는 듣지도 않고 문을 닫아버렸다. 집세만 보면 엄청나게 쌀 테고, 본가가 아니라 작업실로 빌린 집일까?

그리고 이름도 모르는 사람의 라이프스타일 따위에 신경 쓰고 있을 때가 아니었다.

카미조 토우마, 바야흐로 겨울의 시대가 도래했다.

핵겨울이라는 느낌의 불모다.

"토우마… 배고파."

"…그래."

몹시 느릿한 동작으로 카미조 토우마는 돌아보았다.

그늘밖에 없는 웃는 얼굴이었다.

세계 자체에서 버림받았을 때, 고독한 사람은 마지막에 웃는 것일지도 모른다.

이 현세에 대마왕이 강림하셨다.

"부왓… 핫핫하아!! 몰라, 이제 아무것도 몰라아아아!! 좋았어,

이렇게 되면 철저하게 24일을 놀며 지내주지! 하하아하하, 왜냐하면 어른의 사정으로 인한 시스템 장애는 내 책임이 아니니까…!!!!!! 핫핫하, 구와하하하하하하하하하하하하하하하하하하하하하하하하하하핫…!!"

아니야, 삐죽삐죽 머리.
그건 말이지, 울고 있다고 하는 거야.

3

승산은 있다.
이런 때마저 몹시 스타일리시(웃음)한 크러시 화면으로 가득 메워지는 레벨의 에러 자체는 실제로 일어나고 있다. 즉, 어디에 격납되어 있는지 정확하게는 모르지만 일단 휴대전화 안에는 에러 보고 정도는 기록되고 있을 것이다. 카미조 토우마는 온몸과 마음으로 보충수업을 받을 생각이었지만, 인프라를 준비한 쪽에 미비함이 있었다. 보이지 않는 멋, 누나의 검은 속옷이 그 움직이지 않는 증거다. 따라서 적도, 아군도 없다, 노 사이드! 괜찮다!! 유급 같은 건 하지 않을 거야!! 더 이상 24일에 이러쿵저러쿵한다면 소년의 마음 깊은 곳에서부터 아줌마의 영혼을 불러일으켜 설전의 탄막을 칠 뿐이었다. 모든 나라와 지역을 일본어만으로 헤쳐온 카미조 토우마는 한번 마음을 먹으면 한없이 강하다.
그래서 자신감을 갖고 삐죽삐죽 머리는 이렇게 말을 꺼냈다.
어째서일까? 마음속은 무지하게 행복한 주제에, 아까부터 아스팔트 지면이 솜사탕처럼 둥실둥실해서 조금도 진정이 되지 않는다.

"어디로 갈까요?"

"반짝반짝한 곳!!"

그 인덱스가 음식 이름을 연호하지 않은 것만으로도 기적이다. 역시 크리스마스이브란 마성이다. 예측 불능의 무언가, 바꾸어 말하자면 작은 기적이 팡팡 발생한다. 아마 높으신 분의 생일이었던 것 같기도 한데 마성이어도 되는 걸까, 크리스마스.

그러나… 다.

학구 자체가 거대 유원지인 제6학구는, 관광지 중 관광지의 핫플레이스(?)에 예약도 없이 발을 들여도 지옥을 볼 뿐일 것이다. 이런 날 일부러 벽돌과 흙 사이에 숨어들 필요는 없지만, 일단 티켓이나 줄 같은 것이 필요 없는 장소라는 것을 구분하는 편이 안전할지도 모른다.

"그렇다면 특별한 장소에 가는 게 아니라, 평소의 제7학구를 구경하는 게 제일 쉽게 크리스마스를 만끽할 수 있으려나…."

"어째서?"

"비포와 애프터 중 어디가 얼마나 반짝반짝하는지 알기 쉽잖아."

어쨌거나 허세와 프라이드의 고등학생이다. 그럴듯한 이론을 늘어놓을 때에는, 대개 그것과는 별개로 본심이 숨어 있다는 것에 주의해야 한다. …최대의 번화가 제15학구 같은 곳은 멋쟁이들뿐이라 무서우니까 가까이 가고 싶지도 않았던 것이다. 크리스마스, 핼러윈, 밸런타인. 이런 타이밍에 그런 곳에 가보세요? 안 그래도 고난도 지역에 이상한 기간 한정이 덧붙어서, 균형 따위는 완전히 붕괴했다. 벌써 뻔하지 않은가, 온라인 게임에서 저도 모르게 이벤트 보스전을 밟은 사람처럼 무참하게 당할 것이!! 그리고 부끄러워할 것은 없다고 카미조 토우마는 다짐했다. 오히려 옳은 것은 이쪽이다. 크리스마스이브에 당당하게 그런 곳을 걷는 사람들은, 명품 가방이나 모피 코트처럼 실생활에서 현질을 엄청 해서 온몸의 장비를 갖추고 있으니 애초에 처음부터 상대할 수 없어! 성실하게 인생을 경쟁해봐야 소용없다고!! 가죽 제품이라든지 모피라든지, 전부 싸구려 비닐이 되어랏…!!

"토우마, 왜 웃는 얼굴에 어두운 그늘이 져 있어?"

"아무것도 아니야. 이상한 점은 아무것도 없어, 인덱스."

그래서, 이렇게 될 바에는, 썩어서 쓰러진 나무를 씹으며 파 들어간 집에서 나오지 말 걸 그랬다… 는 결론을 모처럼의 이브에 내리고 싶지 않은 카미조 토우마는, 자신의 분수를 우선시한다. 동네에서 보내면 된다, 크리스마스는. 아는 사람과 함께 바깥을 자유롭게 돌아다니는 것만으로도 충분히 즐겁고.

비포와 애프터의 차이로 거리의 장식을 보며 즐긴다.

그런 이야기로 정리되었기 때문에 행선지는 자연히 정해졌다. 아무런 특징도 없는 외딴집이 이날만 반짝반짝하게 빛을 내뿜고 있는 것도 장식 트럭 같아서 웃기지만(←양쪽에 다 실례), 역시 사람이 많은 곳이 화려할 것이다. 우선 역 쪽으로 발길을 향해본다.

여기저기에 있는 세 장짜리 날개의 풍력발전 프로펠러에는, 역시 전구 장식 케이블 같은 것은 감겨 있지 않았다. 꽤 춥지만 건강해서, 얼어붙은 기색도 없다. 물방울 때문에 표면이 반짝반짝 빛나고 있었다. 혹시 눈을 녹이기 위한 전열선이라도 장치되어 있는 것일까. 대체 누가 한 것인지, 크리스마스 리스 대신 자전거의 체인 자물쇠가 기둥에 감겨 있다.

트럭이 베이스지만 물건을 옮긴다기보다는 광고용으로 사용되는 경우가 많은, 커다란 액정 화면을 짐칸에 실은 광고 차량이 카미조 일행 옆을 지나갔다.

뉴스는 말한다.

『크리스마스에는 생크림으로 장식한 커스텀 도넛을 먹자! 이곳 뉴욕에서는 케이크 대신 조금 특이한 디저트가 유행 중이라고 합니다. 이것은 핵가족화가 진행되는 가운데 홀 케이크를 통째로 하나 다 먹는다면 1인당 칼로리 섭취량이 이상적인 수치를 크게 뛰어넘는다고 해서, 비벌리힐스 부호들의 주치의들이 퍼뜨린 운동이 형태를 이룬 것으로, 미국의 로베르트 캇체 대통령도 자신의 SNS에서 ….』

"죽어라, 멍청이!! 몰라. 네놈들의 반짝반짝하는 사생활 따위 바다 너머까지 밀어붙이지 마! 그렇게 칼로리가 신경 쓰인다면 밀랍세공 식품 샘플이라도 갉아 먹으면 되잖아!! 정말로 진짜 논 칼로리라는 건 말이지, 그것만 먹으면 굶어 죽는다는 거야아!!"

"토우마가 무서워어. …레기온(주7)이라는 이름의 마이너스 덩어리여, 그 짐승에게 옮겨 타고 절벽으로 가라!"

인덱스가 양손을 깍지 끼고 뭔가 마귀를 쫓는 것 같은 말을 중얼중얼 시작했지만, 공교롭게도 카미조 토우마는 뭔가 좋지 못한 것에 빙의된 것은 아니다. 그런 비과학적인. 있는 그대로의 모습이 이런 쪽이, 어설픈 오컬트보다 훨씬 더 위험하다는 의견은 우선 무시하기로 하겠다.

그러나 실제로 역 앞까지 나가보니 여기저기에 이상한 행렬이 있

주7) 레기온: 마르코 복음서에서 어떤 사람에게 씐 더러운 영에게 예수님이 이름을 묻자 그 악령이 스스로를 가리켜 부른 이름.

었다.

늘었다.

겨울방학 전부터 유행할 징조는 있었지만, 이렇지는 않았을 것이
다.

뭔가 모르는 사이에 비슷한 도넛 가게가 아메바 계열의 몬스터처
럼 증식했다. 어쩐지 푸딩 같은 달콤한 흐물흐물한 것으로 도넛 전
체를 적셔 바바루아처럼 부드럽게 만들고 나서, 그 위에 생크림을
비롯해 알록달록한 초코 알갱이나 시럽 등을 손님의 취향에 맞춰
잔뜩 얹는 모양이다. 무슨 취향이냐고? 맛 따위는 무엇을 어떻게
조합해서 골라도 달 것이 분명한, SNS에 올리기 좋은 취향으로!!

덧붙여 말하자면 바다를 건넌 그 순간부터 전언 게임처럼 무언가
가 일그러진 것인지, 원조에는 없는 특징이 멋대로 추가되어 있었
다. 역시 이 나라의 흥은 전체적으로 무책임하다.

(괜찮은 걸까, 저거. 생년월일이나 혈액형으로 행운의 색을 결정
한다고 하는데, 그런 사진을 인터넷에 공개하면 자신의 개인 정보
가 전부 분석돼버리는 거 아니야…?)

저기, 어째서 운과 색깔에 관련이 있다고 생각하는 걸까?

그걸로 확률이나 통계 데이터에 어그러짐이 생긴다면, 양자론을
이용한 학원도시제 초능력 개발은 필요가 없어질 것 같은데.

애초에 손에 들고 먹을 수 없을 듯한 물건을 도넛이라고 부르는
행위는 허용되는 것일까.

작은 종이 접시에 올려놓은 도넛 위에 생크림을 마구 얹는다. 손
바닥 사이즈의 웨딩 케이크처럼 된 그것이 담겨 있는 종이 접시를
연인들은 즐거운 듯이 둘러싸고, 스마트폰을 구사해 스카이블루와

핑크가 뒤섞여 매우 독살스러워진 도넛의 사진을 마구 찍어댄다. 도넛에 따라서는 파직파직 빛나는 불꽃놀이 같은 것이 꽂히는 모양이다.

사진이 목적이기 때문에 어느 쪽이 먹을지에 대해서는 뭔가 둘이서 꽁냥거리면서 서로에게 떠넘기고 있었다. 아무래도 고생해서 줄을 서가며 산 과자가 벌칙 게임 취급을 당하는 것 같다. 이미 잠꼬대의 차원이 마리 앙투아네트를 뛰어넘은, 먹을 것을 함부로 해서는 안 된다는 사상은 언젠가부터 소멸한 상태였다. 어째서 이 사람들은 폭발하지 않는 것일까 하고 카미조 토우마는 생각했다. 조금 언동이 과격해서 깜짝 놀라셨을지도 모르지만, 지금 이때, 소년의 마음에는 아줌마의 영혼이 떠올라 있었던 것이다. 지금은 상냥한 기숙사 관리인 누나가 아니라, 상스럽고 무섭지만 고학생을 위해 세상이 어떻게 되든 가격 유지를 남몰래 사수하는 밥집 주인이다.

"아….”

게다가 카미조는 깨달았다. 풍경의 위화감을.

어쨌거나 케이크를 팔고 싶은 편의점이나 빵집은 물론이고, 노래방이나 회전초밥(?!) 가게까지, 오늘 이때만은 가게 앞 노상에 엄청나게 증식해 있어서 고마움이 없어진 새빨간 산타 소녀들은 일단 옆으로 제쳐두고.

"토우마?”

"아아앗?! 잠깐, 거짓말이지, 이봐?!"

철도 가드레일 밑에서 조용히 영업하던 라멘 가게가 없어졌다.

잡지나 맛집 사이트에서 큰 평판을 얻고 있다고 할 정도는 아니었지만, 국물은 닭 뼈냐, 해물이냐 물으면 '몰라. 화학과 합성?'이라고 손님 앞에서 당당하게 대답해버리는 심한 라멘 가게였지만, 거기에서는 스몰 사이즈보다 더 작은 컵 사이즈라는 작은 라멘을 팔아주었다. 그것이 학교에서 집에 가는 길의, 지금부터 밥 생각을 해야 하지만 그래도 꼭 가게의 라멘을 맛보고 싶은 카미조에게는 참을 수 없는 간식이었다. 그것을, 그런데….

이상하다.

이런 건 틀림없이 이상하다. 적어도 그 강렬하기 짝이 없는 개성에 지지 않는 무언가가 생겼다면 구원되었을 텐데, 이런 곳에까지 있었다. 역사도, 품격도 없는 겨울 한철짜리 도넛 가게가?! 자칫하면 크리스마스 종료와 동시에 잊고, 해가 바뀌기 전에 냉큼 물러갈지도 모르는 이런 것을 위해 밀어낸 거냐!! 카미조 토우마는 이제 고개를 숙이고서 가늘게 떨고 있었다. 행운의 색이 아니야. 아, 아저씨. 대체 어디로 가버린 거예요, 라멘 가게 아저씨?!

…익숙해지지 않는다.

어떻게 해도 무리다. 역시 크리스마스를 통째로 아군으로 삼은 현생에 충실한 사람＝결코 양립할 수 없는 적, 이런 도식이 생겨나고 있다. 철사 옷걸이를 모아서 만든 쇠 곱슬머리 같은 새 둥지에서 한 발짝도 나오지 말아야 했던 게 아닐까, 그런 생각이 들기 시작했다. 올겨울은 혹독한 겨울이 될 것이다. 일부러 12월 24일에 내린 결론에 가슴이 괴롭다.

그렇게 우두커니 서 있었다.

그러니 다소는 주의가 산만했던 것도 어쩔 수 없는 일이었을지도 모른다.

쿵.

교차점의 보행자 신호를 기다리는 곳에서, 옆에서 갑자기 여자애가 부딪쳐왔다.

　"꺅?!"

　"미아…."

　순간적으로 사과하려다가 카미조는 멈추었다. 주의가 산만하다고는 해도, 이쪽은 (라멘 가게의 충격을 받아들이지 못하고 차가운 하늘 아래 우두커니 서 있었기 때문에) 그 자리에서 한 발짝도 움직이지 않았으니, 분명히 부딪쳐온 것은 상대방이다. 게다가 무거운 가슴 한가운데에 부딪치는 물컹한 감촉. 조용히 시선을 내려보니, 콩트의 파이 던지기처럼 작은 종이 접시가 달라붙어 있다. 생크림과 꿀로 질척질척한 그것, 먹는 것보다 우선 사진이라는 모독적인, 형용하기 어려운, 코즈믹 호러 도넛이?!

　"…오…."

　불행이란, 겹쳐짐으로써 마음의 허용을 넘어 버릴 때가 있다.

　오늘은 슬픈 일이 너무 많았다.

　낯모르는 누군가의 행운의 색으로, 너의 색으로 물들고 만 불운한 카미조 토우마, 여기에서 마침내 폭발했다.

　"오오, 오오, 아가씨. 이게 비를 튕겨내고 통째로 빨기도 쉬운 폴리에스테르 섬유로 만들어져 있다는 건 알고 한 짓이겠지?! 우니클로의 연말 대특가 세일을 우습게 보지 말아줘, 정말이지 내 자랑거리인 단벌 외출복 1,980엔을 어떻게 해줄 셈이니잇…!!"

　왠지 시대극으로 시작해서 마지막에 여자 말투가 들어가면서도 투덜투덜 말하는 동안 도넛에 꽂혀 있었을 파직파직 불꽃놀이가 싸구려 상의에 옮겨붙었다. 피해 상황도 확인하지 않고 반사적으로 여자애를 물어뜯으니 이렇게 된 것이다. 천벌이다. 카미조 토우마는 허둥지둥 상의를 벗어 양손으로 펄럭펄럭 휘두르며 불을 껐다.

그리고 부들부들 가늘게 떠는 소녀는 어제도 본.

미사카 미코토 바로 그 사람이었다.

"뭔가 크리스마스에 죽음의 냄새가 난다 했더니 너냐, 미사카?!"

상대는 듣고 있지 않았다.

꾸욱.

상의를 벗은 카미조 토우마의 가슴에 말없이 뛰어들어, 작게 움켜쥔 손가락으로 그의 셔츠를 잡고 매달린 것이다.

삐죽삐죽 머리 소년의 머릿속이 새하얘지고, 바로 옆에 있던 하얀 수녀가 기막혀하고 있을 때였다.

폭풍이 왔다.

"도망자를 찾아아!!"

"방범 카메라나 경비 로봇에는 의존하지 마! 놈은 발전계에서는 최강의 레벨 5(초능력자)라고!!"

"아직 가까이에 있는 건 확실해요. 언니가 도망간 길이라는 건 말이죠, 후헤헤, 희미하게 남아 있는 머리카락 향기를 더듬어 나아가면 알 수 있거든요오…!!"

왼쪽에서 오른쪽으로 무시무시한 기세로 사람 덩어리가 흘러갔다. 저건 뭐지? 학생과 선생이 뒤섞여 있었는데, 명문 토키와다이 중학교란 저렇게까지 심한 폭력 집단이었나???

저런 무서운 행렬을 그냥 보아 넘기다니, 학원도시의 경비 로봇은 일을 하고 있는 것일까.

혹시 이미 드럼통 모양의 기재 속에 미소녀에게는 관대한 규칙이 탑재되어 있다면 오히려 고도이기는 하지만.

그리고 카미조 토우마는 불을 끄기 위해 자신의 상의를 벗어 양손으로 펄럭거렸다. 거기에 미사카 미코토가 뛰어들었기 때문에 투우사의 망토가 펄럭이고, 좋은 느낌으로 자그마한 소녀의 실루엣은 통째로 감싸여 주위에서 숨겨지고 만다.

"미사카 씨."

"네."

"전체적으로 설명해."

지당한 말을 하는 것처럼 들릴지도 모르지만, 딱 하나 틀린 점이 있다. 공격의 방향. 카미조는 자신이 아니라, 껴안긴 채 턱으로 옆을 가리켰던 것이다.

"저기에서 중얼중얼하기 시작한 인덱스한테!! 모처럼의 크리스마스이브야. 두개골에 또렷한 이빨 모양을 달고서 입원하고 싶지는 않으니까아…!!"

이미 늦었다.

호되게 머리를 물렸을 텐데, 왠지 소년은 무릎부터 무너져 쓰러졌다.

4

천하무적의 여중생이었다.

미사카 미코토는 양손을 허리에 대고, 어이없다는 듯이 한숨을 쉬었다.

"…너, 뭔가 특수한 살이라도 낀 거 아니야? 여난(女難)… 하고는 다른가. 어린 여자애살이라든가."

"미사카 씨, 이 과학 측의 총본산 학원도시에서 함부로 말하지 마. …나는 그런 건 절대 인정하지 않는다고. 모든 학생 기숙사의 관리인 누나와 아는 사이가 될 수 있는 누나살 같은 거라면 조금 끼어 있을지도 모르지만."

"측? 이라니, 앗?! 그러고 보니 어제 그 어린 여자애는 결국 어떻게 됐어?!"

"어떻게고 저떻게고, 그런 어떻게 할 수도 없는 얘기를 일부러 다시 끄집어내는 진짜 바보가 나타났다…!! 두 번 다시 만나고 싶지 않아, 그런 건!!"

미코토는 거기에서 잠시 움직임을 멈추었다.

카미조와 인덱스를 번갈아 바라보고 나서,

"…혹시, 이 애도 떼어내는 게 좋아? 지역 안전상."

"말해두겠는데 너도 똑같은 연하라고."

"생각도 없이 이 나를 어린 여자애 취급이냐?!"

어쨌든… 이다.

명문 토키와다이 중학교에서는, 크리스마스란 엄숙한 것인 모양이다.

구체적으로 말하면 추운 날씨에 미니스커트를 입은 채(스커트가 짧은 것은 스스로 조정한 결과인 것 같기도 하지만) 밤이고 낮이고 24시간 내내 거리를 얼어붙은 채 돌아다니며 쓰레기를 줍는다는,

회색 중의 회색 계절 행사다.

있었다.

이런 곳에 있었다.

벽돌과 흙 사이, 썩은 나무의 구멍, 그리고 철사 옷걸이로 만든 곱슬머리. 카미조 따위와는 사는 세계가 다르지만, 그래도 회색 크리스마스 녀석이 여기에 있었다아!!

그리고 미사카 미코토는 그것을 견딜 수 없어서 틈을 보아 도망쳐 나온 것이지만, 선생이나 저지먼트(선도위원)에게 들켜서 매우 핫한 이브를 보낼 뻔한 모양이다. 뭐랄까, 핫의 정도로 말하자면 들키면 쇠사슬에 둘둘 감겨 묶인 채 그대로 용광로에 처넣어지는 듯한 온도로.

덥석!! 카미조는 아가씨의 양손을 잡고 감싸다시피 하며 눈동자를 빛냈다.

그는 깨달은 것이다.

이 빌어먹을 계절 이벤트에 맞서서 함께 싸울 사람이 왔다는 것을.

반공의 봉화를 올린다.

"아마 세계 전부가 적이겠지만, 커다란 운명적인 것에 저항해서라도 반드시 멋진 크리스마스로 만들자!! 나도 협력할 테니까!!"

"엇, 아? 자, 잠깐, 지금 뭔가 앞으로의 예정을 밀어붙였어……???"

아가씨는 왠지 얼굴을 붉히며 거동이 수상해졌다.

바로 가까이에서는 (그렇게 삐죽삐죽 머리의 뒤통수를 물어뜯고도 분이 풀리지 않는지) 안쪽에서부터 뺨을 부풀린 인덱스가 양손을 허리에 대고 있다.

"우… 불만이 있는데. 동료로 들어오고 싶다면 같이 놀자 정도는 말하란 말이야. 이게 뭐야."

"…인덱스 씨, 지금은 상냥한 마음이 필요한 장면이에요. 성냥팔이 소녀도 그랬잖아. 세상의 누군가가 손을 내밀어주었다면 그런 결말은 피할 수 있었을 거야!"

"아니, 그, 그 취급도 꽤 소소하게 마상인데?! 군단의 마수에서 구해줬으면 하는 건 사실이지만!!"

물론 카미조 토우마는 여기에서 미코토를 내팽개칠 생각은 없었다. 그는 감동마저 하고 있었다. 하류에 가난뱅이 학생이기 때문에 회색인 것이 아니다. 상류 쪽도, 있는 곳에는 있는 것이다. 그게, 얼마든지 리얼 생활에서 현질을 마음껏 할 수 있는 극한 아가씨인데도 크리스마스 주위가 회색이라니 얼마나 인생의 핸들링이 서툰 걸까, 이 소녀는?! 역시 이건 방치할 수 없어!!

이런 이유로, 리퀘스트가 들어왔다.

미코토의 말에 따르면,

"크리스마스다운 일을 하고 싶은데. 풍경에 녹아들지 않으면 죽으니까."

....
....
....
....

"응? 어라? 뭔가 이상한 말을 했나, 나?"

"아니, 괜찮아, 완전 괜찮아."

웃는 얼굴을 한 채 굳어 있던 카미조에게 미코토가 불안한 듯이 다시 물었지만, 삐죽삐죽 머리는 교과서를 읽는 것처럼 딱딱하게 대답할 수밖에 없었다.

크리스마스다운… 일?

새삼 그렇게 말하니 모르겠다. 물건이라면 케이크나 칠면조나, 그 외에는 빨간색 옷이나 하얀색 수염 같은 파티 굿즈가 있으면 문제없다. 장소라면 전구 장식으로 번쩍거리는 가로수가 늘어서 있는 큰길이나, 역 앞 광장의 거대한 크리스마스트리 같은 곳으로 가면 될 것 같다.

하지만, 일?

트릭 오어 트릿은 아닐 테고, 크리스마스에만 할 수 있는 일이란 무엇일까???

"……."

물론이다. 고민하는 소년에게는 그것이 있다. 가택 불법 침입을 아무렇지도 않은 얼굴로 저지르고 양말 속에 포장된 상자를 쑤셔 넣는 하얀 수염을 흉내 내어, 보통 사람도 상자와 상자를 교환해도 좋을 것이다.

다만 날짜가 바뀔 때 메리크리스마스나 선물을 교환하는 것은 기본적으로 한 번뿐. 폭력적인 아가씨가 밀어닥칠 때마다, 우선 급한 대로 몇 번이나 선택할 수 있는 카드는 아니다.

그렇게 되면, 어?

크리스마스이브는 기본적으로 뭘 하는 날이야?

갑자기 안절부절못하며 슬쩍 인덱스와 미코토 쪽을 살펴보니, 둘 다 이상하다는 듯이 고개를 갸웃거렸다. 아니, 은발 소녀의 머리 위에 올라가 있는 삼색 고양이까지. 완전히 노 플랜, 전부 이쪽에 떠 넘길 태세다. 그리고 아무것도 없다고 말했다간 끝장. 틀림없이 안 돼 소리를 들을 것은 확실하다. 그것도 왼쪽과 오른쪽에서 스테레오로.

다른 것이다.

연상의 누나가 귓가에서 상냥하게 속삭이는 '정말, 안 되겠네'와.

연하의 소녀가 진지한 얼굴로 쏘아 넣는 '하아… 안 되겠네'는.

의미랄까, 이렇게, 온도 차가!!

(엇…. 여기에서 여자들끼리 연합하면 나 혼자 외톨이로 욕설의 바다에 가라앉을지도. 그런 이브가 된다면 무덤 밑으로도 돌아갈 수 없어?!)

12월인데도 땀에 흠뻑 젖어, 이제 벌레 집 정도도 아니게 되었다. 타협점마저 이상해졌다.

전력을 다해 웃는 얼굴로 카미조 토우마는 휴대전화를 꺼냈다.

"하, 하하하, 괜찮아. 유능한 어른 카미조 토우마한테 맡겨두면 아무것도 걱정할 거 없으니까."

"너 어디 가는 거야?"

"잠깐 교통 상황을 검색하고 싶어서. 조, 조금만 기다려주시겠습니까?"

그늘에 숨어서 휴대전화의 작은 화면으로 '크리스마스 무엇을 할까?'라고 검색 엔진에 쳤더니 토 나올 것 같은 SNS의 코멘트만 나와서 허둥지둥 봉살(封殺)했다. 게다가 인터넷의 목소리는 어차피 세 배쯤 연애 방향으로 부풀어 있는 거짓말쟁이뿐이다. 아니, 거짓말쟁이였으면 좋겠다. 모두 하나같이 실은 고독했으면 좋겠다고 저

주까지 보내버릴 정도로, 세계가 다르다.

제대로 된, 얼굴과 이름을 아는 사람한테 털어놓고 싶다.

주소록에서 아는 놈들의 번호를 찾아내 전화하자, 잠시 기다리고 나서 상대가 받았다.

"저, 저기, 파란 머리 피어스? 같은 반 친구의 정으로 좀 들어줬으면 하는 고민이 있는데…."

『카미양, 미안하구먼, 나는 시방 손을 뗄 수가 없어!!』

"엇, 설마 너도 크리스마스에 예정이 가득…. 싫어! 이런 회색 세계에 나만 두고 가지 말아줘!!"

『사람의 온기를 찾아 가○ 마우스패드를 전자레인지에 넣었더니만 이게 상상 이상의 고온으로…?! 덕분에 시방 양손 열 손가락의 감각이 없구먼!! 테이블 위에 놔둔 이 녀석이 음성 인식이 안 됐으면 이 전화도 못 받았을 것이여!!』

"이브야!! 1년에 한 번 있는! 아침 10시부터 뭘 하고 있는 거냐, 네놈?! 게다가 마가 끼어서 손끝으로 쿡쿡 같은 게 아니라 갑자기 양손으로 움켜쥐었던 말이야? 적어도 로켓 같은 걸 만드는 생산성 있는 오타쿠가 돼라!!!!!!"

『그치만 VR은 영상만으로는 쓸쓸하단 말이여. 더 몰입할라믄 뭐든 좋으니께 확실한 감촉이 필요했단 말입니다! 그를라믄 차가운 채로는 안 되제!! 이쪽은 비싼 돈을 내고 아웃라인 설비를 공고히 하면서까지 유사적으로 시체를 만지는 게 아니란 말이여!!』

"다시 말한다? 이브야!! 아침 10시부터 이 녀석 대체 뭘???!!!"

『내 얘기 좀 들어줘, 카미양, 제대로 데운 줄 알았는디 도시락 한가운데 쪽이 차가울 때가 있잖은감? 이번에도 그런 케이스인가 싶어서 조금만 더 조금만 더 하고 데우다 보니께, 실리콘 덩어리라는 건 꽤 쉽게 열을 통과시키더라고?! 그냥 흉기구먼, 저거!!』

이 악우는 전자레인지용 실리콘 냄비를 팔고 있다는 걸 모르는 걸까? 평소부터 자취를 하지 않고 편하게 지내고 싶어하니까 지식이 부족해서 천벌이 내리는 것이다. 어쨌든 사용상 주의 사항을 읽지 않는 사람의 의견 따위를 들어봤자 사태는 호전되지 않을 것 같다. 바보 자식의 한탄은 무시하고 전화를 끊는다.

그리고 친구를 단념해도 무언가가 바뀌는 것은 아니다.

문제, 크리스마스에만 할 수 있는 일이란 무엇일까…? (키우는 고양이가 아니라 정통파 쪽의) 스핑크스급 죽음의 수수께끼는 계속되는 중이다. 실수하면 여기에 여자 연합군이 결성되고, 카미조 토우마는 혼자 무릎을 끌어안고 앉아 눈물짓는 꼴이 된다. 이브인데.

"토우마."

"이봐, 너."

두 소녀가 차라리 천진할 정도로 물었다.

너에게는 기대하고 있어. 하지만 바꿔 말하면 큰 압박이 된다는 것을, 무구한 10대 여자 여러분은 아직 모른다.

""이제부터 어떡할 거야?""

5

괜찮아.

깊이 생각할 필요는 없어.

빨간 모자를 쓰고 서양식 파티 게임을 하다 보면 일본의 크리스마스는 완성이야.

"조잡해."

"시끄러워. 네 마음대로 지껄여봐."

미사카 미코토의 짧은 평가에 카미조도 즉시 대꾸했다. 그래도 일단 '안 돼'는 나오지 않아서 내심 안도했다는 것은 중학생 앞에서는 절대 비밀이다.

그런 장식인 건지, 건축상의 사정인지, 밖에서 보면 몇 개의 컨테이너를 연결한 것 같은 건물이었다. 그러나 안에 들어가보니 나뭇결무늬의 바닥과 벽, 천장에서 빙글빙글 도는 실링 팬 등 약간 클래식한 향기가 풍긴다.

인덱스는 오전인데도 어둑어둑한 가게 안을 여기저기 둘러보며,

"이게 뭐야…? 다트?"

"고등학생이 열심히 발돋움을 한 결과입니다. 웃지 마."

이에 대해서는 작은 목소리로 빠르게 말해두었다. 노래방은 너무 흔해 빠진 것 같아서 도망친 결과였다. 다트는 볼링이나 실내 야구장 같은 곳이 일체화한 놀이 시설 같은 데서 가끔 보았지만, 그쪽은 그쪽대로 너무 밝다. 이렇게, 뭐랄까, 발돋움 느낌을 원했습니다!!

그런 이유로.

순수하게 다트만 하는 곳은 없을 테니, 아마 본래는 바일 것이다. 비교적 고등학생이 들어가보니 어울리지 않는 느낌이 심해서 심장에 나쁜 인테리어다. 다만 시간대가 시간대라, 지금은 조금 이른 런치 메뉴밖에 없다. 사이드 메뉴의 안주 계열이 몹시 충실한 것은 그

흔적일 것이다. 아직 발톱을 감추고 있다.

덧붙여 말하자면 카미조 토우마, 스스로 발돋움을 했다고 말하는 만큼 다트에 전혀 익숙하지는 않았다. 하지만 고등학생은 바 같은 데는 가지 않는걸! 따라서 왠지 모르게 작은 화살을 던져서 둥근 피자 같은 표적에 맞히는 게임이라는 대략적인 이미지밖에 없다. 장소를 빌려주는 점원은 당연히 알고 있을 거라고 취급하기 때문에 특별히 설명은 없어서, 혼자서 왔다면 소외감 덩어리가 되었을지도 모른다.

결국 아가씨인 미코토에게서 배우는 처지가 되었다.

"우선 제일 메이저한 제로원은 점수를 늘리는 게임이 아니라 점수를 줄이는 게임이야."

"…뭐라고…?"

"경악하는 얼굴을 하기에는 아직 일러. 전부 해서 301점, 1라운드에 다트를 세 개 던져서 이 배당량을 얼마나 **빨리** 지우느냐로 경쟁하는 거야."

설명을 들어도 와 닿지 않으니 더 큰일이다. 아마 교대로 다트를 던지겠지만, 그것은 한 번씩일까. 우선 세 번 연속으로 던지는 걸까.

"애초에 누군가와 경쟁하는 게임이었군…."

"그리고 말이지, 다트는 하나의 보드밖에 없어서 알기 어려울지도 모르지만, 기본적으로 대전(對戰) 게임이야. 프로의 컨트롤 체크가 아닌 한 혼자서 테니스 코트에 나가도 의미 없잖아, 그거랑 마찬가지지."

만일 혼자 왔다면 소외감 덩어리라는 차원조차 아닐 터다. 카미조 토우마, 아무것도 모르는데 하마터면 점원한테서 쓸데없이 전문가 취급을 당할 뻔했다. 아마 처음 한 번 던진 것으로 환상이 깨지고, 미지근한 시선을 견딜 수 없어 웅크리고 있었을 것이다.

"말하자면 한가운데에 맞히면 제일 좋은 거잖아."

"그러니까 전혀 아니라니까. 10라운드제인데 한 번에 던질 수 있는 건 세 개까지, 이걸로 먼저 301점을 제로로 딱 맞춰서 '끝내는' 게임이야. 그러니까 마구 점수를 깎아도, 너무 지나쳐서 마이너스가 되면 '끝내기'에 실패하지. 버스트라고 해서, 그 라운드를 시작할 때의 점수로 되돌아가서 다음 라운드로 보내지는 꼴이 되거든. 즉 1라운드를 통째로 헛되이 썼다는 취급. 그러니까 남은 점수에 따라서, 보드의 어디가 중요해지는지는 그때그때 달라져. 그 라운드 세 번째에 남은 점수가 1점인 사람한테는, 최소인 1이 꼭 따고 싶은 최우선이 되겠지?"

"하지만 그거, 그 왜 한가운데의…."

"네에, 네! 바보가 대주목하는 한가운데는 불스아이로 50점, 하지만 바깥쪽 한가운데 부근에 더 큰 원이 있지?"

"저 피자를 자른 것 같은 거?"

"그래, 그거. 그 한가운데에 있는 라인 위라면 보통의 득점에 세 배가 가산돼. 그러니까 17점에서 20점의 일반 점수라도 세 배 가산을 이용하면 중심의 불스아이를 추월한다는 거야. 초반에 대량으로 깎고 싶을 때라면 도움이 되지."

말하면서 미코토는 적당한 다트를 집었다. 길이는 15~16센티미터 정도. 금속으로 만들어져 있지만 별로 무거운 느낌은 들지 않는다. 약간 투박한 볼펜에 플라스틱 꼬리날개를 달았다는 이미지일까.

"나는 코인파랄까, 이런 건 쿠로코의 장난감이지만…."

"?"

점수 표시 전의 새하얀 보드를 향해, 미코토는 가볍게 바늘 끝을 겨누었다.

아무렇게나 하는 것 같지만, 폼이 나는 것을 보면 많이 해본 것 같다.

"던질 때에는 어깨로 던지는 게 아니라 팔꿈치를 구부려서 던져. 이건 종이비행기를 날리는 느낌에 가까우려나."

툭 하는 소리가 들렸다.

바늘이 꽂히는 울림에 겁을 먹은 것인지, 인덱스의 머리 위에 있던 삼색 고양이가 꼬리를 바짝 세운다.

거리는 3미터도 되지 않을 테지만, 똑바로라기보다는 경사가 완만한 포물선이라고 하는 쪽이 가까운 탄도(彈道)였다. 사극에 나오는 자객의 암기와는 전혀 다르다. 게임이니까 그게 정답이겠지만, 과연 무기로서 유효한 것일까?

미코토의 다트가 맞은 곳은 한가운데.

"사실은 살짝 빗나가서 25점이지만. 일본에 퍼져 있는 방식으로는 바깥쪽 틀도 포함해서 불스아이로 취급돼."

그렇다면 설명할 필요 없지 않아? 카미조는 생각했지만 입 밖에 내면 쓸데없이 샛길로 빠질 것 같다. 우선은 지금 여기에 있는 기본을 파악해두지 않으면 나중에 큰일이 날 것은 분명했다.

"그리고 대개 다트는 전자로 알아서 스코어를 관리해줘. 여기 있는 것도 그래. 편리한 것 같지만, 모두 다 같은 보드를 쓴다는 건 잊지 마."

"?"

"볼링처럼 다음 세트까지 알아서 기계가 해주는 게 아니라는 뜻이야. 우선 꽂힌 자신의 다트를 뽑아. 그리고 나서 턴 교대 스위치를 조작해줘. 꽂힌 채로 스위치를 움직이고 나서 다트를 뽑으면 다음 사람한테 같은 스코어가 그대로 기록돼서 게임 전체가 엉망진창이 되고 말거든."

알겠어? 미코토가 성의 없는 느낌으로 물었다.

카미조는 미코토가 아니라, 같은 설명을 듣고 있던 인덱스를 힐끗 보았다. 불안했다. 혼자만 모르는 거라면 외톨이 신세다. 어떡하지….

이렇게 생각하고 있는데, 머리 위에 삼색 고양이를 올려놓은 인덱스가 천천히 늘어서 있는 다트를 집었다. 그대로 세 개쯤 연달아 던진다.

5점, 10점, 15점.

그냥 우연이 아니다. 정확하게 5의 배수로 맞힌다.

다트는 단순히 표적의 중심에 맞히는 게임이 아니다. 뭔가 오늘따라 묘하게 어른스러운 중학생(?) 미사카 미코토의 이야기에 따르면, 마지막에는 0점으로 만들지 않으면 버스트 취급이 된다는 규칙이 있었을 것이다. 그렇다면 액셀보다 제대로 브레이크를 거는 쪽이 더 중요하지 않나?!

"음…."

"잠깐 기다려, 인덱스 씨? 뭐야, 그 슈퍼 플레이?!"

"피아의 거리와 보드의 직경으로 생각해서, 하지만 아직 오차가 있을지도. 눈으로 보고 익히기에는 샘플이 적나. 좀 더 손님으로 가득하다면 여러 가지로 참고가 되었을 텐데."

입속으로 중얼중얼 말하는 사람은 이쪽을 보고 있지 않았다.

이미 승부는 시작되었다.

"위험해…. 완전 기억 능력을 사용해서 다른 사람의 모션을 자기 걸로 만들기 시작했… 다고?! 그, 그렇군, 가라테나 복싱과 달리 힘이 필요 없는 팔꿈치만의 다트라면 머리로 이해하면 스포츠라도 따라잡을 수 있는 건가…. 빨리 게임을 시작하자, 미사카! 이대로 내버려두면 인덱스가 초고속 진화해서 감당할 수 없게 돼!!"

"아무것도 주문하지 않고 그대로 게임을 시작할 생각이야? 얼마나 금욕적인 거야, 너희들. 프로 선수도 아닐 텐데. 여기요, 뭔가 적당히 먹을 것을… 아, 여기도 그 도넛을 팔아요? 그럼 행운의 색 커스텀을

"그만둬, 그런 세련된 건!!"

"?"

카미조 토우마의 절규에 고개를 갸웃거리는 미코토. 알레르기 같은 건가? 라고 오해한 것인지도 모른다. 알레르기는 알레르기지만 몸이 아니라 마음의 알레르기라는 진상은 누구에게도 밝혀지지 않았다. 지금 똑똑한 중학생한테 진지한 얼굴로 '바보 같아'를 당한다면 돌이 된 후 산산이 부서지고 말 것이다.

"그럼 적당한 안주 세트 하나 주세요. 그리고 세트에 딸려 있는 드링크 바라는 건 저쪽 카운터에서 주문하면 되는 건가요?"

자신의 일은 스스로 하기 때문에 값이 싼 드링크 바인데 점원이 따라주는 것은 어떤 이치일까? 라고 생각하고 있을 때가 아니다.

그것이 있다면 AI 사회를 지배하는 공포의 슈퍼컴퓨터처럼 학습을 진행하고 있는 인덱스를 이길 계기가 될지도 모른다.

결론은 이렇다.

"먹을 것과 마실 걸로 낚아서, 옆에서 집중을 흐트러뜨리고, 그리고 죽인다!!"

"이브인데도 인정사정이 없냐, 너는."

6

그런 이유로 즐거운 이브가 시작되었다.

컨테이너를 몇 개 연결한 다트 바에서는 이런 목소리가 울려 퍼진다.

『됐다, 한가운데의 불스아이!! 어떠냐 이걸로… 어라, 점수가 안 줄어드네?』

『세상에… 어떡해. 턴 교대 스위치를 움직이는 걸 잊고 있었어. 핫핫하, 미안, 미안.』

『바보란 어째서 나쁜 방향으로만 급격하게 학습이 진행되는 거지?! 너, 벌써 기재의 구조를 역으로 이용한 교란을…!!』

『그럼 단발머리, 지금의 불스아이는 무효야. 자, 버튼을 눌러줬으니까 다시 한번 던져. 다시. 괜찮아, 기회는 아직 있어!』

『그리고 흐르듯이 남의 다트를 멋대로 뽑아버리는 백치 수녀. 지금 그 교대 버튼 누르고 나서 화살을 손가락으로 튕겼으면 옳은 점수가 들어갔잖아?! 불스아이였는데? 나, 나를 옹호해주는 사람은 아무도 없는 거야…?!』

　소년과 소녀들은 와자지껄 떠들면서도 보드를 향해 다트를 던지고 있다. 드링크 바에서 음료를 더 마시고 싶으면 불스아이에 맞힐 것, 이라는 나름대로의 룰을 도입하고 나서 분위기가 험악해졌다. 닭튀김이나 감자튀김 등 기름진 안주 계열은 눈앞에 놓여 있기만 해도 식욕이 자극되고, 게다가 음료 없이 먹으면 목이 말라서 집중이 흐트러진다. 그리고 이 한가운데의 불스아이, '다음에 반드시 맞혀야 해' 라고 생각하기 시작하면 그 순간 놓치고 만다. 아무것도 걸려 있지 않으면 다트 초심자인 카미조라도 요행수로 이따금 맞히는 정도였을 텐데.

　『이미 모션의 학습은 끝났어. 이 나에게 사각은 없지. 단숨에 32점까지 깎아내주맛.』
　『흐음… 작은 케이크를 늘어놓은 디저트류 모둠도 있네에.』
　『주문하면 금방 온다는 건 일본의 미덕이지. 그럼 인덱스가 다 던지기 전에 맛있어 보이는 것만 전부 빼서 내가 확보해야지, 우선 쇼트케이크랑 레어 치즈 케이크는 접수.』
　『그럼 나는 몽블랑이랑 캐러멜 푸딩이려나아.』
　『역시 산타 할아버지의 사탕은 빼놓을 수 없지.』
　『메시지가 적힌 초코 플레이트 쪽이 아니라? 아아, 사소한 건 신경 쓰지 마. 그쪽에서 계속 생각하고 있어도 되니까. 네가 돌아왔을 때에는 통조림 과일을 넣은 조잡한 프루트 젤리 정도밖에 남지 않았을지도 모르지만.』

『통조림을 바보 취급하지 마, 아가씨 놈아. 필요 없다면 내가 먹어버린다. 이거 내 거. 이봐… 삼색 고양이, 뭔가 네놈을 위해 여러 가지로 조정해준 고양이 케이크인가 하는 게 있나 본데.』

『잠깐, 내 몫은?! 집중할 시간을 줬으면 좋겠어!』

시간은 지나간다.

다른 사람들과 마찬가지로, 그들도 소란의 일부가 되어간다.

『어라, 다음 판에서 중간인 다섯 번째 게임이 끝나는 건가. 그럼 이거 이긴 사람이 그거 말하기.』

『뭐어?! 아니, 그, 지금까지의 승률은?! 나 압도적으로 1등으로 독주하고 있었을 텐데?! 그렇지?!』

『메리크리스마스야…!!』

『『그리고 이 자식, 모든 전제를 무시하고 웃는 얼굴로 말하네?!』』

그래서 그들은 눈치채지 못한 것인지도 모른다.

지금은 건전한 런치타임이라고는 해도 원래의 구조가 바이기 때문인지, 밖에서 들여다볼 수 있는 창 같은 것은 없다. 오전인데도 어둑어둑한 간접 조명이 그곳을 지배하고 있는 것도 그런 이치다.

그런데.

그럼에도.

물끄러미.

관측자의 눈동자가 카미조 일행의 거동을 뒤쫓고 있다는 사실을.

행간 2

그곳은 창문 없는 방이었다.

바깥의 모습이 보이지 않는다는 것은, 그것만으로도 일반적인 시간의 흐름에서 떨어져 있는 것과도 같았다. 이 방의 내부만을 비춘다면 지금이 12월 24일이라는 것은 아무도 모를 것이다. 뿐만 아니라 여름인지 겨울인지, 낮인지 밤인지조차 구별이 되지 않는다.

그런 가운데 굳이 몸을 가라앉히고 있는 괴물이 있었다.

학원도시에 일곱 명밖에 없는 레벨 5(초능력자) 중에서도, 다른 자들을 압도하는 진짜 제1위. 그러면서도 총괄 이사장이라는 권력의 자리마저 자신의 것으로 만든 몬스터.

"아이러니하군."

하얀 괴물은 코웃음을 치고 있었다.

요미카와가 아니라 자기 자신에게.

생각하면 옛날부터 그런 인간이었던 것 같다. 모두가 최강이라고 우러르는 가운데 공포의 대상으로 정점에 군림하면서도, 언제나 그 마음을 지배하고 있었던 것은 소외감과 자기 혐오였다. 그래서 그 작은 소녀가 딱 들어맞았던 것인지도 모른다. 옆에서 보면 기묘한 2인조라도 그들에게는 그것이 더없이 자연스러운 형태였을 것이다.

그런 소녀는 이곳에 없다.

공기에 흐름은 없었다. 그저 무거운 폐쇄적 느낌만이 그 자리를 지배하고 있다.

즉,

"세계 전부를 손에 넣었다고 해도 과언이 아닌데, 일부러 스스로 고른 장소는 이런 석실이야. 인간이란 가지면 가질수록 자유에서 멀어지고 마는 걸지도."

맞은편 자리에 앉는 것이 '허락된' 검은 슈트 차림의 요미카와 아이호는 잠시 동안 이 괴물과 말을 나누었다. 소비한 시간은 결코 짧지 않지만, 괴로움을 느낀 것은 아니다. 총괄 이사장의 말은 학원도시 230만 명의 운명을 직접적으로 좌우하고, 나아가서는 과학 기술의 총본산으로서 세계 전체 70억 명 이상의 생활까지 뒤흔들고 말기 때문에, 당연하다고 할 수 있다.

과학 기술에 '절대적인 정답' 같은 것은 없다.

예를 들어 자연 분해되지 않는 미세 플라스틱을 사갈처럼 싫어하는 것은 괜찮지만, 그것 때문에 완전히 똑같은 양의 종이 빨대나 컵을 대량으로 생산하면 아마존의 열대 우림은 눈 깜짝할 사이에 소멸할 것이다. 옳은 말을 하면 근심 없이 옳은 미래로 나아갈 수 있는 것은 아니다. 일그러지는 것이다, 세계는. 이 새 총괄 이사장이 변덕스럽게 내뱉는 한 마디만으로 쉽게 역사의 레일은 바뀌고 만다. 왼쪽에서 오른쪽으로, 아주 간단히. 게다가 다다르는 곳에서 기다리고 있는 것은, 플라스틱으로 메워진 바다나 사막으로 변한 대지다. 옳은 말을 하면 옳은 미래로 나아갈 수 있는 것이 아닌 것과 마찬가지로, 눈앞의 잘못만 피한다고 하나도 틀린 것 없는 미래로 갈 수 있는 것도 아니다.

세계를 조종하는 자와 대화를 하고 있다. 바라든 아니든 상관없이, 요미카와 아이호는 신들의 게임에 참가하고 있다.

범죄를 없애자, 병을 없애자, 사고를 없애자, 재해를 없애자, 전쟁을 없애자, 비극을 없애자.

누구나 생각하는 말이지만, 그것을 내뱉고 나면 괴물의 창끝이 어떻게 움직일지, 그리고 그것이 넓은 세계 전체에 어떻게 영향을 줄지는 반드시 생각해야 한다. 이 자리에 앉은 이상은, 몰랐다는 말로는 끝나지 않는다.

정해진 카드 중에서 한 장을 고르게 하는 것이 아니다.

테이블에는 존재하지 않는 새로운 선택지를, 총괄 이사장이라는 괴물의 머리에서 짜내게 한다. 유도하려면 그 정도의 각오가 필요해진다.

그런 의미로는,

(…확실히, 이 녀석의 선택은 극대잖아.)

"정말로… 잖아. 그래도 괜찮았던 거야?"

"뭐가."

"솔직히 다른 방법도 있었을 거야. 당신의 방식은 옳을지도 모르지만, 아무리 생각해도 비극 발생을 전제로 하고 있잖아."

"웃기는군."

"적어도, 듣고 있으면 즐거운 얘기는 아니야!"

"그럼 어떻게 하지?"

괴물은 작게 웃고 있었다.

입가는 그대로 소리도 없이 찢어지고, 초승달처럼 벌어진다.

"나를 막아볼 건가? 지금이라면 서비스로, 어른의 권한은 봉인해줘도 상관없는데. 그러니까 그런다고 네가 뭘 할 수 있지? 애들의 세계까지 내려와서, 대체 뭘."

"……."

"그런 거야. 사실은 이미 알고 있을 텐데. 넌 새 총괄 이사장이라는 말의 어감이 무서운 게 아니야. 그렇다고 해서 학원도시 제1위라는 숫자의 이야기에 위축된 것도 아니겠지. …사실은, 알고 있어. 이게 가장 '옳은' 선택이라는 걸. 그 옳음을 무너뜨릴 수 없을 것 같아서, 넌 내 멱살을 잡을 수가 없었던 거야. 괜찮아, 그 작은 프라이드는 미덕이니까. 말하자면, 애들이 보고 있는 앞에서 어른이 떼를 쓸 수는 없다는 얘기겠지. '키하라'니 뭐니, 그놈들에 비하면 훨씬 정상이야."

"하지만…!!"

"야망을 시작하자고."

선언이 있었다.

어른들이 만들어버린 아이의, 유치하지만 잔혹한 말이.

마치 자신들이 만들어서 날린 인공위성이 제어를 잃고 머리 위로 떨어지듯이. 게다가 인류 과학 기술의 정수를 결집해서 만든 그 위성에는 중수소니 나트륨 냉각이니로 움직이는 위험한 우주용 원자로가 빼곡하게 탑재되어 있는 것이다.

보복일지도 모른다, 요미카와는 생각했다.

하지만 그것은, 누구로부터 누구에 대한 것일까?

"빌어먹을 총괄 이사장답게, 여러 가지로 어려운 걸 생각해서 말이야. 이쪽은 지금까지 실컷 머릿속이 주물러져 왔어. 너희들, 어른의 사정이라는 것 때문에. 그 멍청한 자식의 권한이 통째로 내 쪽으로 온 거지. 그렇다면 각오해. 이번에는 이 내가, 자신을 위해 똑똑한 머리를 써서 힘을 휘둘러도 불만은 없을 거야."

"……."

"오늘까지 시간은 줬어. 준비는 이미 끝났겠지. 여기까지 와서, 아직 되지 않았다는 말은 못 할 거야. 듣고 싶은 건 꾸물거리는 진척이 아니야. 제대로 아귀를 맞춘 준비 완료의 최종 보고지. 그걸 위해서 널 부른 거라고. 더없는 인재로서."

요미카와 아이호는 가만히 어금니를 악물었다.

"전부 바뀔 거야."

"으음."

"이 도시의 아이들만이 아니잖아. 당신이 혼자서 선택해버린 그 선택은, 70억 명 이상이 사는 이 행성 전체의 미래도…!!"

"그 정도가 아니면, 의미가 없어."

확신범이었다.

요미카와 아이호는 학원도시의 아이들을 지키는 안티스킬(경비원)이다. 만일 지금 여기에서 눈앞의 하얀 괴물을 바닥에 끌어내 쓰러뜨리고 손을 뒤로 돌려 꼼짝 못 하게 해버려서 언덕길에서 굴러떨어지는 눈덩이를 막을 수 있다고 한다면, 그녀는 망설임 없이 그렇게 할 것이다. 맨손인 상태로 최대 10억 볼트 이상의 고압 전류를 만들어내 제어하에 두는 제3위의 '레일건(초전자포)'이나 사람의 마음을 뜻대로 조종하는 제5위의 '멘탈아웃(심리 장악)', 그들과 큰 격차를 두고 있는, 당당한 제1위. 그 무서운 능력의 정체를 알고 있어도 상관하지 않고 맨손으로 덤벼든다. 하지만 요미카와는 이해하고 있다. 그런 짓을 해도 '큰 흐름'을 막을 수도, 바꿀 수도 없다는 것을.

그런 방법으로는 아무도 지킬 수 없다.

바보라도 알 수 있는 것이지만, 사람을 구한다는 것은 쉬운 일이 아니다.

"돼 있겠지. 방아쇠는?"

"⋯⋯."

"너한테 맡기고 싶다는 소리야. 못 하겠으면 다른 데로 돌릴 뿐이지만. 세계의 결말에 관여할지, 그러고 싶지 않은 건지. 골라, 어느 쪽이 좋아?"

어디까지나 요미카와 아이호는 일개 교사일 뿐이고, 눈앞의 상대는 그 전원을 통솔하는 새 총괄 이사장이다.

예전의 관계성이 어떻든, 그 사실은 뒤집을 수 없다.

부끄러운 기분이었다.

그녀는 아무것도 하지 못한 채 내뱉었다.

"…변했잖아, 당신."

"그렇게 만든 건 내가 아니야. 바꾼 쪽의 인간이 무슨 잠꼬대를 하고 있어."

수면 아래에서는 이미 시작되었다.

오퍼레이션 네임 핸드커프스. 새로운 시대를 상징하는 '계획'이.

제2장 변하는 학원도시, 전야 the_24th, Showdown

1

데스 룰이 추가되었다.

제로를 뛰어넘어 버스트한 빌어먹을 자식에게는 벌칙 게임을 가하기로 한다.

"잠깐 기다려, 무리야!! 이거 순록 인형 옷이잖아!! 이런 걸 입은 채 다트를 던지다니 절대 무리라니까?! 저기, 이거, 잠깐, 손 부분이 오븐 장갑으로 돼 있어!!"

"그럼 토우마, 이쪽 걸로 할래? 썰매."

"더 이상 인형 옷조차 아니야…!! 그냥 네모난 덩어리일 뿐이잖아!!"

원래 버스트는 '끝내기' 직전이 아니면 발생하지 않는다. 만일 실수하더라도 16이든 32든 직전까지의 나머지가 적은 포인트로 돌아갈 뿐이기 때문에, 내버려두면 다음 라운드에서 그대로 클리어되고 만다. 그렇게 되면 이기고 있는 쪽의 발목을 잡는 로컬 룰을 덧붙이는 것이 타당하다면 타당하기는 했다.

다행히, 여기에는 파티용품이 산더미처럼 많다.

성공한 사람을 방해할 도구는 부족하지 않다.

"큭큭큭."

그리고 사악한 웃음을 띠는 여중생이 한 명.

미사카 미코토가 가볍게 마왕 모드에 들어가 있었다.

"이브라도 서로의 발목을 잡는 바보 놈들, 거기서 멋대로 발버둥치도록 해. 그리고 이 사이에 나는 10을 세 번 연속으로 맞혀서 '끝내기'를 따겠어!! 같은 궤도를 그리는 것뿐이니까 이런 건 간단….''

"앗, 익숙하지 않은 순록 뿔이 무언가에 닿았는데?"

"아힉?!"

수수께끼의 자극이 등을 통째로 쓸어 올리자 미코토가 수직으로 가볍게 뛰어올랐다.

그러나 무언가가 이상하다.

얼굴을 새빨갛게 붉히고 입을 뻐끔거리면서 그녀가 이쪽을 돌아보며 하는 말은,

"아, 아아, 너. ㅂㅂㅂㅂ라 지금 ㅂㅂㅂㅂㅂ 후크….''

"엇, 뭐?! 혹시 상상 이상의 사고가…?!"

어딘가로 날아간 다트 화살은 하필이면 한 발에 한가운데의 불스아이에 꽂혀 있었다. 나머지 점수 30에서 50점을 깎게 되기 때문에 즉각 버스트다.

수면 아래의 공방을 전혀 눈치채지 못한 인덱스가 플라스틱으로 만든 의상 상자를 들여다보며,

"그럼 단발은 이건가…? 산타클로스!"

"아앗, 진짜!! 하지만 대미지는 적나, 빨간 바지와 상의만이라면 액션에는 간섭하지 않을 테….''

"오스트레일리아의!!"

"새빨간 비키니랑 미니스커트잖아!! 악의가 없는 게 오히려 무서워!!"

한 세트의 옷이 떠넘겨져 가볍게 눈물짓는 미코토였지만, 벌칙 게임은 절대적이다. 먼저 카미조 토우마가 순록으로 둔갑해 있었던 것도 컸다. 이쪽이 밀어붙여 버린 이상, 자신은 하지 않겠다는 말은 통하지 않는다. 젠장… 하고 입속으로 중얼거리면서 미코토는 조금 구석진 곳으로 사라졌다. 카미조는 장소만 가르쳐준, 그쪽에 있는 것은 지금 마트에서 사 온 커튼레일을 사용해 조잡하게 둘렀습니다 하는 느낌의 수제 탈의실이다.

"던집니다. 카미조 씨의 라운드입니다!!"

"한 번 더 버스트하면 어떻게 해줄까, 토우마."

그때, 거기에서 카미조는 깨달았다.

그는 다트 화살을 꾹꾹 쥐면서,

"왠지 이거 끈적끈적한데? 인덱스, 과자 만진 손으로 이거 잡았어?"

"어…? 나는 모르겠는데."

아무렇지도 않게 말하지만, 그녀는 완전 기억 능력이 있기 때문에 '모른다'는 절대적이다. 정말로 짚이는 데가 없는 것이리라. 하얀 수녀가 고개를 갸웃거리면서 카미조의 다트를 만져보더니,

"특별히 아무것도 없지 않아?"

"거짓말이야. 분명히 뭔가 걸린다니까. 방금 전까지의 느낌이랑 다른데…."

카미조는 입술을 삐죽거리며 오른손을 폈다 쥐었다 했다. 다만 순록 인형 옷이라서 양손도 오븐 장갑 같은 부품으로 덮여 있다.

"…있지, 인덱스, 이 표면에 뭔가 묻어 있어?"

"별로 아무것도."

"그럼 소재끼리 간섭하는 건가? 아무렇지도 않게 불가사의 현상이 일어나고 있다고."

마른 손수건이나 티슈로 닦아도 어떻게 되는 것도 아니다. 아마 화장실 쪽에 물티슈가 있었을 것이다. 의지하려면 그것 정도밖에 없을 것 같아서, 일단 쉬고 가게 구석 쪽으로 향한다.

모퉁이를 돌자 커튼 덩어리가 보였다.

탈의실이다.

그리고 갑자기 깨닫는다.

(그러고 보니 미사카 녀석, 아직 돌아오지 않았잖아. 그 녀석 뭔가 애를 먹고 있나?)

물론 잠긴 채 안에서 작게 흔들리고 있는 커튼 쪽에는 가까이 가지 않았다. 왜냐하면 무서우니까. 그렇다. 무섭다. 어쨌거나 불행 체질인 카미조 토우마와 엉성한 탈의실의 조합이다. 어떻게 생각해도 궁합이 나빴다. 만일 지금 갑자기 천장의 커튼레일이 통째로 떨어져 옷을 갈아입는 중의 저거나 이것과 대면하게 된다면 어떻게 될까. 이 순록 인형 옷으로는 기민하게 피하는 것은 기대할 수 없다. 오른손도 벙어리장갑 같은 장갑에 덮여 있다. 그리고 상대는 그래 봬도 학원도시 제3위, 그 별명은 레일건(초전자포)이다. 꺄… 변태… 로 함포 사격급의 일격이 덮친다면 목숨이 몇 개 있어도 모자라다.

(…싫어, 싫어, 안 건드리는 게 제일입니다.)

마음속으로 중얼거리면서 탈의실 옆을 무사히 빠져나가, 남녀 공

용 화장실의 문을 열

거기에서 자신의 기억이 날아갔다.

그저 새빨간.

그리고 카미조 토우마는 통로 복도에 쓰러져 있었다.

"? ???"

무슨 일이 일어난 것인지, 정말로 이해할 수가 없다.

기억이라는 필름에 분명한 누락이 있다.

정신이 들어보니 카미조는 바닥에 천장을 향해 쓰러져 있고, 그리고 데친 문어처럼 새빨개진 미사카 미코토가 그런 소년의 몸에 올라타고 앉아 있었다. 방금 전까지의 블레이저 교복이 아니라, 왠지 색채는 빨강. 그렇다, 남국의 산타클로스로 둔갑한 것이지만,

"어라, 뭐가? 아니, 아마 문을 열었더니 누군가가 옷을 갈아…."

"그만해 멍청아 떠올리지 맛!! 그대로 쇼크로 잊어버려어!!"

비교적 진심이 담긴 주먹으로 몇 번이고 얻어맞았지만, 그런 걸로 사람의 기억이 날아가지는 않는다.

그리고 카미조 토우마는 번쩍! 두 눈을 부릅떴다.

"맞다, 너, 어째서 이쪽에서 옷을 갈아입고 있는 거야?!"

"하지만, 하지만 먼저 갔던 네가 그 입으로 말했잖아. 옷을 갈아입으려면 안쪽으로 가라고…."

"누구에게나 보이는 장소에 탈의실은 준비되어 있었잖아!!"

"저거였어?! 하지만, 스태프 온리 같은 향기가 났잖아?!"

저 닫힌 커튼은 분명히 흔들리고 있었다. 안쪽에서. 왜?! 카미조

가 세상의 부조리에 의문을 부풀리고 있자니, 천장에서 고오··· 하는 소리가 들려왔다. 에어컨이다. 저 녀석의 온풍이 커튼을 흔들고 있었다.

"그런데 미사카 씨, 우와아. 냉정하게 생각하면 저게 저렇게 돼서, 우와아아아아아."

"떠올리지 말라고 했잖아!!!!!!"

순록에 올라탄 채 산타가 전력으로 고함치고 있었다.

어쩌면, 이 광경에는 썰매가 부족한지도 모른다.

2

"후우···."

미사카 미코토는 가만히 숨을 내쉬고 있었다.

이제 소녀는 원래의 블레이저 교복으로 돌아와 있다.

그래도 아직 옷 속에 고인 체온의 자기주장이 격렬하지만.

어쨌거나 다른 생각을 하지 않으면 42도의 경계를 넘어 죽을지도 모른다.

(우··· 역시 몸에서 나오는 미약한 전자파 때문인가···. 왠지 저 삼색 고양이가 나를 피하는 것 같은데. 수수하게 쇼크야.)

그 후로 다트를 몇 게임 연속으로 소화했다.

약간 우세··· 라기보다는 노리고 쏜다는 행위에 마음이 익숙하기 때문일 것이다. 그녀의 '퍼스널 리얼리티(자신만의 현실)'는 특히 그런 방향으로 날카로워져 있다. 전체적으로 보면 역시 스코어상으로는 미사카 미코토의 압승이었다. 그리고 남자 코스튬이 적은 것이

게임의 규칙에 화가 되었다. 버스트는 즉시 페널티라고 그렇게 말했는데도 마구 연발한 저 삐죽삐죽 머리에게 입힐 수 있는 벌칙 게임 의상이 한 바퀴 다 돌아 바닥을 드러내고 만 것이다.

(아앗, 정말. 어째서 집중이 흐트러진 건지 대충 예상이 되니까 지적하기가 어렵지만!!)

무심코 떠올리려고 하다가, 미코토는 허둥지둥 체온 상승 징조를 보이는 자신의 뺨을 손바닥으로 가린다.

그 틈을 타서 잠시 쉬고 있다. 그녀는 소년 일행이 있는 플로어가 아니라 약간 뒤쪽에 들어와 있었다. 이쪽에는 화장실 문이 있는 것 외에, 커스텀 굿즈를 늘어놓은 판매 코너가 있다. 무엇을 파는가 하면 물론 다트 화살이다. …스코어 자체에는 별로 영향을 주지 않는 달까, 크게 영향을 줄 것 같은 게 있으면 국제 시합을 관리하는 단체가 제외시켜 버릴 것 같지만, 좋아하는 사람은 이런 것에도 신경을 많이 쓴다. 빌린 화살로 충분한 미코토가 대충 본 느낌으로는, 반짝반짝 빛나는 루어 낚시의 자작 부품처럼도 보였다.

크리스마스이브는 아무 일도 없이 지나간다.

그런 것처럼 보인다.

"……."

그러나 한편으로, 아까부터 미코토의 등 부근에 무언가 찌릿찌릿하는 감각이 따라다니고 있었다. 기계가 아닌, 사람의 시선이다.

덕분에 휴식에 들어가기 전의 게임은 옆에서 보아도 하나하나 던질 때마다 몹시 오래 생각하고 있었던 것을 알 수 있었을 것이다.

예를 들면 지금, 출입구 쪽에 시선을 보내보면 아무것도 없다.

하지만 시선을 떼면 다시 기척이 따라온다.

기분 탓… 은 아닐 것이다.

…가게 앞에 있는 길거리 카메라나 경비 로봇의 렌즈를 경유해서 바깥의 모습을 관찰해보아도, 절묘한 각도에 있는 것인지 아무것도 비치지 않으니까.

위치를 파악하면서, 미코토가 눈길을 향하느냐 마느냐에 따라 나왔다 들어갔다를 반복하고 있다. 아무리 생각해도 그녀를 관찰하고 있다.

그녀 자신도 토키와다이 중학교의 학교 행사를 땡땡이치고 자유를 만끽하고 있는 몸이지만, 그런 아가씨나 여교사 등이라면 이런 움직임은 보이지 않을 것이다.

(역시 냄새가 나… 나?)

학원도시는 입학 안내 팸플릿에 있을 '뿐'인 도시가 아니다.

있는 곳에는 있다.

뒷골목의 불량배에서부터 행정 빌딩 꼭대기에서 도시 전체를 내려다보는 부자까지, 불온한 그림자, 악당이라는 것이 존재한다. 이들은 깨끗하게 계층으로 나뉘어 있는 것이 아니라, 각자 복잡하게 서로 얽혀 있어서 감당하기가 어렵다. 어른들이 드롭아웃한 아이들을 턱으로 부려 범죄의 실행범으로 만들 때도 있고, 다수의 연구자가 위험한 천재를 모시고 있는 경우도 있다.

그런 의미에서는, 학원도시 제3위 레일건(초전자포)은 그런 트러블에 휘말리기 쉽다는 면이 있었다.

바깥 세계를 모르는 온실에서 자란 아가씨가 막연하게 어둠을 두려워하는 것이 아니라, 실제로 그녀의 DNA 맵을 둘러싸고 커다란 프로젝트가 움직이고 있었고.

(…확인해볼까.)

가벼운 휴식을 제안한 것도 그런 이유 때문이었다.

이럴 때, 흐르듯이 본심과 속내를 전환할 수 있는 자신이 소녀는 싫었다. 그러나 아까부터 느껴지는 묘한 주목이 레벨 5(초능력자)라는 카테고리 자체에서 유래하는 것이라면, 저 소년 일행을 끌어들이는 것은 타당하지 않을 것이다.

"…정말이지, 모처럼의 이브인데."

미코토는 가만히 중얼거리고는, 화장실과 함께 나란히 있던 스태프 온리 문의 전자 록을 해제하고 그대로 안으로. 전자 잠금 장치라서 문은 닫히는 대로 내버려두고, 바로 앞 벽의 천장 가까이에 설치되어 있던 스테인리스 배기구를 개방한다. 높이는 대략 3미터 정도 되었지만, 자력을 조종해 벽에 달라붙을 수 있는 그녀에게는 이동에 방해가 되지 않는다. 그대로 가볍게 밖으로 나간다.

클래식한 인테리어에서 일변해, 바깥에서 보면 몇 개의 금속 컨테이너를 연결한 것 같은 건물이다. 아마 3D 프린터로 만든 커다란 부품을 조립하는, 수지로 만든 분양 주택의 응용일 것이다. 미코토의 자력으로 달라붙을 수 있는 것은 부족한 강도를 보충하기 위해 속에 넣은 철근 덕분이다.

그리고 단순한 것 같지만, 이동의 자유와 미행을 따돌리는 방법은 이퀄로 연결된다. 예를 들어 헬리콥터나 잠수함이 있으면 그만큼 유리하게 도망칠 수 있는 것과 마찬가지로.

그러나,

(플로어의 방범 카메라는… 안 되나.)

자신의 능력을 응용해 다트 바 내의 방범 카메라 영상을 휴대전화로 보내보았지만, 아무것도 없었다. 그렇다기보다 영상 자체가 굳어 있었다. 대충 봐서는 알기 어렵지만, 카메라 바로 아래를 사람이 지나가도 알 수 없도록 개입·가공되어 있다.

역시 자신의 눈으로 확인할 수밖에 없을 것 같다.

미코토는 아직도 시선이 꽂히는 것을 느끼면서도, 뒤쪽의 비상구를 통해 다시 다트 바 안으로 들어갔다. 빙 돌아서 아까 그 스태프 온리 문까지 돌아가는 구조가 된다.

(전자 록에 배기구. 나와 같은 능력이 없으면 둘 중 하나에 걸릴 거야. 누가 어떤 이유로 노리고 있는지는 모르겠지만, 이번에는 내가 꼼짝 못 하고 있는 당신들의 뒤를 차지해주지.)

당연히, 궁지에 몰린 쥐가 고양이를 물 위험도 있다. 어지간해서는 쓰러지지 않는 제3위지만, 반대로 말하면 어지간한 일이 일어나는 것이 학원도시의 어두운 부분의 무서운 점이기도 했다. 이 부분에 절대란 없다. 아까 그 문에 가까이 감에 따라, 미코토의 위장 언저리에 무거운 감촉이 덮친다.

"어…?"

그리고 스태프 온리의 문은 살짝 열려 있었다.

자물쇠를 부순 것이 아니다. 전자적인 수단으로 개방되었다.

"나와 같아?!"

마치 악어의 아가리 바로 앞에 선 것처럼, 미코토는 반쯤 열린 문에서 크게 뒤로 펄쩍 뛰어 물러난다.

있을 수 없는 일이 일어나고 있다.

학원도시에 일곱 명밖에 없는 레벨 5(초능력자), 그 3위. 그렇다면 '같은' 능력을 사용하는 자는 없을 텐데.

알 수 없다는 것은, 능력을 다루는 그녀들의 싸움에서는 그것만으로도 치명적이다.

예를 들면 논리와 이치로 진행하는 장기나 체스판에, 아무도 본 적 없는 수수께끼의 장난감 인형이 놓여 있는 것과 같은 것. 아무리 전체적인 포진에서는 이쪽이 리드하고 있어도, 저 말의 움직임에 따라서는 단번에 자신의 킹이 잡힌다.

(곤란해….)

상상 이상의 규모다.

거리, 방향, 인원수, 엄폐물이나 공격 수단. 그런 구체적인 항목보다도 우선, 막연한 큰 주도권을 보이지 않는 누군가에게 눌리고 있는 불쾌한 감각이 심장을 움켜쥔다. 이 1초는 몇 턴의 뒤처짐에 해당할까? 만일 상대가 명확한 악의를 갖고 킹을 외통으로 몰듯이 이쪽의 자유를 봉쇄하기 시작했을 경우, 이미 그 칼날은 언제든 이쪽의 목을 옆으로 가를 수 있는 위치를 차지한 것은 아닐까.

적은 스태프 온리 문의 전자 록을 해제하고 안으로 나아가고 있다. 또 하나의 관문, 벽의 배기구는 어떻게 되었을까. 문을 열고 조사하기보다, 우선 문째로 한 발 쏘고 나서 발을 들여놓아야 하는 것은 아닐까. 그런 생각까지 하고 만다.

'레일건(초전자포)'.

그렇다면 그 이름에 어울리는 절대적인 고화력을 갖추고 있는 것이고.

(곤란해!!)

반사적으로 스커트 주머니로 가느다란 손이 뻗어, 엄지 안쪽으로 오락실 코인의 감촉을 확인하고 만다.

그때였다.

"…가…."

살짝 열린 문 안쪽에서 무언가가 들려왔다.

그것은 목소리다.

게다가 예상 밖이었던 것은, 모르는 목소리가 아니었던 점이다.

"그런가…. 미아가 된 건 알겠는데, 여기는 가게 사람들만 들어와야 되는 곳이니까. 일단 방 밖으로 나가서, 나랑 같이 점원한테 가자."

미아… 라고 부르고 있었다.

그 탓인지 말투는 매우 둥글둥글하지만, 목소리 자체는 귀에 익다. 아니, 방금 전까지 함께 다트를 하고 있던, 그 삐죽삐죽 머리 소년의 것이다.

(무슨 일이…?)

그런 외모의 능력자인 것일까. 아니면 외모 자체를 바꿀 수 있는 차세대 무기를 사용하고 있나? 아니, 애초에 아는 사람의 목소리 자체가 가공된 음성일지도 모른다.

그러나 이걸로, 문 너머로 갑자기 음속의 세 배로 오락실 코인을 던진다는 선택지는 사라졌다. 확인하지 않고 발사하는 것은 너무나 무섭다.

"……."

소리를 내지 않도록 조심하면서, 미코토는 살며시 스태프 온리의 문을 손바닥으로 만졌다. 그대로 천천히 안쪽을 향해 힘을 준다. 문 틈이 벌어진다.

바닥 위에서 강아지처럼 엎드린 연상의 고등학생이 열 살 정도의 작은 여왕님에게 맨발로 밟히고 있었다.

"그러니까 무리라니까. 그런 높은 곳에 있는 구멍으로 밖으로 나가다니?! 밖에 나가고 싶으면 뒷문이나 비상구를 이용하면 되잖아!!"

"하지만 분명히 미사카의 판단으로는 여기를 지나서 오리지널(언니)은 밖으로 나갔을 거야 하고 미사카는 미사카는 약간 자화(磁化)한 금속을 보고 완벽한 명탐정의 모습을 발휘해보기도 하고! 저 배기구를 넘지 않는 한, 진실에는 다가갈 수 없어…!!"

맨발로 상을 받고 있는 돼지 녀석은 더 이상 설명이 필요 없다고 치고.

작은 소녀 쪽에 대해서인데, 이쪽은 밤색 머리카락을 어깨까지 기른 고집스러운 얼굴 생김새로, 얇은 원피스에 두꺼운 외출용 코트를 겹쳐 입은 것이리라. 덕분에 상반신은 복슬복슬하게 부풀어 있지만, 아래는 맨다리다. 언밸런스하고, 눈이 멀 정도로 눈부신 허벅지가 위태롭다.

같은 수단을 사용했다는 점에서 깨달아야 했을지도 모른다.

이 소녀는 미사카 미코토와 완전히 같은 DNA 맵을 '사용한' 것이니 당연하다. 하기야 실제 출력 쪽은 미코토만큼은 되지 않았던 것 같기는 하지만.

밤색 머리카락에 활발해 보이는 얼굴 생김새.

겉보기의 나이는 크게 다르지만, 세부는 미코토와 전혀 다르지 않다.

"…여기에서 뭘 하고 있어?"

"핫?! 버, 범인은 현장에 돌아온다는 법칙이 작용했어? 하고 미사카는 미사카는 머뭇머뭇 돌아보기도 하고."

"돌아보기 전에 우선 내려와! 그 야만적인 남자 위에서!!"

나이도 어린 소녀를 향해서 던질 만한 말이 아니지만, 지적하지 않고서는 아무것도 시작되지 않는다.

그리고 미코토가 당황하며 재촉한 결과, 여자아이의 맨발이 미끄러졌다. 그대로 허리가 아래로 떨어지고, 엎드린 소년이 그대로 의자 역할로 작은 엉덩이를 받아낸다.

"끄억, 흐악…?!"

"오오, 나이스 캐치 하고 미사카는 미사카는 오빠한테 걸터앉은 채 만점 평가를 내려보기도 하고."

가늘게 떠는 뾰죽뾰죽 머리(돼지 녀석 사양)는 대답도 할 수 없는 것 같았다.

고통의 정도는 상상도 되지 않지만, 별로 실감도 필요 없었다. 분명히, 풍요로운 인생을 사는 데에는 불필요한 경험치다.

…그건 그렇고 저 남자, 어제 심야에 만났을 때에도 다른 여자애에게 휘둘리고 있지 않았나. 점 같은 걸 믿는 성격은 아니지만 어린 여자애살, 설마 정말로 있는 걸까? 거짓말에서 나온 진실이랄까, 농담으로 한 말이었을 텐데?!

어쨌든,

(시선의 정체는 이 아이인가….)

"그쪽 사정은 자세히 모르겠지만, 혼자서 돌아다녀도 되는 상황이던가? 보호자는 뭘 하고 있는 건지."

한 손을 허리에 대고 미코토가 가만히 한숨을 쉬었을 때였다.

"네, 오리지널(언니). 그런 사정으로 이 미사카가 도망친 바보 자식을 수색하고 있었어요 하고 미사카는 성실하게 보고합니다."

바로 뒤에서 들린 목소리였다.

달각 하는 작고 딱딱한 소리의 정체가 뒤를 쫓는다.

어깨를 떨며 허둥지둥 돌아보니, 이번에야말로. 미사카 미코토와 완전히 똑같은 생김새의, 겉모습만이라면 열네 살 정도의 소녀가 무감정한 눈동자를 이쪽으로 향하고 있었다.

이마에는 특수한 고글. 아까 그 금속음의 정체는, 손에 든 권총의 해머를 엄지로 천천히 내리는 소리였다.

그러나 일본의 수도답지 않은 위험한 장난감보다도 우선 미코토가 놀란 것은,

"거짓말이지. 지금 어떻게 내 등 뒤를…?"

"미약한 마이크로파를 모든 방향으로 쏘아서 반사파로 사각을 없애는 대인(對人) 레이저 스캔은 확실히 유용하기는 하지만, 약점이 없는 건 아니에요 하고 미사카는 의기양양한 얼굴을 해봅니다. 전자파란 말 그대로 파(波), 사용하는 주파수만 알면 역위상의 파를 부딪침으로써 없앨 수 있으니까요. 의기양양."

뭔가 말하고 있지만, 표정 쪽은 여전히 무표정했다.

우발적으로 발생한 제3위의 레벨 5(초능력) 레일건(초전자포)을 인공적으로 재현·양산하려다 출력 부족에 빠진 군용 양산 클론 계획의 실험체, 통칭 '시스터즈(여동생들)'.

그리고 총 2만 명이나 되는 '시스터즈(여동생들)'를 미약한 뇌파 네트워크로 연결해, 매크로한 시점에서 전체의 반란을 방지하고 완

전한 제어하에 두기 위해 제조된 특별한 개체가, 라스트 오더. 겉모습이 어린 것은 의도적으로 허약한 육체에 그 역할을 떠넘김으로써 연구자들이 다루기 쉽게 만들고 싶었기 때문일 것이다. 세이프티 자체가 반란을 주도해버린다면 이도 저도 다 잃게 되니까.

학원도시.

그 과학 기술의 부정적인 측면이 여봐란 듯이 응축되어 있었다.

하기야 어리석은 행동이 없다면 애초에 태어나지 않았을 것도 사실이기는 하지만.

우선 라스트 오더는 20001호로 확정이지만, 많은 시스터스(여동생들)는 외견만 보면 누가 누구인지 알기 어렵다. 투박한 고글을 이마에 쓴 소녀에게 미코토는 저도 모르게 이렇게 물었다.

"시리얼 넘버(검체 번호)는?"

그러자 어찌 된 셈인지 똑같은 얼굴의 소녀는 가만히 가슴을 열고 하트 모양의 목걸이를 얼핏 보여주면서,

"당신의 10032호예요 하고 미사카는 작은 독점욕을 행사해봅니다."

"…왜 이쪽을 보지 않아? 어린 여자애의 의자가 된 돼지 녀석을 물끄러미 보고 있어?"

"의기양양 하고 미사카는 되풀이합니다. 몇 번이든."

'시스터스(여동생들)'는 네트워크로 연결된 하나의 거대한 뇌인 한편으로, 개개의 클론 자체는 각자 멋대로 학습을 진행해 개성을 키운다고 들은 적이 있다. …그렇다면 이거, 왠지 이상한 방향으로 진화가 진행 중인 것은 아닐까? 뭔가 원주율이나 역 이름 외우기에 집착해서, 그것밖에 할 수 없게 된 자칭 천재 소녀를 보는 것 같은

상냥한 눈이 되고 만다.

"미, 미사카 동생…."

"네."

"슬슬 내 위에 올라와 있는 이 말괄량이의 극치 좀 어떻게 해봐. 더 이상 출렁거리면, 허리가, 흐억, 허리가 이제 못 버텨…."

"알겠습니다. 오리지널(언니)이 아니라 이 미사카가, 당신의 10032호가 위기적 상황을 타개하러 가겠습니다. 의기양양, 의기양양."

"너, 설마 아니겠지만, 이상한 바이러스 같은 데 감염되거나 한 건 아니지? 아니, 오히려 아무것도 없는데 이러는 게 더 위험한가…."

일설에 따르면, 노린 행수만을 악의적인 코드나 파라미터로 바꿔 쓰는 바이러스 피해보다도, 악의 없이 자신의 힘으로 잘못된 학습을 전체에 퍼뜨려버리는 AI 쪽이 수동 회복은 어려운 모양이다. 약점이 아니라 개성으로서 나와 어울려줘 하고 미코토는 아득한 눈을 하며 생각했다.

"저기, '저쪽 측'의 사정에 휘둘리는 건 화가 치밀기는 하지만 하고 미사카는 자신의 위치를 표명합니다. 사령탑인 라스트 오더(최종 신호)의 의지는 존중한달까, 멋대로 해라지만, 미사카는 미사카 대로 본래 같으면 새하얀 레벨 5(초능력자)파가 아니라 삐죽삐죽 머리의 레벨 0(무능력자)파입니다."

어쨌거나, 조금 전까지 그 자리를 지배하고 있던 긴장은 착각이었던 모양이다.

…대인 레이더의 상쇄에 대해서는 앞으로의 연구 과제로 머리 한

구석에 남겨두기로 하고, 우선 클론 인간을 2만 명이나 만들어 품고 있는 학원도시의 어두운 부분이 바깥의 생활에까지 뿜어 나온 것은 아닌 모양이다.

살며시 가슴을 쓸어내린다.

이런 '과잉 확인 작업'은 빈집털이 피해를 당한 사람이 외출 전에 창문이나 문단속을 계속 확인하지 않으면 속이 후련하지 않은 것과 마찬가지로, 끝난 사건의 부스럼 딱지를 자기 쪽에서 언제까지나 걸려 하는 것과 같아서 결코 뒤끝이 좋은 것은 아니지만, 그래도 지나쳐서 손해를 볼 일은 없을 것이다. 삐죽삐죽 머리 소년이 미사카 동생이라고 부르는 개체는 10032호. 그전의 넘버링은 이제 존재하지 않으니까. '그런 사태'에 빠지는 것만은 질색이다. 이제 두 번 다시, 절대로.

미사카 동생이 작은 라스트 오더의 양쪽 겨드랑이에 양손을 밀어 넣는 자세로 들어 올렸기 때문에, 간신히 삐죽삐죽 머리는 자유를 되찾은 모양이었다. 벽을 짚고 느릿느릿 일어나서 할아버지처럼 허리 뒤를 톡톡 두드리면서,

"괴, 굉장히 파워풀한 여자애가 덮치는 바람에 하마터면 크리스마스이브에 허리가 망가질 뻔했다고…."

"언동이 불온해."

"안 돼요, 오리지널(언니). 이건 아무것도 모르는 소년의 입에서 자각 없이 나온 말을 이쪽에서 마음대로 치환해서 머릿속에서 즐기는 지적인 퍼즐이에요 하고 미사카는 루키에게 올바른 즐기는 법을 강의합니다. 신사, 숙녀의 고귀한 놀이에 참견할 필요는 없어요, 지금은 말없이 생글생글 웃읍시다."

애초에 라스트 오더가 어째서 병원이며 아파트를 빠져나와 거리를 배회하고 있었는가 하는 수수께끼는 남지만, 우선 자리를 떠나는 편이 좋을 것이다. 스태프 온리의 사무실에 언제까지나 머물러 있는 것은 부자연스럽고, 하물며 그것이 (라스트 오더는 다소 연령에 차이는 있지만) 완전히 같은 이목구비의 소녀가 세 명이나 같은 장소에 있다는 조건까지 겹치면 주목도가 쓸데없이 올라가고 만다. 마음만 먹으면 쌍둥이와 나이 차이가 나는 동생으로 밀어붙일 수 있을지도 모르지만, 문제는 국제 조약으로 금지된 클론 인간이다. 연구자들의 차가운 결정에 따라서는 '들키면 죽여서 처분'도 있을 수 있는 이상, 일지도 모르는 정도의 정확도만 갖고 무의미한 도박으로 내달리는 것은 지나치게 위험하다.

(그렇게 되면, 같이 다트를 즐깁시다 하는 분위기도 안 되려나……)

마치 따돌리는 것 같아서 부끄러운 마음도 있지만, 무리하게 고집하는 쪽이 행복하고 사건 없는 크리스마스이브를 파괴해버릴 위험성이 높다. 그것은 미코토도, 미사카 동생도 원하는 상황은 아닐 것이다.

언젠가 그녀들도 크게 손을 흔들며 태양 아래를 걸을 수 있는 날이 올 것이다.

그때까지는 안전책으로 연결하고 시간을 버는 것이 최선이다.

"어쨌든 나가자. 언제 점원이 휴식 같은 걸로 이쪽 사무실에 올지 알 수 없고."

어쨌거나 수상한 추적자나 습격자는 없었다.

우선 확정된 일에 가만히 한숨을 내쉬고, 미코토가 그렇게 말을 꺼냈을 때였다.

그것은 왔다.

두쾅!!!!!!
바깥에서 엄청난 충격을 받아, 튼튼한 현대 건축의 사무실이 통째로 절단된 것이다.

3

"엇차차…."

그리고 어디에선가 누군가가 느긋하게 두 눈 위에 한 손을 대어 차양을 만들었다.

그림자는 속삭인다.

행운의 색으로 물들인 독살스러운 도넛 때문인지, 입술 가까이에 있던 생크림을 요사스러운 혀로 핥으면서,

"약간 실수해버렸나요? 주의, 주의."

4

풍경 전체가 어긋났다.

분명히 단층 같은 것이 있다.

길쭉한 직육면체의 방이었던 사무실이 갑자기 앞쪽과 뒤쪽으로 나뉜다. 인덱스와 미코토가 순간 시야에서 사라졌다. 카미조의 눈 앞에 거대한 절벽이 솟아 있었다. 두 소녀는 수직으로 발사되고 만

것일까.

(웃, 아니야?!)

엄밀하게는 반대였다는 것을 깨달은 것은 머리 위를 덮치는 커다란 그늘의 의미를 파악하고 나서다. 저쪽이 올라간 것이 아니라 이쪽의 바닥이 깊이 가라앉은 것이리라. 벽도, 천장도, 지반조차도 절단되어 카미조와 라스트 오더는 지하에 삼켜지고 있다.

"큰일이야!!"

바닥 전체가 비스듬히 기울었다.

평소의 이미지와 완전히 다르게, 지반 자체가 폭풍우 속의 작은 배처럼 크게 흔들린다. 평탄한 대지에 만들어진 철근 콘크리트 건물인 주제에 지금은 급경사의 내리막길. 그리고 그립이 없는 라스트 오더가 데굴데굴 구르듯이 떨어진다.

100톤 이상의 지반끼리 격렬하게 서로 부딪치는 것이다.

거대하고 단단한 단면은 이러고 있는 지금도 꿈틀거리고 있다. 저런 접촉면에 팔다리가 닿는다면, 그대로 물어뜯겨 끊기고 말지도 모른다.

그러나 그런 카미조의 걱정은 부정되었다.

입이 벌어지고 있었던 것이다.

단순한 흙벽이 아니다. 지하 공간이 있었다. 토지가 한정된 학원도시는 발밑에도 개발의 손길이 과밀하다 싶을 정도로 뻗어 있다. 아마 역과 역을 연결하는 지하도가 망가진 것이리라. 부자연스러울 정도로 가라앉았다. 그래서 본래는 발치에 있어야 했을 통로의 단면이 이런 곳에까지 얼굴을 내밀고 있다.

마치 처음부터 노린 것처럼… 이었다.

라스트 오더 한 사람을 삼키더니 시소처럼 지반이 흔들린다. 상하의 단차가 평평해지자 지하도의 입이 닫혀버린다.

(그냥 사고나 재해 같은 게 아니야.)

당연하다, 이런 자연 현상이 있을 수가 있을까. 구체적인 수법까지는 보이지 않지만, 어떻게 생각해도 사람의 손에 의한 '악의'가 보인다.

뭔가 초자연 현상을 이용해 공격받고 있다. 내버려둬도 좋을 일은 하나도 없다.

결단의 시간이었다.

(그렇다면, 지금은 저 애를 혼자 두는 건 너무 곤란하지!!)

"바, 위험해!!"

"넌 인덱스가 어떻게 됐는지 확인해줘. 부탁해!!"

미코토가 위쪽 단에서 소리쳤지만, 아래쪽 단에 있는 카미조의 행동을 막을 수는 없었다. 그는 오히려 자신 쪽에서 그립을 포기하고, 내리막길이 된 바닥을 미끄러져 지하도로 뛰어 들어간 것이다.

간발의 차였다.

뒤늦게 카미조가 지하도로 뛰어든 직후, 지반이라는 커다란 아가리가 닫힌다. 3초만 늦었다면 상반신과 하반신은 100톤 이상의 맹렬한 하중에 의해 비엔나소시지처럼 물어뜯겼을 것이다.

바닥에 구른 채, 카미조는 이렇게만 물었다.

"괜찮아, 라스트 오더…?"

"응, 다친 데는 없는데 하고 미사카는 미사카는 여기저기 두리번 두리번 둘러본다."

평소 같으면 아무런 특징도 없는 지하도겠지만 지금은 여기저기에 균열이 간 상태이고 콘크리트가 갈라진 틈에서 검은 흙이 넘쳐 났다. 전기 계통도 망가졌는지 형광등은 모두 죽었고, 곳곳에서 여러 가지 모양이 나타나게 만든 불꽃놀이 비슷한 전기적인 불꽃이 벽이며 천장에서 산발적으로 폭포수처럼 퍼붓고 있다.

"음⋯."

라스트 오더는 작은 손바닥으로 자신의 옷을 팡팡 털었다. 깨끗한 것을 좋아하는 것일지도 모른다.

주위는 영화관처럼 어둡고, 끊긴 배선이나 콘크리트 파편이 어디에 떨어져 있는지도 알 수 없다. 균열이 간 장소를 파악해두지 않으면 대량의 토사에 생매장될지도 모른다. 어둠 속에서는 위험하지만, 휴대전화의 LED 조명에 의지할 수밖에 없는 상황이다.

양손을 들고 작은 여자아이가 폴짝폴짝 뛰어올랐다.

"미사카도 반짝반짝할 수 있어 하고 미사카는 미사카는 가슴을 펴보기도 하고."

"뭐야? 무사한 형광등에 전기라도 통하게 하고 싶다거나?"

"이 머리카락을 파직파직시키는 거야!"

이것에 대해서는 정중하게 사양해둔다. 어둠 속에서는, 광원은 제일 먼저 노리는 대상이 된다. 머리나 머리카락 같은 것은 가장 위험하다.

역시 불안한 것일까. 작은 손바닥으로 이쪽의 옷자락을 꽉 움켜쥐고 라스트 오더는 물었다.

"지금부터 어떻게 할 거야? 하고 미사카는 미사카는 상의해본다."

"글쎄⋯."

그러나 자유롭게 움직일 수 있다고 해도, 어디로 갈까?

무엇을 하면 안전을 확보할 수 있지?

(생각해….)

무너지는 지하는 분명히 위험하지만, 지상으로 나가도 안심할 수 있다는 보장은 없다. 트인 장소로 나감으로써 집중 포화를 뒤집어쓸 위험성도 물론 있다.

따라서 무턱대고 헤매고 다니는 것보다, 움직이기 전에 방침을 정해두는 편이 좋다.

제일 먼저 생각해야 하는 것은,

(이게 사람의 손에 의한 공격이라고 치고, 우선 누굴 노린 것인가 하는 점이야.)

카미조 자신이라는 가능성도 제로는 아니지만, 한없이 제로에 가까울 것이다. 왜냐하면 불행하니까… 라고 말하면 끝이 없다. 여기가 과학 측의 총본산 학원도시인 것을 생각하면, 제3위인 미사카 미코토를 필두로, 그 클론인 시스터즈(여동생들)나 사령탑인 라스트 오더도 지극히 가치가 높다.

아니,

(…그중에서도 특별 취급은, 역시 이 애인가.)

"?"

카미조의 시선을 받으며, 당사자인 라스트 오더는 곤란한 듯이 고개를 갸웃거렸다.

애초에 대지의 커다란 입이 벌어지고 라스트 오더만 삼켜진 것은, 우연이 아니라 그런 의도가 있었던 것이 아닐까 하는 생각도 들고 만다.

한편으로 그 다트 바에는 또 한 사람, 전혀 다른 중요 인물이 있었던 것도 사실이었다.

인덱스.

마술 측이라는 다른 세계가 있다. 그녀는 10만3001권 이상의 마도서를 머릿속에 완전 기억하는 마도서 도서관이라는 역할을 갖고 있고, 전 세계의 무법자 마술사들이 그 예지를 노리고 암약 중인 모양이다. 이 경우는, 라스트 오더를 이용해 인덱스 가까이에서 카미조 토우마를 멀어지게 했다고 볼 수 있다.

즉 과학이냐, 마술이냐. '보이지 않는 적'이 어느 쪽에 속해 있느냐로 이후의 전개는 크게 달라진다. 잘못 읽으면 잘못된 방향으로 방패를 들게 되고. 그 결과, 등이나 옆구리에 집중 포화를 맞아 큰 타격을 입는 꼴이 될 것이다.

최초의 일격으로 건물 전체가 무너지지 않은 한은, 인덱스에게는 미코토와 미사카 동생이 붙어 있다. 그렇게 쉽게는 당하지 않을 것이다.

…앞으로 취할 수 있는 선택지는 크게 나누어 두 가지.

첫 번째는 한시라도 빨리 지상으로 나가 인덱스나 미코토 일행과 합류하는 것. 인덱스냐, 라스트 오더냐. 어느 쪽이 대상이든 두 사람을 하나로 묶어버리면 습격자는 같은 지점을 공격하지 않을 수 없게 된다. 과학이냐 마술이냐의 구분 따위 상관없이, 적이 얼굴을 내밀었을 때 총공격을 해서 처부수면 위협을 배제할 수 있다.

두 번째는, 인덱스와 라스트 오더를 신속하게 떼어놓는 것. 이것에 의해, 습격자가 어느 쪽을 뒤쫓느냐로 과학인지, 마술인지 소속이 확실해진다. 또 미코토 일행과 연락만 취할 수 있다면 두 패로 나눔으로써 장점이 생긴다. 습격자는 타깃을 쫓아다니고 있다고 생각할지도 모르지만, 그 무방비한 등을 또 카미조나 미코토 등 별동대가 몰래 추적할 수 있으니까.

"……."

잠시 생각하고.

그리고 카미조 토우마는 결정했다.

"라스트 오더, 우선 일단 여기를 떠나자."

"그건 좋지만…."

카미조가 움직일 기색을 보이자 작은 소녀도 그의 옷자락 끝을 움켜쥔 채 따라온다. 아무래도 놓을 마음은 없는 것 같다.

고른 것은 후자.

미코토나 미사카 동생의 뛰어난 실력을 믿기 때문에 더더욱, 지금은 합류보다 각자 행동을 선택한다. 어쨌든 상대의 정체를 모르고서는 도망치는 것도, 싸우는 것도 불안하다. 습격을 받은 때부터 카미조 일행은 정보 면에서 뒤지고 있다. 이 차이를 메우지 않는 한, 그저 끊임없이 계속 습격을 받는 악순환에서 빠져나갈 수 없다.

살고 있는 학생 기숙사로 도망쳐 돌아간다고 해서 평화가 돌아올까?

안티스킬(경비원)에게 매달려 보호를 받는다고 해도, 초소째 파괴될 위험성은?

…적어도, 상대의 얼굴과 이름을 알 수 있는 위치까지 정보를 따라잡고 싶다.

전자의 합류 루트는 얼핏 보면 전력을 모으고, 누가 습격을 받아도 모두 함께 서로 감쌀 수 있으니 안전도가 높은 것처럼 생각될지도 모르지만, 함정이 있다. 정체불명의 적이 그늘에 숨어서 가만히 지켜보는 쪽을 택했을 경우, 꼼짝달싹도 할 수 없게 되는 것이다. 어떤 공격 수단이든, 일격에 건물을 가르고 지반을 들어 올릴 정도의 힘이다. 어딘가에 틀어박히면 지나쳐 보낼 수 있을 만한 것이 아닌 이상, 얼굴도 보이지 않는 채로 카미조 일행이 굳어 있는 지점의 주위를 자유롭게 돌아다닐 수 있다… 는 전개에 빠지는 것은 절대로 피하고 싶다. 그래서는 넓은 바다를 구명보트로 표류하면서 거대한 상어를 두려워하는 것과 다를 것이 없다.

이빨의 주인을 물속에서 끌어내라.

안전을 확인하는 건 그다음이다.

"그럼 간다."

"뛰지 않는 거야? 하고 미사카는 미사카는 재촉해보기도 하고."

"불빛은 이 휴대전화 하나뿐. 하지만 발치는 전화번호부보다도 커다란 콘크리트나 깨진 형광등 파편으로 가득해. 걸려서 넘어지면 무사하지 못할 거야."

이곳이 역과 역을 연결하는 지하도였을 경우, 가장 가까운 역의 계단은 어디였을까, 카미조는 머릿속으로 떠올리려 했다. 그 한 번의 공격으로 어디까지 피해가 퍼졌을지는 미지수지만, 계단이 부서지지 않았기를 바랄 뿐이다.

그리고 즉석 팀을 짜서, 10미터도 가기 전이었다.

다시 한번, 격렬한 흔들림이 카미조 일행을 덮쳤다.

"왓?!"

"역시 노리는 건 인덱스가 아니라 이쪽인가!!"

바징!! 하는 파괴의 소리는 콘크리트일까, 금속일까. 너무나 귀에 익지 않은 것이어서, 귀로 들어도 무엇이 부서진 것인지 상상도 가지 않았다.

다만, 낮은 진동이 언제까지나 멈추지 않는다.

그렇다기보다 점점 커진다.

지지지.

지지지지지직.

도도도도도지지지지지지지지지지지지지지지지지지지지지지!! 하는 바닥 전체가 떨릴 정도로 굵은 소리 덩어리의 정체는…,

"…빌어먹을. 뛰어, 라스트 오더."

"엇? 하지만 아까는."

"놈은 지하를 달리는 수도나 공업용수나, 어쨌든 무언가의 배관을 일부러 부쉈어!! 빨리 해, 대량의 물이 밀려오고 있어!!"

큰 목소리에 등을 얻어맞은 듯이 달리기 시작한 라스트 오더가, 앞으로 고꾸라질 뻔한다. 카미조는 그 가느다란 허리를 한 팔로 끌어안고 어쨌든 앞으로 달렸다. 광원은 휴대전화의 LED 조명 하나뿐이지만, 팔이 엉망으로 흔들려서 전방조차 제대로 확인할 수 없다. 라스트 오더는 카미조에게 안긴 채 가느다란 다리를 파닥파닥 흔들었다.

"터널이 전부 흔들리고 있어! 하고 미사카는 미사카는 깨달은 걸 말해보기도 하고!"

"알아. 무너지거나 하지는 않겠지, 이거. 우선 양손으로 머리만 보호해둬!!"

소리가 커진다.

아니, 가까워지고 있다.

이제 고막이라기보다는 배 속이 흔들리는 것 같은 낮은 굉음이었다.

뒤에서 따라잡혀 삼켜지기까지 앞으로 몇 초? 어두워서 시야가 확보되지 않으면 자신의 초조함으로 스스로의 발을 걸어 넘어뜨리고 말 것 같았다. 지금 넘어지면 틀림없이 죽는다. 어쩔 수도 없이 삼켜져 회복 불능이다. 근거도 없는 자가 생산의 죽음 예언이 심장을 명확하게 옥죈다.

그래서 처음에는 하마터면 놓칠 뻔했다.

올라가는 계단을 나타내는 아이콘의 간판을 희끄무레한 LED 조명이 비추고, 카미조는 급브레이크를 걸며 그쪽으로 뛰어든다. 라스트 오더의 허리를 팔 하나로 안은 채 두 단씩 뛰어 층계참까지 달려 올라간다.

그때 바로 옆으로 발이 채였다.

순식간에 이 높이까지 올라온 세찬 흐름이, 하마터면 카미조의 몸을 쓸어갈 뻔한 것이다. 실제로는 무릎 아래 정도의 높이에서 일단 멈추었지만, 그것만으로도 몸 전체의 균형을 잃을 것만 같다.

층계참까지만 해도 열 단 이상 되었을 것이다. 아래의 지하도는 이미 전부 메워졌다. 여기도 언제까지 버틸지는 알 수 없다.

"큭!!"

깨진 콘크리트의 벽에 일부러 몸을 부딪쳐, 넘어지는 것을 막는다. 그대로 나머지 절반의 계단을 단숨에 올라간다. 이어서 웅얼거리는 파괴음이 멀리에서 울려 퍼지는가 싶더니, 급격하게 수량이 늘었다. 또 다른 수도관이나 하수관을 절단한 모양이다. 이쪽의 허리를 통째로 삼키려고 수위를 올리는 세찬 흐름에서 필사적으로 도망치듯이 카미조는 계단을 뛰어 오른다.

마지막에 발이 미끄러졌다.

"악?!"

카미조는 몸을 웅크려 딱딱하고 차가운 계단 모서리에서 라스트 오더만이라도 간신히 보호한다. 어금니를 악물며 아픔을 견디고, 그 작은 몸을 마지막 몇 단, 지상 부분까지 양손으로 밀어 올린다. 그런데도 그녀는 일어서지도 않고, 엎드린 채 그 작은 손을 이쪽으로 뻗었다.

"잠깐, 빨리 이쪽으로. 으… 음…!!"

실제로 아무런 의미도 없었을 것이다.

이대로 카미조의 몸이 주르륵 미끄러져 떨어지면, 모처럼 구한 라스트 오더도 함께 한겨울의 물속에 가라앉을 것이다.

(…이, 야.)

하지만.

그렇기 때문에 더더욱, 카미조 토우마는 마지막의 마지막까지 버텼다.

(아직이야!!)

이 애는 절대로 끌어들일 수 없다고, 그것만 생각하며 억지로 몇 계단 분량의 높이를 기어올라 지상으로 몸을 밀어 올린다.

깨진 타일이 깔려 있는 인도로, 라스트 오더와 둘이서 굴러 나온다.

세찬 흐름은 정확하게 지면 높이에서 멈춘 상태였다. 마치 사냥 감을 놓친 맹수가 수풀 속에서 일단 상황을 살피고 있는 것 같다. 무언가가 마음에 들지 않는지, 떠나듯이 물이 지하로 물러간다.

아마 다른 균열이나 커다란 구멍을 만들며.

바깥도 심했다.

그렇게 튼튼했던 빌딩들은 여기저기 기울고, 철근 콘크리트의 벽에는 기분 나쁜 X자 균열이 가 있었다. 붕괴 위험이 있는 위험한 징후… 였을까. 드럼통 모양의 청소 로봇이 쓰러져 구른 채 자세를 회복하지 못하고 타이어를 공회전시키고, 세 장짜리 날개의 풍력 발전 프로펠러도 몇 개는 지주(支柱)부터 통째로 쓰러져 가드레일이나 길가에 주차되어 있던 경자동차 등을 뭉개고 있다. 사람을 직격했다면 큰일이 났을 것이다.

게다가 크리스마스 시즌인 것도 박차를 가했다. 본래 같으면 거리를 채색해야 했을 전구 장식 케이블이 여기저기 끊어져 불꽃을 튀기면서 지면에 흩어져 있었다. 옛날의 전선 정도는 아니지만, 이것도 감전이나 발화 위험도는 제로가 아니다. …예를 들어, 아까 그물과 조합한다거나 하면.

도로는 마치 해수면처럼 번쩍번쩍 햇빛을 반사했다.

여기저기에서 빌딩이 삐걱거린 영향일까. 초격(初擊) 때에는 고층의 창문이 깨져 날카로운 파편까지 쏟아졌던 모양이다. 다만 그런 것치고는 주위가 유혈로 가득하다거나 하지는 않은 것이 기쁜 오산이기는 했다. 흔들림을 느낌과 동시에 튼튼한 건물이나 차 밑으로 기어 들어간 것은, 역시 이 나라 특유의 높은 위기의식 때문일까. 사건이나 전쟁은 제쳐두고, 재해에 대한 지식의 양만 보면 세계에서도 손꼽힌다는 이야기를 TV 잡학 프로그램에서 본 적이 있다.

라스트 오더는 작은 입을 벌리고 평화로운 푸른 하늘을 바라보았다.

넓은 하늘을 천천히 흘러가는 비행선만이 세상의 혼란에서 오도카니 혼자 남겨진 것처럼 평화로웠다. 배의 커다란 화면에도 아직 임시 속보 같은 것은 나오지 않는다.

"지, 지진을 조종하는 능력자 같은 걸까 하고 미사카는 미사카는 고개를 갸웃거려보기도 하고."

"글쎄…."

처음부터 화려한 큰 기술로 거하게 대접.

하지만 공격 수단을 한정함으로써, 이쪽의 미스리드를 유도하는 것 같기도 하다.

애초에 단순히 흔들기만 하는 능력이라면, 처음의 다트 바는 무너뜨리지 않은 게 이상하다. 그것은 지반을 들어 올린다기보다 '건물이 있는 장소를 발치의 지반째 잘라냈다'고 하는 쪽이 옳지 않을까. 그래서 지반이 흔들려도 건물은 무너지지 않았다. 처음부터 둘로 나뉘어 있었기 때문에 비틀려 끊길 위험이 없었던 것이다.

그리고 그쪽이 더 성가시다.

그것이 범용적으로 무엇이든 할 수 있는 텔레키네시스(염동 능력) 같은 것이었을 경우, 응용 범위가 극단적으로 넓어진다. 뭣하면, 카미조나 라스트 오더의 몸통을 직접 지정해서 상반신과 하반신을 끊어낼 수 있을지도 모른다. 어린아이가 벌레를 잡아서 하는 잔혹한 장난처럼.

그 경우는 록 온=죽음이 된다.

다만 반대로 말하면,

(…실제로는 그렇게 되지 않았어.)

그렇게까지 강대한 능력이라면, 반격이 불가능한 사냥감을 속이기 위해 허세를 끼워 넣을 필요는 없다. 일부러 연기한다는 것은, 뒤집어보면 무서운 것이다. 정체가 탄로 나고 반격 계기를 만들어버리는 것이. 즉 놈은 스스로 선언했다. 어떤 능력을 사용하든, 그가 자랑하는 비장의 패는 정체가 알려지면 그것만으로도 도미노가 쓰러지듯이 우위를 전부 잃어버릴 만한 것에 지나지 않는다고.

악의에 삼켜지지 마.

그 뒤까지 읽고 희망으로 바꿔.

현실의 사건에서는, 누구나 클리어할 수 있도록 마법의 상처약이나 예비 탄약이 일정 간격으로 바닥에 떨어져 있는 것이 아니다. 적은 이쪽에 있어서 이익이 될 것은 전부 배제하고, 자신에게 이어지는 길을 잘라내고 나서 구체적인 액션으로 나올 것이 분명하다. 그러니, 적에게 기대하지 마. 필요한 것은 변환. 질퍽질퍽한 진흙을 소독약으로 치환하듯이, 악의 있는 말이나 행동에서 살아남기 위한 정보를 끌어내.

"이제부터 어떡할 거야? 하고 미사카는 미사카는 질문해보기도 하고."

"높은 곳이야."

카미조는 간단하게 대답했다.

"처음의 다트 바에서부터 여기까지, 전경을 둘러볼 수 있는 장소는 어디지? 놈이 단일한 능력으로 계속 습격하고 있다면, 우리를 보고 있을 거야."

"하, 하지만, 미사카들은 지하를 달리고 있었던 것 같은…?"

"적의 초대로 말이지."

애초에 상대 쪽에서 세팅한 것이었는데, 상대가 도망치는 라스트 오더를 놓칠 거라고는 생각하기 어렵다.

"다트 바의 사무실을 정확하게 가른 최초의 공격과 비교하면, 지하에서의 공격은 엉성했어. 어딘가 멀리에 있는 수도나 공업용수 배관을 부수고, 지하도 그 일대를 한꺼번에 수몰시키는 방식이었잖아? 큰 에어리어는 파악할 수 있지만 자세한 좌표까지는 파악하지 못했던 거야. 그리고 놈은 그래도 상관없었어."

물론 결정적인 증거 영상 따위는 어디에도 없다. 카미조가 한 말은 자신이 체험해온 지금까지의 일을 더듬어, 자신이 적이었다면 어떻게 움직였을까 하는 예측을 한 것에 지나지 않는다.

하지만 그렇게 스스로 골조를 만들지 않으면 당장의 목적지조차 보이지 않는다. 감정에 맡기고 무턱대고 달려가봤자 무엇이 기다리고 있을지는 말할 것까지도 없다. 자신들의 목숨이 걸려 있는 것이라면, 적어도 이 손으로 지도를 펼치고 목적지를 결정할 자유 정도는 확보하고 싶다.

"그렇다면 지금이 기회일지도 몰라. 거리를 둘수록 적은 엉성하게밖에 우리를 파악하지 못하게 돼. 우리가 수몰된 지하도에 있는지, 밖으로 나왔는지도 파악하지 못하는 상태라면… 상대는 방심하고 있을 거야. 지금 적이 어디에서 거리를 내려다보고 있는지를 알아내서 몰래 접근하면, 반격할 수 있어."

적의 공격은 너무나 대규모지만 그렇기 때문에 더더욱, 예를 들어 같은 빌딩의 옥상까지 카미조가 왔을 경우에는 충분히 힘을 휘두르지 못하지 않을까? 자신의 공격으로 자신이 발판으로 삼고 있는 빌딩을 무너뜨린다면 상대도 휘말리고 말 테니까.

능력은 한 사람에 하나뿐.

파괴에 특화되어 있는 그 능력은 아마 자신의 몸을 지키는 데에는 적합하지 않을 것이다. 빌딩 해체용의 무거운 암(arm)을 사용해 날달걀을 집는 것과 같은 사태가 된다.

『어… 뭐야? 뭐가 어떻게 된 거야…???』

저것은 아르바이트나 뭐 그런 걸까. 짧은 스커트도 신경 쓰지 않고 도로에 무릎을 모은 채 두 다리를 바깥쪽으로 접어 철퍼덕 주저앉아 있던 미니스커트 산타 소녀가 중얼거렸다. 저 긴 금발은 설마 일을 위해 염색한 것일까. 그리고 사람은 이런 때에도 케이크와 칠면조를 동시에 구입하면 가격 20퍼센트 할인이라고 적힌 간판을 꽉 쥐고 놓지 않는 생물인 모양이다. 그 불길한 도넛에 눌려 전통 케이크파는 힘들 것 같다.

『굉장하지만, 이 사진은 올리면 댓글 폭발하려나아….』

『무슨 소리야. 기록은 정확하게 남겨야지!』

윈도가 깨진 빌딩 1층 카페에 피난 중이던 연인들도, 간신히 당혹 반 불만 반이라는 형태로 여기저기를 둘러보며 바깥 도로로 나온다. 카페 점원은 깨진 유리투성이 바닥을 보며 머리를 긁었다. 행운의 색 도넛이 그렇게 많이 팔렸기 때문일까, 비싸 보이는 쇼윈도를 전부 새로 해 넣게 된 것치고는 별로 표정에 슬픈 느낌은 없다.

당연하지만 오늘은 크리스마스이브다. 겨울방학 중에서도 특히 사람의 출입이 많은 날. 그런 가운데, 더 이상 정체불명의 능력자의 폭거를 허락할 수는 없다.

"그럼 라스트 오더, 슬슬 반격을 시작한다."

"어떻게 적이 있는 곳을 찾을 거야? 하고 미사카는 미사카는 방침을 확인해본다."

실제로 해보면 금방 알 수 있지만, 키가 큰 빌딩은 아래에서 올려다보면 옥상에 무엇이 놓여 있는지 보이지 않는다. 무턱대고 도로를 달리며 빌딩들을 쳐다보아도 답은 나오지 않고, 그렇다고 해서 '이 일대에서 가장 키가 큰 건물에서 전체를 내려다보며 각각의 옥상을 확인하는' 거라면, 능력자가 그 빌딩을 부숴버리면 거기에서 끝이다. 특대 장대눕히기(주8)에 휘말려 손도 쓰지 못하고 목숨을 잃고 말 것이다.

그러나 카미조에게는 승산이 있었다.

"없어."

"응?"

"다트 바에서 여기까지, 일대를 깨끗하게 전부 둘러볼 수 있는 장소 따위는. 최근의 지도 앱은 드론 충돌을 피하기 위해서 평면 지도뿐만 아니라 입체화까지 해주니까 말이지. 이걸로 보면 알 수 있는데, 어느 빌딩도 다른 빌딩에 시선이 가로막혀서 사냥감을 노리기에는 적당하지 않아."

"하지만 현실적으로 미사카들은 계속 공격을 받고 있는데? 하고 미사카는 미사카는 반론해본다."

"그래. 그러니까 장치가 있어."

카미조는 자신의 휴대전화를 키가 작은 라스트 오더의 눈높이까지 맞춰주면서,

"빌딩의 '높이'만 보면 직선적인 시선은 전부 막혀버리는 것처럼 보이지만, 하지만 실제로는 달라."

"?"

"풍력 발전 프로펠러."

주8) 장대눕히기: 두 팀이 상대의 진을 공격해 장대를 먼저 쓰러뜨리는 것으로 겨루는 놀이.

카미조는 바로 저기에 있는 학원도시의 '명물'을 엄지로 가리키며,

"여기저기에 있잖아? 저건 바람으로 기세 좋게 돌아가면 커다란 원형 거울처럼 작동할 때가 있어. 녹은 눈으로 표면이 젖어 있다면 빛 정도는 쉽게 튕겨내지. 직선적으로는 시선이 막혀버려도, 잔상으로 만들어지는 임시 거울을 이용해서 우회하면 시선이 뚫려. 우리는 훤히 보이게 되고."

당연한 일이지만 그런 조건에 맞는 건물은 그렇게 많은 것이 아니다.

카미조의 판단으로는 이렇다.

"300미터 서쪽에 있는, 부타쿠사 부동산 오피스 빌딩. 여기라면 직선적으로 다트 바를 내려다볼 수 있고, 그 프로펠러를 거울처럼 이용하면 방해가 되는 멀티플렉스 영화관을 우회해서 이쪽까지 들여다볼 수 있어. 잠복에 사용할 수 있는 장소는 거기밖에 없어!"

방침은 정해졌다.

카미조는 라스트 오더의 작은 등을 한 손으로 밀며, 해결까지 기세를 붙이려고 한다.

그러나 그때였다.

갑자기 희미한 찜찜함이 거스러미처럼 마음을 자극했다.

(…아니, 잠깐 기다려.)

지금 시야 속에 이상한 것이 섞여 있지 않았나? 카페의 깨진 유리, 긴장감이 없는 점원, 피난해 있던 연인들. 그것들은 아니다. 설령 날벼락처럼 고층에서 유리의 비가 내려왔다 해도, 창이 깨지기 전에 이른 단계에서 실내로 대피했다면 화를 피할 수는 있었을 것

이다. 한편으로, 카미조 일행이 무사했던 것은 처음부터 지하에 있었기 때문이다.

하지만 한 사람.

처음부터 끝까지 밖에 있었고, 게다가 왠지 유리의 비를 뒤집어쓰지 않은 인물이 있지 않나?

"뭐, 문외한의 명추리로는 이쯤이 한계일까요."

푹.

감촉이라기보다, 우선 둔한 소리가 있었다.

"악…?"

오른쪽 옆구리에 사정없이 한 발. 꽂힌 것은… 뭘까? 송곳이나 아이스픽과도 다르다. 볼펜보다도 가늘지만, 그것은 엄연한 나이프였다. 어쩌면 본래는 장갑(裝甲) 재킷의 틈새로 급소에 미끄러뜨려 넣듯이 찌르는 것인지도 모르지만.

그것보다도, 우선 소유자.

가까운 거리, 숨결의 열기까지 또렷하게 전해지는 거리까지 파고든 상대는, 먼 옛날의 자객이나 전자 위장으로 풍경에 녹인 암살 부대가 아니다. 처음부터 시야에 들어왔을 터였다. 들어 있었는데, 그냥 간과했다.

아르바이트 소녀.

케이크 가게의 간판을 든 미니스커트 차림의 산타클로스.

"이… 자식…?!"

"원한은 품지 말아주세요. 별로 당신들이 밉다는 건 아니에요,

이쪽도 일이라서요. 실패하면 '위'가 시끄럽거든요."

긴 금발을 사르륵 흔들며, 이 상황에서 감정도 없이 누군가가 속삭였다.

핼러윈이든 크리스마스든, 과잉 코스튬은 오히려 본인의 이목구비를 덮어버린다. 가장 눈에 띔으로써 사람들의 인상에서 사라진다. 바로 정면에서 덮쳐왔음에도, 나중에 돌이켜보면 붉은 옷과 미니스커트밖에 떠올릴 수가 없다⋯ 는 사태를 유발하기 위해서다.

(멀리서, 여기까지 둘러보고 있었던 게 아니야⋯.)

12월의 푸른 하늘에, 번쩍 하고 태양광을 반사하는 무언가가 있었다.

비행선.

배 부분에 커다란 화면을 붙인, 학원도시의 명물이기도 하다. 그리고 두꺼운 보호 유리로 덮인 화면은 빛을 반사한다. 그러나 지도 앱만 보아서는, 저런 커다란 거울이 있는 것은 알아차리지 못한다.

또 하나.

빛의 반사나 굴절로 시야를 확보하고, 에어리어 전체를 둘러볼 수 있는 포인트가 있었던 것이다.

(⋯처음부터 여기에 있으면서, 우리가 자신이 있는 곳까지 오기를 가만히 기다리고 있었다?!)

"라스트 오더!!"

마지막 힘을 쥐어짜, 카미조는 순간적으로 작은 소녀를 멀리 떠밀었다.

그러나,

"무의미."

도로에 균열이 갔다. 하나의 직선이 아니라 뱀이 꿈틀거리듯이. 그것은 산타클로스 암살자와 라스트 오더, 그리고 카미조를 명확하게 나누고 만다.

쿵!!

대지가 들려 올라간다. 허공을 향해 작은 소녀가 납치되는 것 같았다.

그리고 카미조에게도 지켜볼 여유조차 없었다. 함께 흩뿌려진 흙모래가 산탄처럼 부딪쳐, 소년 1인분의 중량이 나선형으로 뱅글뱅글 회전한다.

옆구리에는 아직 나이프가 꽂혀 있었다.

지금 이대로 지면에 격렬하게 내동댕이쳐지면 이번에야말로 무사하지 못할 것이다. 충격으로 나이프가 휘저어져 몸속이 너덜너덜해지고 만다.

그렇게 되면 여기에서 끝.

추적의 흐름이 끊기고 만다. 대체 누가 라스트 오더를 납치한 것인지, 그것조차 알 수 없게 되고 만다.

"빌, 어먹을…?!"

어떻게도 되지 않았다.

두 발이 지면에서 떨어진 단계에서, 이미 카미조 토우마는 컨트롤 권리를 포기한 것이니까.

드득거리는 체내의 이물감이, 아직 지면에 격돌하기 전부터 카미조의 영혼을 도려내려 한다.

부딪치고, 충격이 스치면, 거기에서 모든 것이 깨진다.

이제 와서 팔다리를 어떻게 움직여도, 이미 늦었다.

3초 후에는 새빨갛게 메워진 죽음이 기다리고 있다는 것을 알아
도.

부웅!! 모든 감각이 사라졌다.
최후의 순간, 오히려 카미조 토우마는 깃털처럼 부드러운 감촉을
오인했다.

행간 3

그 낮은 진동은 창문 없는 방에까지 전해졌다.

"시작됐나."

"……."

"이야기를 들은 시점에서 알고 있었을 거야, 요미카와. 이상론이라는 건 현실 앞에서는 무력하다. 그러니까 밀고 나가려고 하면 반드시 맹렬한 반발이 돌아온다는 걸."

새로운 총괄 이사장의 정체를 알았을 때, 요미카와 아이호는 귀를 의심했다.

그러나 그 입에서 나온 말을 들었을 때에는 따라가도 상관없다고 생각했다.

학원도시의 '어두운 부분'을 일소하고 싶다.

사악하고 터무니없는 연구 따위 근절해버리고 싶다.

이 도시의 모두가 생각하는 것이지만, 아무도 실행할 수 없었던 일.

그것도, 액셀러레이터(일방통행)라는 규격 외 괴물이 새 총괄 이사장의 자리에 앉음으로써 형세가 변하기 시작했다. '핸드커프스(수갑)'라는 오퍼레이션 네임(구체적인 틀)이 만들어지고. 직접적인 폭력으로도, 간접적인 권력으로도 누구에게도 지지 않는 진짜 몬스터. 그러나 이 제1위라면 말할 수 있는 것이다. 누구에게 무엇에 겁먹을 필요도 없이, 옳은 한마디를.

비극 따위 아무도 낳고 싶지 않다.

어쩌면 연구에 종사 중인 하얀 가운의 남자들조차 그렇게 생각하고 있을지도 모른다.

'키하라'인가 하는 순수한 변태 집단이나 자신의 이익에 집착하는 상층부쯤 되지 않는 한은, 어디까지 가도 사람은 자신의 마음에서 도망칠 수 없다. 아무리 이론을 다지고 정당화를 해봐야 반드시 꿈에 나온다. 자신이 희생시켜온 학생들의 얼굴이, 매일매일.

그러니까 무언가의 계기만 있다면.

진정한 의미로 강한 지도자가 같은 편이 되어준다면.

"내 아킬레스건은 처음부터 잘 알고 있었어."

"라스트 오더… 인가."

"질척질척한 어둠 쪽이 편안한 놈들은, 우선 틀림없이 거기를 노릴 거다. 당연해, 밖에서도, 안에서도 꿈쩍도 하지 않는다면, 그다음에는 이제 가족을 인질로 잡아 교섭하는 것 정도밖에 할 수 있는 일은 없을 테니까."

하지만 여기에서 분노에 몸을 맡기고 액셀러레이터(일방통행)가 밖으로 뛰쳐나가 버리면, 지금까지의 반복이다. 하얀 괴물은 그런 이야기를 하기 위해 안티스킬(경비원)인 요미카와 아이호를 이곳까지 부른 것이 아니다.

그렇다.

"나를 검찰로 보내서 그대로 기소시켜."

"웃."

"무엇 때문에 자수했다고 생각하는 거야. 이건 네 일이라고, 요미카와. 뒷일을 맡길 수 있는 건 너 정도밖에 없으니까."

이곳은 새 총괄 이사장의 비밀 기지가 아니다.

수수께끼의 연구 시설도 아니다.

방의 주인은 요미카와 아이호고, 액셀러레이터(일방통행)는 초대받지 않은 손님.

도시의 치안을 지키는, 안티스킬(경비원)의 초소였던 것이다. 보다 정확하게는, 특히 대규모 오직이나 뇌물 수수 사건 등 정보가 새어나가는 것이 두려운 안건에서의 일제 수사 전에 몇 안 되는 협력자로부터 최종 확인을 하기 위한, 표면적인 도면에는 존재하지 않는 비밀 취조실이다.

긴급 사태라는 것은 알고 있었다.

그래도 평소의 일터를 낯선 인간이 장악하고 있는 것을 보았을 때에는 적잖이 놀랐다.

심부름꾼이냐고 물은 것은 요미카와였다.

주위의 총괄 이사를 설득해서 전체의 방침을 결정하고, 그들의 부하에게라도 호위를 시키고 있는 건가 했는데, 설마 직속 부하가 한 명일 거라고는 생각하지 않았다. 당사자에게 제1위로서의 힘이 있다고는 해도, 너무나 무방비하다.

즉, 되어 있지 않다.

의사통일이 되어 있지 않은 이상, 혼란도 있고 반발도 예상된다.

"…학원도시의 '어두운 부분'을 일소한다. 그러면 예외 따위 만들어서는 안 돼. 조서는 받게 했을 거야. 나는, 클론이라고는 해도 분명히 살아 있었던 인간을 만 명 이상 죽였어. 그 후에도 심통이 나서 어두운 부분에 몸을 담고, 사건 해결이라고 주장하면서 평화로운 도시에서 총을 쏘아왔어. 이런 인간은 크게 손을 흔들면서 바깥을 돌아다녀선 안 돼. 나는 담장 안으로 가야 한다고. 누가 붙들어도."

"총괄 이사장은 학원도시의 전권을 장악하고 있어. 밑에 있는 열두 명의 이사는 실제로는 장식이잖아. 그렇기 때문에 더더욱, 실제로는 어떻든 서류상으로는 반드시 올바른 존재여야 해. 그 녀석이, 그런 거물이 스스로 목을 내민다는 이야기는 들은 적도 없잖아…."

"그게 뭐 어때. 지금까지가 잘못된 거였다는 것일 뿐이잖아. …웃기지 마, 서류와 실체가 어긋나는 시점에서 그런 건 고쳐야 하는 문제가 되잖아."

누가 나쁘냐고 묻는다면, 액셀러레이터(일방통행)가 나쁜 것으로 정해져 있다.

그 능력을 개발한 것이 '키하라'이고, 옛 총괄 이사장 아레이스타가 자신의 목적을 위해 괴물을 살인의 길로 유도했다고 해도, 실제로 손을 더럽힌 것은 액셀러레이터(일방통행)였던 것이다.

하지만 제1위는, 너무나 많은 어둠에 지나치게 관여했다.

단 한 명의 증언으로 얼마나 많은 인간이 수갑을 차게 될까.

그것을 허용하지 않는 자도, 당연한 일이지만 대량으로 나올 것이다.

친한 사이라서가 아니다. 자기 자신의 미래를 위해.

"…이제, 너는 쇠창살에서 나올 수 없어."

"알아."

"소년법에 조회해도! 수사에 협력하는 대신 감형을 신청해도!! 그래도 전혀 부족하잖아. 컴퓨터는 이미 계산하고 있어. 지금 이대로라면 징역 환산으로 11,000년은 필요해!!"

"오히려 적어. 장난하는 거야? 한 명을 죽여도 1년 정도밖에 안되잖아."

어째서, 요미카와는 입속으로 중얼거렸다.

제1위는 시선조차 피하지 않았다.

"…말했잖아. 예외 따위를 만들어서는 안 돼. 나는 제1위이자 총괄 이사장, 전원의 모범이 되어야 하는 인간이니까."

요미카와 아이호는, 본래 같으면 법을 준수하는 쪽의 사람이다.

하지만 폭주한 능력자에게 수갑을 채우는 것은, 갱생하면 다시 시작할 수 있기 때문이다. 그래서 그녀는 결코 아이에게는 총을 겨누지 않는다. 아무리 위험한 능력자라고 해도, 이야기를 들어줄 수 있는 상황이 아니더라도.

그런데 액셀러레이터(일방통행)에게는 미래가 없다.

옳을지도 모르지만, 그러면 이 아이의 인생은 누가 구해줄까?

"클론 건은 어떻게 할 건데? 사건에 대해서 남김없이 이야기하면, 그 존재는 당연한 일이지만 드러나게 돼. 국제 조약을 위반한 존재가 만 명 정도. 사회에서 받아줄 거라는 보장은 없잖아."

클론 인간에게 인권은 있는 것일까, 아닐까.

예전의 학원도시는 노라고 말하며 무도한 '실험'을 되풀이했다. 거기에서 연구자들에게 등을 떠밀리는 대로 손을 더럽힌 것이 액셀러레이터(일방통행)였다. 그녀들은 틀림없는 피해자지만, 그러나 바깥 세계의 사람들이 그런 주장을 인정해줄 거라는 보장은 없다.

역시 노라는 말을 듣고, 나아가 위험시되면 '처분' 결정도 있을 수 있다.

그러나,

"그러니까 우리가 줘야 하지 않겠어? 안전이라는 걸."

"그건…."

"지금 이대로라면 괜찮아? 탄로가 나면 한 방에 인생을 빼앗길지도 모르는 어중간한 상태의 어느 부분이? 이런 부자연스러운 밸런스는 고쳐서, 제대로 땅에 발을 디디게 해주어야 해. 그 녀석들은 순수한 피해자야. 그걸 언제까지 부조리하게 머리를 누르고 숨길 생각이야? 나와는 달리 슬슬 자유롭게 햇볕을 걸어도 될 때일 거라고."

액셀러레이터(일방통행) 측에 승산이 있다면… 이다.

하얀 괴물은 자신의 가슴 한가운데를 엄지로 가리키며,

"내가 악당이 되겠어."

당연한 말을 했다.

애초에, 그렇게 되지 않은 쪽이 부자연스러웠다.

"매스컴이나 학회의 주목을 전부 모은 후에 뭇매질을 당하면 돼. 규격 외의 천재이자 권력의 꼭대기. 돈도 있어. 이런 빌어먹을 녀석의 말로(末路)라는 건 그야 틀림없이 불타오를 거라고. 다른 뉴스 따위 한꺼번에 전부 날아갈 정도로 말이야. 1면 기사에 실을 수 있는 틀은 정해져 있어. 클론 인간 자체보다도, 그 녀석을 죽이고 다닌 미친놈이 크게 클로즈업되면 임팩트를 없앨 수 있어. 사람의 소문도 사흘을 못 간다고 했나? 매스컴이 나를 때리는 데 질렸을 무렵에는 시간이 경과했을 거야. 탄산이 빠진 설탕물 같은 거지. 그때부터 허둥지둥 주력해봐야 대중은 더 이상 움직이지 않아. 한가한 사람이라는 건 말이지, 그냥 한가하기만 한 게 아니야. 얼마든지 자극은 있을 텐데 일부러 스스로 한가해지는, 인생을 재미없게 만드는 프로라고. 그런 놈들은 한번 질린 화제에는 달려들지 않아."

그러니까 안 되는 것이다.

일단은 유죄 판결은 나왔지만 새 총괄 이사장의 특별 권한으로 자기 자신을 사면하겠습니다라든가, 쇠창살에는 들어갔지만 큰 사건이 일어났을 때에는 정의의 새 총괄 이사장이 감옥에서 나와 해결하러 가겠습니다라든가, 그런 뒷문을 설치해버리면.

예외 없이.

제일 먼저 처벌받아야 할 인간이 제대로 벌을 받음으로써, 학원 도시의 안팎에 보여준다.

정의는, 여기에 있다고.
부조리하게 악인이 웃고 부조리하게 선인이 우는 시대는 이제 끝났다고.

그렇게 하지 않으면 아무것도 바뀌지 않는다.
무언가를 얼버무리고 살아가면 거기에서 일그러짐이 생기고, 나아가서는 비밀을 쥔 자들이 새로운 어둠을 만들어낸다.

이권에 뒤범벅된 어른들의 짓거리에 엿이나 먹으라고 침을 뱉으며 살아왔다. 어떻게 이런 심한 짓을 태연하게 할 수 있는 거냐고, 더러운 콘크리트의 벽을 후려치며 고함을 질러왔다. 지금까지 줄곧 그런 인생이었다.

그 아이가 새 총괄 이사장의 자리를 손에 넣은 것이다.

그렇다면 보여줘.

말만이 아닌 것을, 세상 전부에 전해줘.

옛 총괄 이사장 아레이스타와는 다른 길을 갈 거라고.

"…이제부터야."

액셀러레이터(일방통행)는 그렇게 속삭였다.

주의 깊게 관찰하지 않으면 알 수 없었을지도 모른다. 제1위이자 새 총괄 이사장. 그런 몬스터는 조용히 어금니를 악물었다

"이건 내가 학원도시라는 걸 어디까지 믿을 수 있느냐의 이야기이기도 해. 불안해지고 견딜 수 없게 되어서, 저기 있는 벽을 부수고 그 꼬맹이를 구하러 가버린다면, 거기까지야. '예외'가 발생하고, '어두운 부분'의 빌어먹을 놈들은 영원히 날뛰겠지. 그러니까, 나는 믿어야 해. 그런 예외가 없어도, 학원도시라는 커다란 틀이 그 꼬맹이를 구해줄 거라고."

꿈 이야기일지도 모른다.

액셀러레이터(일방통행) 자신도 실컷 어둠은 들여다보았다. 전 세계에, 정말의 정말로 어떻게 할 수도 없는 인간이라는 것은 존재하고, 정의는 반드시 이긴다는 것은 잠꼬대에 지나지 않는다. 누구나 아는 이야기지만, 규칙 따위 무시하는 쪽이 더 강한 것으로 정해져 있다. 빌어먹을 놈일수록 다대한 테크놀로지에 둘러싸여 전신을

한껏 부풀리고, 규칙에 묶인 성실한 선인을 사정없이 쏘아댄다. 적어도 이 학원도시에서는 지금까지 줄곧 그랬다. 너무 늦는 일은 분명히 있고, 달려간 사람이 반드시 이겨서 그 자리를 수습한다는 보장도 없다. '안전'을 선택한다면, 다른 누군가에게 맡기지 않고 제1위가 이 손으로 라스트 오더를 구하러 가면 된다.

괴물을 괴물로 만들어온 마음속의 폭력적인 부분은, 이러고 있는 지금도 미친 듯이 날뛰고 있다. 규칙 따위 아무래도 좋다, 지금 당장 뛰쳐나가라고. 어차피 악당은 배신한다. 말주변 좋은 개심(改心)이라는 모호한 것 따위 들을 가치도 없다. 비틀어 누르고, 두들겨 뭉개고, 잡아 찢고, '안전'을 손에 넣어. 어떤 악당도, 죽은 사람이 되면 그다음부터는 배신하지 않는다. 어린 목숨을 지키기 위해서라면 어쩔 수 없는 일이다. 차라리 소중한 사람이 해님 아래를 걷게 하기 위해 이 손을 더럽힌다는 것은 최고의 미담이 아닐까.

하지만.

그래도… 다.

"…믿겠어."

말한 것이다.

학원도시 제1위이자 새 총괄 이사장.

어떻게 할 수도 없는 살육의 화신에 절대적인 권력까지 얹힌 공포의 독재자가, 그 입으로.

마그마처럼 끓어오르는 자신의 안쪽을 전부 억누르면서.

"나는, 이 도시를 믿겠어. 이 인생을 전부 써서 지킬 만한 가치 정도는 있다고. …자신이 다스리는 학원도시를 믿지 못할 것 같으면, 처음부터 꼭대기 같은 데 서지 말았어야 해."

　변했잖아, 당신. 그렇게 말했던 것은 요미카와였을까.
　바꾼 쪽의 인간이 무슨 잠꼬대를 하는 거냐고 대답한 것은 이 괴물이다.
　따라서.
　사람의 형태를 되찾은 몬스터는 이러는 지금도 계속 싸우고 있다.
　혼자, 고독하게, 이를 악물고.

제3장 검은 음모와 장벽의 소실 Enemy_Use_XXX

1

빙글, 카미조의 시야가 요란하게 돌았다.

지면에 내동댕이쳐지면 그 시점에서 끝. 옆구리에 꽂혀 있는 특수한 나이프가 몸속을 휘젓고 내장이나 혈관을 너덜너덜하게 만들 것이다. 그런 말로를 알고 있어도, 카미조 토우마에게는 날개가 있는 것은 아니다. 일단 두 다리가 지면에서 떨어지면 이제 회복은 할 수 없다.

그러나 실제로는 그렇게 되지 않았다.

왜냐하면.

"무사하셨습니까 하고 미사카는 그 체중을 받아내면서 용태 확인으로 옮겨갑니다."

둥실 하는 부드러운 감촉이 소년의 목숨을 구했다.

단순히 소녀의 피부의 부드러움만이 아니다. 받아낼 때 나이프 부분을 건드리지 않는 것은 물론, 온몸의 용수철을 사용해 충격을 죽여준 것이다.

하지만 감사의 말을 늘어놓을 여유조차 없었다.

나이도 몇 살 안 된 소녀에게 안긴 채, 카미조는 아픈 몸을 무시하고 머리 위를 가리켰다. 원래는 평평한 아스팔트 도로였을 테지만 지금은 2층에서 3층 정도까지의 절벽으로 변했다.

"라스트 오더가, 부탁해! 저 녀석을 구해줘!!"

대답하는 목소리는 없었다.

뿐만 아니라 미사카 동생은 다친 카미조를 살며시 지면에 내려놓더니, 그 상처 확인에 들어갔다.

"이봐…?"

"간을 스치는 형태로 여러 혈관의 틈새를 뚫듯이 나아가고 있군요. 일부러 뽑아내기 어려운 위치라도 고른 걸까 하고 미사카는 악취미에 얼굴을 찌푸립니다."

"뭘 하는 거얏. 나 따위 아무래도 좋아, 빨리 쫓아가지 않으면 놓쳐버려!!"

"그럴 수 없습니다."

감정이 없는 눈동자로 그녀는 명확하게 고개를 가로저었다.

"상위 개체의 의지는 존중한달까, 멋대로 해라입니다만, 미사카 네트워크를 통해 그녀의 견해는 이쪽의 미사카에게도 전해지기 때문에 하고 미사카는 상세한 이야기를 듣고 설명합니다."

"…무슨…?"

"은혜를 원수로 갚지 마… 라고. 이것에 대해서는 미사카도 같은 의견입니다 하고 미사카는 자신의 방침을 결정합니다."

악문 어금니가 그대로 깨지는 줄 알았다.

카미조는 자신의 옆구리에 손을 대고는 특수한 나이프의 자루를 움켜쥔다.

타는 듯한 아픔보다도, 우선 그립과 연동해 몸속에서 가느다란 떨림이 연동하는 것이 등줄기를 얼어붙게 했다. 명확한 이물이 몸속을 도려내고 있다. 날카로운 금속이 남아 있다는 간결한 사실을 싫어도 가르쳐준다. 그 비현실감만으로 시야가 노이즈가 낀 것처럼 어두워지고 숨이 가빠진다. 머리의 밸런스가 이상하다. 잠자코 있으면 풀썩 뒤로 쓰러져, 그 기세에 할복이라도 해버릴 것 같다.

"오."

그러나 그대로.

카미조 토우마는 나이프 자루를 세게 움켜쥐고 사정없이 잡아 뽑았다.

"오오옷앗???!!!"

미끈거리는 감촉의 정체는 피일까. 분명히 말해서 그것 이외라면 오히려 감당할 수 없다. 마개를 대신하고 있던 칼이 사라짐으로써 순간 출혈량이 늘지만, 지금은 무시한다. 방해가 되는 칼을 적당히 내던졌다.

심호흡은 오히려 독이다.

숨을 멈추고 가만히 기다리자 시야 전체에서 환상의 노이즈가 천천히 물러간다. 아무래도 과호흡 상태에 빠져 있었던 모양이다.

이 차가운 하늘 아래, 자신의 땀으로 흠뻑 젖으면서 카미조는 가까이 있는 미사카 동생을 노려보았다.

세계가 흔들린다.

의식은 조금만 포기하면 간단히 끊어질 것 같다.

하지만.

이 말만은, 해야 한다.

"커헉, 아… 이, 이러면 돼? 이제 방해되는 짐덩이 녀석을 돌볼 필요는 없어졌겠지."

"그런 게….."

"시끄러워!! 이쪽은 은혜라든가 원수라든가 그런 거창한 말을 늘어놓으면서 너희들을 보살펴온 게 아니야! 내가 하고 싶어서 멋대로 한 일에 일일이 가격표를 붙여서 관리하지 마!! 넌 그렇게까지 대단해? 그런 건 말이지, 남이 하는 일에 불평만 하는 거랑 아무것도 다를 게 없다고!!"

힘껏 고함치지만, 그런다고 몸의 무엇이 달라지는 것도 아니다.

비틀거리며 무너지려는 카미조의 몸을 미사카 동생이 살며시 부축했다.

"상처를 봉합하죠. 붕대를 감는 정도로 피가 멈출 차원을 뛰어넘었어요 하고 미사카는 객관적 사실을 보고합니다."

"……."

"원래 같으면 진통제나 수혈도 있으면 좋겠지만, 그걸로 괜찮겠죠? 하고 미사카는 최종 확인을 합니다."

"좋아…. 앞으로 1분이라도, 10초라도, 이 빌어먹을 몸이 움직인다면 뭐든 좋아. 그걸로 저 애를 구하러 갈 수 있다면."

이마에 고글을 쓴 소녀의 스커트 주머니에서 마치 재봉 세트처럼 뭔가가 나왔다. 사용하는 도구는 별로 다르지 않을지도 모르지만, 이쪽은 비닐로 단단히 봉해져 있다. 1회용 응급 키트일 것이다.

"밀폐된 수술실에서 멸균 환경을 갖출 정도의 시간적 여유는 없다고 판단하고 야전 사양의 소독법으로 가겠습니다. 엄청 아플 거예요 하고 미사카는 동의를 구합니다."

"알았으니까 빨리 하."

"그럼 에탄올 가득…."

절규하며 눈앞이 불꽃놀이 같은 잔상으로 가득해졌다.

이미 아픔이 어떻다거나 하는 차원이 아니었지만, 미사카 동생은 냉정하게 카미조의 팔다리를 눌러 옆구리의 상처가 더 이상 벌어지는 것을 저지한다.

"전신의 경련이 가라앉으면 환부를 꿰매겠습니다. 안 그래도 과민한 상처에 바늘을 통과시켜서 실로 묶는 행위입니다 하고 미사카는 자세한 내용을 설명합니다. 마취 없이는 지옥이 될 테니까 나쁘게 생각하지 마시길."

"마, 마취를 하면…?"

"다음에 눈을 뜨는 건 내일 이맘때로, 장소는 청결한 병원의 침대가 되겠죠."

숨도 헐떡거리는 카미조는, 그래도 떨리는 손가락을 움직였다.

손가락을 하나 세워, 여자아이를 향해 절대 해서는 안 되는 제스처를 한 번 하고 나서 말한다.

"사양이야."

"싫어라, 멋있어 하고 미사카는 핀셋으로 바늘을 집으면서 한마디 중얼거려봅니다."

다시 절규가 있었다.

상처 위에 더욱 겹치듯이 아픔이 폭발하는 경험은 드물다. 오감이 너덜너덜하게 부서져 흩어지는 것 같은 경험을 하면서도, 이를 딱딱 울리며 카미조는 견딘다. 자칫하면 자신의 혀를 깨물고 말 것 같았다.

"괜찮아요 하고 미사카는 우선 결론부터 말합니다."

"뭐가…?"

"미사카는 학원도시의 모든 것을 무조건적으로 긍정할 생각 따위는 없지만, 어둠의 깊이와 같은 정도로는 따뜻하고 부드러운 것도 존재한다는 걸 알고 있습니다. 그러니까 괜찮아요. 당신 한 사람이 짊어지지 않아도 따라잡을 거예요 하고 미사카는 확신합니다. 그 정도의 기회는, 이 도시에도 잠들어 있을 거예요."

즉.

"히어로는, 당신만이 아니에요. 그런 얘기를 하고 있는 겁니다 하고 미사카는 한쪽 눈을 찡긋하며 설명합니다."

2

산타 의상의 소녀는 비스듬히 올라간 아스팔트의 절벽에서 경사가 완만한 쪽을 내려가 발 디딜 곳을 확보한다.

"자아."

무력한 인질이라고 해도 버둥버둥 날뛰면 성가시다.

(모자와 가발을 겹쳐 써서 머리가 익을 것 같아…. 하지만 내던지는 것도 아직 조금 이른가.)

열대여섯 살의 소녀가 붕대 뭉치 같은 것을 대충 던지자, 지면에 떨어지기 전에 혼자서 펼쳐졌다. 묶는다, 쥐어짠다, 죽인다 등 무엇이든 할 수 있는 조종 포승이다. 원래는 가스관이나 스팀파이프 등, 접근하기가 어려운 사고 현장에서 강관에 감아 누출 포인트를 안전하게 막기 위해 만들어진 뱀 형태의 덕트 테이프 같은 것이지만. 그

것이 자동적으로 라스트 오더(최종 신호)의 손발과 입을 묶어 고정하는 것을 바라보면서, 화려한 소녀는 산타 의상의 가슴에서 손수건 비슷한 천을 꺼낸다. 이쪽은 펼쳐보니 크리스마스 때 흔히 볼 수 있는 희고 커다란 자루가 된다.

가련한 '짐'을 처넣을 때까지 2분도 걸리지 않았다.

코스튬 플레이 소녀는 미니스커트의 사이드, 하얀 무릎양말의 입구에서 스마트폰을 꺼내더니,

"'마이도노'입니다. 그 건에 대해서인데요. 무사히 호전되었어요. 지금부터 직접 만나서 결과 설명을 드리려고요. 그쪽의 사정은?"

입에서 나오는 말과 그녀의 주위에서 미친 듯이 날뛰는 폭력은 양극단이었다.

아스팔트의 대지는 솟아오르고, 콘크리트의 지하는 수몰되고, 주위의 빌딩까지 바람 속에 있는 버드나무 가지처럼 흔들리는 상황이다. 당연히, 이변은 곧 들킨다. 요란한 사이렌을 울리며 전후좌우에서 안티스킬(경비원)의 특수 차량이 돌진했다.

(…V10에 수소 폭발을 얹은 소리지만, 무식한 스포츠 세단은 기본 E 체인저에는 들어가지 않았을 거야. 민간 이외의 공무용 커스텀. 그렇게 되면 최근 도입된 무인 추적차나, 아마 '해머헤드 샤크'였던가?)

겉모습은 공기 저항을 최대한 피하기 위해 차고를 낮게 누른 슬림한 스포츠카지만 실제로는 엔진은 차체 뒤쪽에 실려 있고, 대신 보닛 안은 전부 복합 장갑(裝甲) 덩어리로 빼곡하게 메워진 물건이다. 폭주차나 미끼 운전 대책으로 '무인 제어로 안전하게, 그러면서도 가장 빠르게 따라잡고, 그리고 확실하게 부딪쳐서 크래시시키

는' 달리는 흉기의 극치다. 언론 발표회 때에는 '눈에는 눈을'이라고 야유를 받았던가.

여러 대로 고속 무선 네트 연계를 취하면 20톤급의 대형 트레일러도 확실하게 뭉개서 코스에서 탈선시키는 화려한 '무기'였다.

결코 살아 있는 인간에게 들이대도 좋은 것이 아니다.

하지만 마이도노라고 스스로를 소개한 소녀는 자루를 짊어진 채, 다른 한쪽 손에 있는 스마트폰을 자신의 뺨과 어깨 사이에 끼웠을 뿐이었다. 비어 있는 손의 검지를 상대라도 유혹하듯이 가볍게 앞에서 흔든다.

그것뿐이었다.

직후에, 쿠광!! 아스팔트의 대지가 그 아래의 검은 흙이며 콘크리트 구조체째 화려하게 들려 올라간다. 즉석 점프대에 미처 대응하지 못하고 마이도노의 머리 위를 가로지른 '해머헤드 샤크'는 적당한 빌딩의 3층 창문에 꽂혀 꼼짝할 수 없게 되었다.

무인기는 무인기다.

상황을 살피는 일이 끝나고, 이쪽의 전력을 수치화했다고 생각하기라도 한 것일까.

다음은 유인 부대가 돌진한다.

"네, 네. 요란한 폭발음이 들리고 있지만 사후 처리이니 걱정 마세요. 짐은 무사 안전을 확인했어요. 솔직히, 액셀러레이터(일방통행)를 자멸시키는 것만이라면 이대로 쥐어짜서 죽여버리는 편이 간단하지만요. 네, 안 돼요? 그럴 줄 알았어요. 짐은 예정 포인트에서 흘려보낼게요."

원래는 지상을 무인 차량인 '해머헤드 샤크'로 봉인한 후에, 안전한 머리 위에서 공격을 가할 생각이었을 것이다. 요란하고 시끄러운 헬기 로터 소리에 마이도노가 올려다보니, 둥그스름한 관측 헬기의 좌우 측면에 두 명씩, 안전 무장을 한 파워드 슈트(구동 갑옷)가 붙어 있다.

얼굴까지 덮여 있어서 연령과 성별조차 확실하지 않지만, 그 표정은 손에 잡힐 듯이 알 수 있었다. 복합 장갑 틈새로 새어 나오고 있는 감정은 '두려움'과 '혼란'이다.

이쪽은 얼굴을 보여도 상관없다.

가발과 컬러 렌즈로 컬러 샘플(색채의 인상)은 뭉개두었다.

피부도 육안으로만 보아서는 두껍게 칠한 화장이지만, 카메라나 센서를 통하면 가부키 배우처럼 화려한 무늬로 덮여 있다. 이 부분은 공적인 데이터로 얼굴 인식이나 사진 공유를 할 수 없으면 문제 없다.

디지털 전성기인 감시 사회는 범죄를 박멸시켰던가? 아니, 전자 기록에 남지 않는 범행은 입건이 불가능하다는 새로운 딜레마를 낳았을 뿐이다. 예를 들어 백주대낮에 당당하게 편의점에서 강도 사건이 일어났다 해도 천장의 방범 카메라가 작동하지 않는다면 어떻게 될까. 가엾은 점원의 자작극이라고 의심받는 것이 고작이다.

"네, 지금 처리하고 있어요."

마이도노는 가볍게 손끝을 흔들어, 빌딩 측면에 달라붙어 있던 왜건 형태의 창문 닦는 로봇을 뜯어내 던진다. 관측 헬기 자체의 스펙은 상당히 고성능이었을 테지만 이 빌딩의 골짜기, 게다가 좌우 측면에는 드러난 채 동료 대원이 달라붙어 있는 것이다. 날카로운 움직임으로 흔들어 떨어뜨릴 수도 없을 것이다. 그러나 그 망설임이 회피 가능했을 쇳덩어리의 직격을 허용하고, 전원이 한꺼번에 불덩어리가 되어 지상으로 떨어진다.

"언제가 되겠냐고요? 벌써 끝났는데요."

(…덴마크 전역 후의 모델이라면 저 정도의 충격과 폭발로는 죽지 않으려나. 헬기 파일럿에 대해서는 모르겠지만.)

"안티스킬(경비원)이나 저지먼트(선도위원)에 대해서는 평소대로. 이쪽에서 폭력을 주입해서 일정 이상에 도달하면 정보적인 혼란에 의해 지휘 계통이 괴멸해요. 인터넷은 다소 흐트러지겠지만, 어중간한 전문가는 많이 있으니까요. 그런 건 제 방식으로 말해서 있을 수 없다, 더러운 어른은 자신의 초동 수사 실수를 은폐하기 위해 서툰 거짓말을 하고 있는 것이다, 그렇게 난리를 쳐주시면 사건은 수해(樹海) 속에 파묻힐 거예요. 나무는 발견되지 않아요, 누구한테도."

그녀는 순수한 처리사다.

안심이란, 파괴를 미끼로 낚아 올리는 사냥감에 지나지 않는다.

"네. 일이 일이니 이번에는 목표 주입량이 다소 커지고 말겠지만요. 문제없습니다, 허용 범위 내에서 대응하겠습니다."

그렇게 해서 '주인'에게 장애가 되는 사람, 일, 물건을 철저하게 배제해 점수를 벌었다. 불안을 자름으로써 안심을 찾고, 낚아 올리고, 바치는 형태로. 평소에는 없는 제3자가 대량으로 들어와도 위화감이 없고, 평상시의 상태와는 경비 태세가 다른 라이브, 축제, 퍼레이드 등의 이벤트를 이용해 가장 눈에 띄는 코스튬을 골라 풍경에 녹아들면서.

"알고 있어요."

마이도노는 가볍게 말했다.

그녀는 죽어가는 노인 옆을 스마트폰을 하면서 지나쳐 갈 수 있는 부류의 인간이다.

"이쪽도 바보의 변덕으로 '어두운 부분'이 일소되면 곤란해요. 세상의 모든 인간이 범죄가 없는 세계를 바라는 건 아니에요. 지금까지 학원도시가 세계를 리드한 것도, 다시 말해서 규칙이 소용없는 독립 지대를 구축·확보할 수 있었다는 게 지극히 크니까요. 당신은 돈의 세계에서, 그리고 저는 주먹의 세계에서. 각각 '어두운 부분'이 없으면 살아갈 수 없는 몸이 되었잖아요? …무슨 농담을. 적어도 저에 대해서는, 당신이 그렇게 바꿔 만든 거예요."

아무리 요란하게 해도 상관없다.

그렇다기보다, 요란하지 않으면 위장이 제 기능을 하지 못한다.

이런 건 현실에서는 있을 수 없다, 차라리 악몽이나 무언가에 잘못 들어온 것이다. 그렇게까지 그로테스크하고 사이키델릭한 세계로 물들이지 않으면, 재미없는 현실인지 뭔지에 따라잡히고 만다.

파멸의 축제는 이미 시작되었다.

오늘은 위아래 없이 즐기는 축제로 가야지.

(…특정 상하수도는 잘렸으니까, 수도국은 오수(汚水) 누출을 피하기 위해서 몇 개의 수문을 닫을 거야. 강의 흐름은 이쪽에서 장악했어. 이제 자루가 밀폐되었는지 확인하고 물에 던져 넣으면, 하류의 회수반이 쓰레기를 주워주겠지. 그런 노림수가 들키지 않도록 이쪽은 계속 지상에서 날뛰고 다닌다… 라. 우선 시나리오는 이런 느낌일까.)

쓰레기라는 말에 스스로 연상했기 때문일까.

지면은 결코 깨끗한 상태가 아니었다. 깨진 유리나 쇳조각투성이고, 도망쳐 다니는 학생들이 떨어뜨리고 간 가방이나 휴대전화 등도 있다. 애초에 아스팔트에 균열이 가고 크게 솟아오른 장소도 적지 않다. 그런 가운데, 발치에 떨어져 있던 나무젓가락에 시선을 주며 마이도노는 작게 혀를 찼다.

"확인하겠습니다."

긴 금발을 흔들며 스마트폰을 뺨과 어깨에 끼운 채, 마이도노는 머리 위를 올려다보았다.

그러나 추가 헬기가 온 것이 아니다.

"이번에는 눈에 보이지 않는 파워 밸런스에 대해서는 배려 없음. 우발, 인위를 가리지 않고 업무 내용을 방해하는 존재에 대해서는 힘으로 배제해버려도, 필요 경비에 올려도 된다는 이야기였죠?"

옆으로 부는 바람을 맞은 죽림처럼 흔들리는 고층 빌딩들, 그중 하나.

옥상이 아니라 고층의 벽면에 달라붙어 이쪽을 조용히 응시하고 있는, 다른 소녀를.

"설령 일곱 명밖에 없는 초능력자라 해도, 죽여버려도 상관없다고."

3

학원도시 제3위. 순수한 발전계에서는 최강의 소녀.

즉, 미사카 미코토였다.

"…찔렀군."

저층의 오피스와 고층의 타워 맨션이 일체화된 복합 빌딩, 그 44층 벽면에 자력으로 달라붙어 있던 그녀는, 그 한 가지밖에 할 수 없는 것은 아니다. 혼란이나 파손이 심한 지상을 달리는 것만으로는 시간적인 손실이 크다. 그래서 우선 다른 길을 골랐다, 그것만으로 이 자유도를 획득하는 것이 레벨 5(초능력자)다.

"하필이면 모두가 즐거운 크리스마스이브에!! 어디까지 분위기를 망치는 천재냐!!"

그리고 이 상황에 대해서는, 먼저 카미조 토우마가 예측하고 있던 대로다.

멤버를 둘로 나누면 장점이 생긴다. 흑막이 그 소년을 쫓아갔다 해도, 그 뒤를 또 다른 별동대인 미코토가 추적할 기회가 생기는 것이다.

미사카 동생은 지상의 소년을 지원하라고 보냈지만, 그녀가 악당에게 최후의 일격을 가할 필요는 없다. 다른 곳으로 보내주면 그 후에는 이쪽에서 처리한다.

어느 44층에서 다른 38층으로, 그 38층에서 또 다른 52층으로.

빌딩에서 빌딩으로 자유자재로 공중을 춤추는 미코토는, 어느 소녀를 안고 있었다.

전자파를 싫어하는 것인지, 은발 소녀의 품에서 작은 삼색 고양이가 버둥거리고 있다.

대강 훈련을 받은 시스터스와 달리, 유리나 건물 잔해투성이의 지상을 달리게 하는 것은 지나치게 위험하다고 판단했기 때문이지만.

"단발!! 괴물 산타는 길모퉁이를 돌았지만 그쪽은 진짜가 아니야. 다리를 건넌 맞은편에 광장이 보여, 이 나라 대체 뭐야?! 위에서 보면 새빨간 산타투성이인데! 지금 이대로라면 섞여버릴 거야!!"

(…아니, 상공에서의 눈을 따돌리는 것만이라면 실내나 지하로 뛰어들면 돼. 일부러 자신의 모습을 겉으로 드러내서, 우리의 주목을 다른 곳으로 옮기려 하고 있어?)

궁!

무언가를 눈치챈 미코토는 두 팔로 인덱스를 안은 채, 수직의 벽면을 전력으로 달린다. 치사의 일격은 바로 아래, 두꺼운 강화 유리를 뚫고 나타났다. 반짝반짝하게 닦인 플로어에 나란히 전시되어 있던 최신 스포츠카가 차례차례 바깥을 향해 돌진한 것이다.

엔진 소리는 없었다.

기기기기리기리!! 두꺼운 고무가 스치는 것 같은 소리가 난 것은, 타이어를 굴리지 않은 채 무언가의 능력으로 차체 자체를 억지로 잡아당겼기 때문일 것이다.

당연히 그 정도로 치여 죽을 제3위는 아니지만, 유리 발판이 무너지면 벽면에 계속 달라붙기는 어렵다. 그대로 자력을 써서 큰길의 반대쪽 사이드, 다른 빌딩의 벽으로 날아 옮겨가면서도 혀를 찬다.

"칫!!"

그녀는 로렌츠의 힘을 이용하면 오락실 코인을 음속의 세 배 이상으로 쏠 수 있는 절대적인 능력자다.

응용해서 발사하는 자력도, 자동차의 정면충돌 정도는 밀어낼 정도의 출력을 갖고 있다.

그럼에도… 다.

저 미사카 미코토가, 도망치기만 했다. 물론 응용 범위의 넓이 등 종합적인 평가는 또 다르겠지만, 순수하게 '물건을 움직이는 힘'의 한 가지만이라면 줄다리기가 되지 않는다. 상대 쪽이 출력은 위다. 그래도 적이 레벨 5(초능력자)라고 불리지 않는 것은,

(…도촬이나 스토킹에밖에 재능을 쓰지 못하는 종류의 천재인가. 지금까지 대체 어디의 어둠에 숨어 있었던 거야, 저런 고위 능력자 가?!)

위협의 한마디지만, 그러나 본론을 놓쳐서는 안 된다.

저 금발 산타 소녀의 입장에서 보자면, 미사카 미코토와 싸워서 쳐부수는 것이 목적은 아니다. 오히려 싸워서 소모할수록 저쪽에게 는 계획 밖의 비용 지출일 뿐이다. 전투 행위는 어떻게 해도 주위에 온통 물적 증거를 흩뿌리고, 목격 증언을 증대시키는 위험 행위일 뿐이다. 싸우지 않는다면 그보다 더 좋을 것은 없을 것이다.

이겨도, 져도 손실밖에 없다.

그러면, 세계에서 가장 요란한 위장 소녀에게 이상적인 상황, 승 리 조건이란 무엇인가?

현재 명확하게 판명된 것은,

(…아무리 생각해도 라스트 오더를 노리는 거야.)

이럴 때, 냉정하게 계산할 수 있는 자신이 미코토는 싫어진다.

제3위는 항상 경계선에 서 있다.

겉과 안, 학원도시의 어느 쪽에도 머리를 들이민 드문 존재라고 할 수 있을 것이다. 물론 '어두운 부분'을 들여다보는 모든 인간에게 말할 수 있듯이, 처음부터 원해서 그렇게 된 것은 아니지만.

(저 정도 능력이 있는데 그 애만은 상처 하나 입히려고 하지 않았어. 즉 죽일 목적은 아니야. 우리한테 구출되는 건 물론이고, 유탄으로 '그만 실수로'가 발생해도 곤란할 거야. 즉 무슨 일이 있어도 안전하고 확실하게 라스트 오더를 어디론가 운반한다. 이게 목적! 그 애는 대체 어디에 있지?!)

요란해 보이는 움직임은 전부 위장. 마술사는 큰 모션을 펼쳤을 때야말로, 관객의 주목을 다른 곳에 모으고 테이블 밑에서 잔재주를 부린다.

여기에서는 모든 것을 순식간에 완전 기억하는 소녀가 도움이 되었다.

"자루가 없어…."

"?"

"괴물 산타가 짊어지고 있던 하얀 자루가 없어졌어!"

(아까 그 강에라도 던진 건가?! 지금 수온 몇 도야?!)

미코토는 저도 모르게 산타 의상의 습격자가 지나간 다리와 직각으로 교차하는, 콘크리트로 굳힌 강 하류에 시선을 주려고 했지만, 그러나 그 고개가 멈춘다.

어딘가와 통화하고 있던 스마트폰을 넣고, 양손의 자유를 되찾은 산타 소녀가 빙글 이쪽을 돌아보았다. 긴 금발이 샴푸 광고처럼 크게 펼쳐진다. 그대로 가까이에 있던 드럼통 모양의 청소 로봇 위에 미니스커트를 입은 엉덩이를 얹더니 다리를 꼬고 양손을 하늘로 향한다.

총의 사인.

좌우 두 개의 검지를 아득히 고층인 이쪽으로 향하며, 그녀는 한

쪽 눈을 찡긋한다.

그것만 보면 장난스러운 동작이지만,

"…온다."

미코토는 저도 모르게 중얼거렸다.

최고의 흐름을 그저 완벽하게 해내는 것만이 마술사는 아니다.

그렇달까, 그러면 기계 장치 인형극을 보는 것과 다르지 않다.

관객의 시선을 끄는 데 실패해서 트릭이 들통 날 경우에 대비해, 상황에 맞춘 여러 개의 리커버리 시나리오를 설정한다. 거기까지 해야 프로다. 꿰뚫어 보았다고 생각한 관객 개인에게 자신 쪽에서 말을 걸어 시나리오로 끌어들이고, 새로운 놀라움의 근거로 바꾸기 위해.

즉.

상대 쪽에서의 본격적인 콘택트가,

"온다!!!!!!"

4

"…제법이네. 내 공격을 세 발이나 피할 수 있다니 오랜만의 사태예요."

적당한 청소 로봇 위에 걸터앉으면서, 소녀는 가만히 속삭였다.

이 상황을 즐기고 있다.

이런 자극이 없으면 살아갈 수 없기 때문에, '어두운 부분'의 존속을 바란다.

건설 중인 빌딩 옥상에 있던 크레인, 방송 전파용 거대한 파라볼

라 안테나, 중간층부터 옆으로 튀어나온 유리로 된 투명한 수영장 자체를 뜯어내 차례차례 던져보았지만 클린 히트는 없다. 이상한 자존심을 발휘해 힘과 힘을 부딪쳤다면 한 방이었겠지만, 상대는 단순 출력으로는 당해낼 수 없다고 단념한 직후부터 피하기만 하는 쪽으로 바꾼 것 같다. 덕분에 상대는 아직 살아 있다.

공중을 날아다니는 제3위의 머리가 한순간 다른 쪽으로 향하려고 했던 것은 마이도노도 파악했다. 서로를 죽이는 싸움이 한창 진행 중이고 자신의 목숨이 위협받고 있는 상황이다. 만나자마자 갑자기 덤프카가 돌진했다고 쳤을 때, 거기에서 다른 쪽으로 시선을 돌리는 인간은 없다.

뭔가 중요한 것을 발견했다.

바로 가까이에 닥쳐온 죽음보다도 우선시해야 한다고 느낄 정도의 무언가를.

(들켰나?)

이렇게 되면, 단순히 혼란 중인 광장에 뛰어들어 수많은 산타의 바다에 녹아드는 것만으로는 불충분하다. 여기에서 확실히 죽여서 하나로 이어진 추적 라인을 완전히 잘라낸다. 그럴 필요가 생기고 말았다.

게다가,

"자, 크리스마스이브를 어떻게 쓸까요 하고."

(…가능하다면 밤 7시까지는 정리하고 싶네. 거짓투성이 학교생활이지만 일단은 약속도 있고. 그 도넛을 싸구려 플라스틱 포크로 잘라서 다 함께 서로 먹여주고 싶어.)

번쩍!! 허공에서 섬광이 깜박였다.

이제 와서 전력으로 달려봐야 낙뢰는 피할 수 없다. 그럴 것이다. 그러나 마이도노가 콧노래를 부르며 자신이 걸터앉아 있는 청소 로봇의 측면을 부츠 굽으로 때리자, 로봇이 장애물 회피 기능을 오작동시켜 약간 옆으로 움직였다. 인간으로 환산하면 겨우 한 발짝 반, 그러나 그 변화에 의해 그녀를 노린 수직의 낙뢰가 부자연스럽게 어긋났다. 조금 떨어진 크리스마스트리를 둘로 쪼갠다. 첨단 방전의 인위적인 유발… 소위 말하는 피뢰침은 지상과 나무 꼭대기, 그리고 자신의 위치를 합한 직각삼각형을 만들어내 각도를 조정하는 것만으로도 간단히 안전한 거리를 계산해낼 수 있다.

아득히 머리 위에서 이루어지는, 혀 차는 소리까지 들려올 것 같았다.

이번에는 이쪽 차례다.

"발견했어요."

방재상의 사정이라도 있는 것일까. 실내 계단의 엘리베이터가 아니라 바깥에 면한 청소용 곤돌라를 사용해 옥상으로 옮기고 있던 커다란 나무 상자를 '붙잡아', 그대로 옆으로 날린다. 가냘픈 소녀의 키에 필적하는 상자를, 제3위는 앞머리에서 날린 고압 전류의 창으로 날려 보냈다.

그리고 깨달았을 것이다.

상자의 내용물은 장인의 일 도구라는 것을.

일본의 크리스마스는 성야(聖夜)라는 엄숙한 분위기와는 거리가 멀다.

한밤중의 카운트다운 이벤트에 사용하는, 본격적인 불꽃놀이가 자극에 닿는다.

"휴우!!"

휘파람 한 번과 함께 무시무시한 폭발이 있었다.

귀를 찢는 폭음. 그리고 대낮의 하늘이 희끄무레한 탁한 연막에 감싸인다. 저 정도로는 죽지 않을지도 모르지만, 불꽃놀이는 염색(炎色) 반응… 즉 특정 물질에 불을 붙임으로써 불꽃에 색을 입히는 기술을 응용하고 있다. 그리고 불꽃놀이에 사용하는 염색 반응은 동, 리튬, 주석 등의 금속 분말이 사용될 때가 많다.

말하자면,

(…격렬한 충격과 섬광, 게다가 주위에 가득 퍼지는 탁한 연막. 물론 보통의 시각은 의지가 되지 않지만, 마이크로파 레이더 같은 걸로 오감을 사용해도 금속 채프에 교란되어 쓸모가 없어지지! 그리고 그 높이에서는 1초 늦는 게 치명적인 결과로 이어져!!)

폭발 충격으로 또 옥상의 간판이 부서지지만, 소녀는 머리 위로 검지를 들었을 뿐이었다. 그것만으로 무게 20킬로그램이 넘는 금속제 간판이 공중에서 딱 멈추고, 손가락을 가볍게 옆으로 흔들자 가까운 콘크리트 벽에 날카롭게 꽂힌다. 스마트폰 화면이라도 조작하듯 간단하다.

도시 전체에 퍼진 지하 구조체를 직접 움켜쥐어 흔들고 새로운 단층을 통째로 만드는 그녀의 텔레키네시스(염동 능력)를 사용하면 오히려 이 정도의 일은 섬세한 부류다. 멈춘 것이 굉장한 것이 아니라, 뭉개지 않고 멈추게 한 것을 높이 평가해야 한다.

염동력.

PK와 ESP의 2대 분류를 예로 들 것까지도 없이, 너무나 대중적인 능력. 외부를 위한 사이트나 팸플릿을 만든다면, 숟가락을 구부러뜨리는 PK와 뒤집어놓은 카드를 알아맞히는 ESP가 우선 꼽힐 것이다. 애초에 텔레포트(공간 이동)나 염사 등 물리적 영향을 주는 능력 전반을 큰 틀에서 '염동력'이라고 뭉뚱그리는 학파까지 존재할 정도다. 세분화하면, 물건을 움직이는 능력이 염동이 된다.

그중에서도 순수하게 제로에서 힘을 만들어내는 출력만으로 말하자면, 아마 최강.

그래도 레벨 5(초능력)라고 인정을 받지 못하는 것은, 응용성이 충분하지 않아 경제적 가치가 발견되지 않는다는 어른의 사정일 뿐이다.

그녀의 능력은.

살인과 파괴에 지나치게 특화되어 있는 것이다.

NBC 무기와 마찬가지로 보유를 선언하는 것이 그대로 국제상의 리스크로 연결될 수도 있을 정도로.

"그. 럼."

금발 산타 소녀는 시선을 돌렸다.

거울처럼 닦인 유리 일부가 깨졌다. 은발 수녀를 안은 표적 소녀는 벽면에 섬세하게 달라붙는 것을 포기하고, 적당한 빌딩의 한 방으로 뛰어든 것 같았다. 응급 처치로서는 나쁘지 않지만, 이쪽의 스펙을 만만하게 보고 있다.

고작해야 50층짜리 고층 빌딩 따위, 통째로 부러뜨릴 수 없다고 누가 그랬지?

"추정 사망자 2,000명 이상. 오늘만 용량 무제한이라니 멋져… 예욧☆"

씩 웃으며, 마이도노가 오른손 검지를 빌딩 전체로 향한다. 수직으로 내린다.

징!!
고층 빌딩의 높이가 절반쯤 줄어들었다.

마치 빈 캔을 구두 굽으로 짓밟는 것 같은 파괴였다.

하지만 아직 진짜는 아니다. 방금 그것은 문이나 창문을 일그러뜨려 막고 길을 절단해 거대한 감옥으로 바꾸기 위한 밑작업. 안에 있는 인간도 '아직' 죽지는 않았을 것이다. 고층 빌딩은 안을 걷고 있는 인간이 상상하는 이상으로 빈틈이 있다. 덕트, 지진을 피하기 위한 구조, 케이블 통로, 각종 배관. 절반쯤 뭉갠 정도로 사람의 몸은 끼지 않는다. 제대로 서 있지 못해서 엎드려야 하고, 금속 문은 뭉개져 움직이지 않고, 상당히 비좁기는 하겠지만.

(표적이 힘으로 구멍을 뚫고 밖으로 튀어나오는 기척도 없어. 뭐, 이미 도면은 의지할 수 없고. 콘크리트 벽 정도는 뚫을 수 있겠지만, 생매장된 사람들을 깜부기숯으로 만들어버릴 가능성을 두려워한 건가? 그걸로 빌딩 한 동의 전원이 뭉개지니 인생이란 이상하지.)

또 하나, 왼손 검지를 향하기만 하면 된다.

마이도노 호시미의 염동이 있으면 50층짜리 고층 빌딩을 소프트볼보다 작게 뭉칠 수 있다. 압축할 때 얻은 방대한 열 때문에 용암처럼 빛나겠지만, 액체로서 뚝뚝 떨어지는 것조차 허락하지 않는다… 는 것도 가능하다. 마치, 지구의 중심핵은 고온으로 녹은 철과 니켈일 텐데 왠지 고체인 채로 계속 존재하는 것과 마찬가지로.

그러나 그 직후였다.

그 자세 그대로 그녀는 왼손을 흔들었다. 다른 쪽으로. 장난스러운 권총의 제스처지만 마이도노에게는 절대적인 무기다. 두 개째, 숨통을 끊을 방아쇠를 다른 목적으로 향할 수밖에 없는 무언가가 발생했다. 두 자루의 권총 스타일로 두 개의 표적을 동시에 겨냥하면서, 산타 소녀는 속삭인다.

청소용 로봇에서 엉덩이를 띄우고, 부츠를 신은 자신의 다리로 지면을 밟는다.

놀이 시간은 끝났다.

변칙이, 마술사의 리커버리 시나리오로 구슬릴 수 있는 영역을 뛰어넘었다.

"…뭘 하러 왔어요?"

위협은 소년의 형태를 하고 있었다.

피투성이의 카미조 토우마는 아랑곳하지 않고 입 밖에 냈다.

모두가 서로 웃는 크리스마스이브에는, 절대 어울리지 않는 그 단어를.

그리하여,

"리벤지."

5

냉정할 리는 없었다.

카미조 토우마의 심장은 아까부터 마구 날뛰고 있고, 목도 칼칼하게 말라서 보이지 않는 막이라도 달라붙어 있는 것 같다. 주의하지 않으면 무슨 말을 해도 목소리가 뒤집힐 것 같았다.

나이프에 찔렸다는 사실도 어떻게 해도 사라지지 않는다.

상대는.

태연한 얼굴을 하고 아무렇지도 않게 이런 짓을 하는 인종이다.

옆구리의 상처는 대충 소독하고 실로 꿰맸을 뿐. 흘러나온 피를 보충한 것은 아니고, 지끈거리는 아픔도 항상 의식을 괴롭히고 있다. 반대로, 출혈로 머리가 아찔하지 않았다면 격통을 견디지 못해 데굴데굴 굴렀을지도 모른다. 그런 상황이다.

그래도 카미조 토우마는 여기까지 왔다.

자신이 쓰러져 있던 동안, 상황을 연결해준 소녀들의 선의에 보답하기 위해.

그리고.

있을 수 없는 부조리로부터 라스트 오더를 되찾기 위해.

허세든, 뭐든 좋다.

거의 없는 오기와 용기를 끌어모아.

지금은 약한 모습을 보여도 무엇 하나 좋은 방향으로는 굴러가 주지 않는 상황이다. 그리고 더 이상 악화되면, 절대로 잃어서는 안 되는 것이 결정적으로 부서지고 만다. 문외한의 감으로도 명확하게 파악할 수 있는 데까지 기준이 떨어졌다. 싫을 정도로 알고 만다.

그래서.

그렇게 되지 않기 위해서라도, 절대로.

"노릴 상대를 착각한 거 아닌가요?"

이쪽과 저쪽.

두 곳에 동시에 검지를 향하면서 산타 소녀는 조용히 웃었다.

사실은 소년의 호흡은 막혀 있었다.

나이프보다도 무서운, 절대적인 무기 끝이 망설임 없이 향해져 있으니까.

"적을 쓰러뜨리느냐, 동료를 구하느냐, 어느 쪽이 우선인지를 생각하면 이런 곳에서 놀고 있을 여유는 없을 것 같은데요."

"…정말로 그렇다면, 당신은 주절주절 말하지 않겠지."

그렇게 말하며, 카미조는 소녀를 흉내 냈다.

오른손으로 권총을 만들어, 방금 전까지 산타클로스가 걸터앉아 있던 드럼통 모양의 청소 로봇을 가리킨 것이다. 자유를 되찾고, 다시 천천히 움직이기 시작한 덩어리를.

떨지 마.

눈을 피하지 마.

말을 매끄럽게 하는 노력을 게을리하지 않는 것만으로도 '흐름'은 바뀐다. 굴러떨어지기만 하던 무언가를 이 라인에서 멈추고, 끌어올릴 수 있다. 보고 있는 쪽에서 말하자면 기분 나쁘지 않은가. 실컷 참패하고 배까지 찔리고, 그래도 아무 일도 없이 반기를 드는 패잔병의 존재라니.

논리에 맞지 않는 무언가가 돼.

계산이 맞지 않는 존재가 될 수 있으면, 거기에서부터 휘저을 수 있어.

여기는 비과학적인 현상은 받아들여지지 않거나, 과학적인 용어로 치환하지 않으면 납득하지 못하는 학원도시다.

그러나 한편으로, 카미조 토우마는 운이라는 말만은 믿고 있다.

주로 부조리한 불행을 뒤집어쓴다는 형태로.

"강에 자루를 던진 건 허세겠지. 꺼림칙한 놈은, 한창 도망치는 중에 단번에 따라잡히도록 짐을 운반하거나 하지는 않아. 그러니까 당신은 자신의 안전을 위해, 우선 도주 경로를 둘 이상으로 나눌 필요가 있었어. 그래서 강에 주목을 모으고, 라스트 오더가 담겨 있는 로봇을 뒤에서 안전하게 도망치게 하는 게 당신의 리커버리 시나리오. 그렇지?"

목소리는 뒤집히지 않는다.

아직 할 수 있다.

잃은 피는 얼버무릴 수 없다. 솔직하게 말하면, 숨을 들이쉬고 내쉬는 것만으로도 이마의 땀이 차가워지고 현기증이 덮칠 것 같은 상황이지만.

파직! 불꽃놀이 같은 소리가 났다.

청소 로봇의 움직임이 바뀐다.

아니, 빼앗은 것이다. 조금 떨어진 장소에 밤색 머리카락을 짧게 자른 소녀가 서 있었다. 미사카 미코토와 같은 이목구비지만, 본인은 아니다. 양산 군용 클론인 시스터스(여동생들)라도 청소 로봇의 컨트롤 정도는 빼앗을 수 있다.

"…'마이도노'예요."

산타 소녀는 천천히 손가락을 움직였다.

어딘가 먼 빌딩을 향하고 있던 오른손 검지까지 이쪽으로 향한다. 왼쪽과 오른쪽의 두 자루 권총. 아무래도 그 전부를 사용해야 할 정도로는, 위협으로 생각해주신 것 같다.

"마이도노 호시미. 앞으로 기억해주세요."

"그것도 허세."

삼켜지지 마.

말의 응수에, 파도와 파도의 부딪침을 이미지로 떠올린다. 삼키는 것은 이쪽이다. 그러니까 여기에서는, 어울리지 않아도 씩 웃으며 다 안다는 얼굴로 즉시 대답할 수밖에 없는 것이다.

카미조 토우마는 흐려지는 의식을 붙들고, 그리고 주문을 외웠다.

"범죄자가 현장에 본명을 남길 리 없어. 여기에서 위장을 펼친 걸 보면 의외로 쫄았나?"

쿵!!!!!!

도시 자체를 부수는 처절한 파괴음과 함께 사투가 시작되었다.

아마 텔레키네시스(염동 능력).

처음부터 건물을 갈라 무너뜨리고, 도로를 지반째 들어 올리고, 수도관이나 가스관도 자유자재로 끊을 만한 능력을 보여주었다.

왼쪽과 오른쪽.

힘을 가하는 기준점이 둘로 늘어남으로써, 그 응용의 폭은 극대까지 넓어진다.

그때 대체 무슨 일이 일어난 것일까.

노상에 주차되어 있던 스테이션왜건이 머리 위까지 들려 올라가는가 싶더니, 부드러운 빵을 둘로 가르듯이 한가운데에서부터 쥐어뜯긴 것이다. 그 결과, 흩뿌려지는 것은 탱크 속에 차 있던 디젤 연료. 배터리의 불꽃으로 불이 붙고, 쏟아지는 불의 비를 카미조가 굴

168 |

러서 피하자, 거인의 복싱 장갑처럼 된 고철 덩어리가 좌우에서 동시에 덮쳐든다.

오른손의 이매진 브레이커(환상을 부수는 자)만으로 초자연 현상의 힘을 눌러도, 제어를 잃은 차의 잔해에 그대로 뭉개질 뿐이다.

따라서 카미조는 기세를 멈추지 않고, 그대로 차도와 인도를 가로막는 가드레일 밑을 빠져나간다. 그대로 몸을 비틀어 굴렀다. 가로로 긴 금속판이 아니라, 굵은 기둥 부분을 방패로 삼는 형태로.

금속으로 만들어진 충격을 견디기 위한 구조체가 스테이션왜건의 앞부분 절반을 막아냈지만, 한숨 돌릴 새도 없었다.

쿵!

둔한 소리와 함께 카미조의 시야가 흔들리는가 싶더니, 5미터 이상 머리 위로 던져져 날아갔다. 발치의 지면이 폭발적으로 융기해 점프대 기능을 한 것이다.

고작해야 5미터.

그러나 유도의 업어치기를 떠올리면 알 수 있듯이, 낙법을 취하지 못하는 상황이라면 높낮이차 1미터라도 상대의 의식은 빼앗을 수 있다. 하물며 날카로운 유리나 두꺼운 고철이 흩어진 아스팔트 위라면 치명적이다.

"큭!!"

카미조는 순간적으로 손을 뻗어, 데커레이션이 된 가로수 줄기를 움켜쥔다. 굵은 전구 케이블이 끊겨 채찍처럼 날뛰고, 그쪽을 오른손으로 막았을 때 밑동부터 나무가 부러졌다. 평범하게 베어 쓰러뜨리는 것과는 다르다. 180도 뒤집는 것 같은, 부자연스러운 세로 회전에 휘말린다.

그대로라면 쇠망치로 벌레를 때리듯이 카미조의 몸은 납작하게 눌렸을 것이다.

하지만 그렇게 되지 않는다.

무리해서 그립에 집착하지 않고 줄기에서 손을 뗌으로써, 세로 회전의 움직임에는 휘말리지 않고 그대로 바깥둘레로 내던져진 것이다. 보다 정확하게는, 디저트 가게의 정면을 장식하고 있던 우레탄으로 만든 거대한 선물 상자 오브제 한가운데에 등에서부터 처박는 모습으로.

오른손으로 총 제스처를 만들어 방심하지 않고 겨눈 채, 마이도노라고 스스로 소개한 산타 소녀는 그 가느다란 검지로 빙글 작게 원을 그렸다.

두 개의 손가락으로 하나의 표적을 지정한다.

왼쪽과 오른쪽에서 서로 잡아당기면 찢겨 끊어지고, 반대로 누르면 압축. 다만 힘을 가하는 점과 점을 동일선상에서 일부러 어긋나게 배치하면, 각각의 움직임에서 회전 운동으로도 연결할 수 있다. 단순히 표적을 손끝으로 지정해서 플릭 입력으로 움직이는 것만으로도 위험한 능력이었는데, 놈은 양손의 손가락을 사용함으로써 벡터 가공까지 가능하게 해버렸다.

긴 금발을 흔들며 마이도노 호시미는 조용히 평가했다.

"잘 움직이는군요."

"당신은 그렇지도 않군. 고정 포대인가?"

할 수 있다.

아직 베일은 제 기능을 하고 있다. 산타 의상의 습격자는, 좋게도 나쁘게도 자신의 능력을 지나치게 겉으로 드러냈다. 그것은 분명 두려움의 반대. 그녀는 본질적으로 두려워하고 있다, 무엇을 사용할지 모르는 능력자를.

그래서 요란하게 자신이 가진 능력을 부딪쳐 적대자로부터 결점을 드러내게 하고 싶거나, 그것이 불가능하다면 자신의 화려함을 어필해 미해석인 채로도 힘으로 눌러 흘려보낼 수 있다고 믿고 싶은 것이다.

부조리한 폭력이라는 것은, 물론 무섭다.

하지만 두려움이 보이면 그것도 겉치레로 생각된다.

강대하면 강대할수록, 반대로 그만큼 두려워하고 있는 것이 비쳐 보이고 마니까.

(……아직 이기고 있어. 파도를 만들어서 삼키고 있는 건 이쪽이야.)

그에 대해, 소녀는 두 개의 검지를 하늘 높은 곳으로 향했다. 사진을 찍히는 것이라도 신경 쓰는 듯 보일 뿐이지만, 그것은 공폭(空爆)의 신호다. 넓은 하늘에서 무언가를 '움켜쥐고', 그리고 양손을 기세 좋게 휘둘러 내려 이쪽에 부딪쳐온다.

위에는 아무것도 없다고 생각해서는 안 된다.

넓은 하늘에는 공기가 있다.

(고체 한정이… 아니야?)

마음의 톱니바퀴가 끼익 하고 굳는 것을 카미조는 느꼈다. 이것은 곤란하다. '미지'는 언제나 무조건적으로 사람을 삼키고, 머리를 새하얗게 날려버린다.

흔들림이 왔다.

안 그래도 온몸이 너덜너덜하다. 마음까지 삼켜지면, 카미조에게는 이제 승산은 없다.

서둘러서 이해해.

여기에서 멈추지 마. 한껏 윤활유를 들이부어.

안 그러면, 삼켜져서 찌부러진다.

(농담이 아니야, 빌어먹을!!)

"칫!!"

카미조는 허둥지둥 바지 벨트를 풀어, 가까운 가로수에 감아서 목숨줄로 삼는다. 머리 위에서 공기 덩어리가 덮쳐오는 것만이라면 가벼운 뇌진탕 정도일지도 모르지만, 그것과는 별개로 지면에 내팽개쳐진 바람 덩어리는 도망칠 곳을 찾아 360도 사방으로 흩뿌려진다. 머리 위에서의 공격에 대비했다 해도, 발치가 들려 올라가면 그대로 몇십 미터를 굴러갈지 알 수 없다.

하물며, 길 위는 아스팔트의 자잘한 파편이나 창문 유리 조각으로 자분자분.

그것들을 폭풍이 주워 옆으로 후려쳐온다면?

쿵!!

수많은 쇠공을 부채꼴로 흩뿌림으로써 50명 단위의 적군의 공격을 한 발에 상쇄하는, 지향성 지뢰보다도 비참한 대폭발이 큰길을 가득 메웠다. 목욕탕의 파이프 청소라도 하듯이.

굵은 나무 뒤에 매달려 버틸 수밖에 없었다.

거대한 줄로 간 것처럼 딱딱한 나무껍질이 말려 올라가고, 전구 장식 케이블이나 가느다란 가지가 끊겨 바람에 날아가는 것을 알 수 있다. 줄기에서 바깥쪽으로 한 발짝이라도 비어져 나간다면 인간의 피와 살 따위는 1초도 버티지 못할 것이다.

그러나 중요한 것은 그게 아니다.

그대로 카미조는 고함친다. 반쯤 피를 토하듯이.

"미사카 동생!! 무사하지. 청소 로봇을 놓치지 마. 그대로 뒤쫓아!!"

그렇다.

마이도노인가 하는 가명 여자의 목적은 카미조를 죽이는 것이 아니다. 라스트 오더를 담은 '용기'를 확실하게 현장에서 멀어지게 하는 것. 게다가 추적 라인은 끊는 형태여야 한다. 요란한 공격은 마술사가 테이블 밑에서 손을 움직일 때까지의 상차림일 뿐이다.

그렇기 때문에 더더욱, 바람을 사용한 무차별적인 대폭발.

유리와 쇳조각의 빗발 속에서도 아픔을 느끼지 않는 청소 로봇이라면 아랑곳 하지 않고 행동할 거라고 생각한 것인지, 아니면 로봇째 폭풍으로 날려 보낼 생각이었는지까지는 알 수 없지만. 어쨌든 여기에서 정면으로부터의 위협에만 견디고 있어서는 진짜 목적을 놓친다. 그렇게 되면 이 여자한테 이겨도 의미가 없다.

그리고 알게 된 것이 있다.

(…놈은 인간 자체를 텔레키네시스(염동 능력)로 '움켜쥐어서' 휘두르거나 하지 않아.)

단순히 라스트 오더를 현장에서 멀어지게 할 뿐이라면, 그게 가장 간단했을 것이다. 인질만 던지든, 자신까지 함께 능력으로 띄워 넓은 하늘을 날아다니게 하든. 지면을 들어 올려 카미조의 몸을 머리 위로 밀어 올렸을 때도, 그런 빙 돌아가는 간접 공격이 아니라 직접 카미조의 몸을 움켜쥐어 넓은 하늘로 던져버리면 되었을 것이다.

그런데, 그렇게 하지 않는다.

아니.

폭풍이 가라앉은 순간, 카미조는 가로수에 감고 있던 바지 벨트를 놓고 나무줄기 뒤에서 튀어나왔다.

산타클로스 의상의 금발 소녀에게 가장 빠르고 짧은 루트로 돌진하기 위해.

당연히 상대는 좌우의 검지를 이쪽으로 향했지만,

"못 해."

순간적으로, 카미조는 그렇게 선고했다.

마치 자기 자신에게 들려주어 안도감을 얻고 싶어하는 듯이.

이해해. 그렇게 하면 삼켜지지 않아. 파도를 만들어 덮치는 건 자신 쪽이라고 스스로에게 들려줘. 정신적인 우위를 만들고 싶은 건, 그걸 위해 거짓말을 해도 상관없다고까지 생각하는 건, 굳이 카미조만은 아닐 것이다. 하지만 왜 그 허세를 씌우고 싶은 건지까지 생각이 미치면, 반대로 마이도노의 두려움이 드러난다.

무리해서라도 이빨을 드러내어, 마음의 크로스카운터를 노려라.

그렇다.

"적어도 당신은, 살아 있는 인간을 그대로 '움켜쥘' 수는 없어!! 단백질이라든가 하는 소재의 제한이 있는 건지, 타인의 의지가 실려 있으면 재밍이 되는 건지는 모르겠지만 말이야!!"

그렇다면, 돌격하는 카미조 자체를 누를 수는 없을 것이다.

굳이 말하자면, 낡은 저택에서 가구가 저절로 움직이는 폴터가이스트에 가까운 능력이었을지도 모른다. '원석'이라고 불리는 천연에서 발생하는 자각 없는 능력자, 특히 어린아이가 높은 스트레스

밑에서 폭발시키는 현상이라고도 하는 그것을, 어느 정도 자신 쪽에서 휘두를 수 있게 되었다는 느낌으로.

무언가를 움켜쥐고 휘두른다.

직접이 아니라 간접 공격만 하는 것이라면, 반드시 한 박자 지연이 발생한다.

그전에 다다를 수 있다면.

접근전에서는 총기보다도 나이프 쪽이 강하다. 그것과 마찬가지로, 코앞까지 파고들 수만 있으면 마이도노의 능력은 무섭지 않다.

"그러니까."

거기에서 나뉘었다.

정면으로 향하고 있던 양손의 손가락을 좌우로 크게.

상대 쪽이 약간 빨랐다. 그리고 무언가를 '움켜쥔' 마이도노 호시미가, 다시 두 개의 검지를 정면으로 향한다.

큰 아가리를 닫듯이.

"그게 어쨌다고요?"

직, 둔한 진동이 있었다.

직후에 좌우에서 거대한 빌딩이 기부(基部)째 뜯겼다.

그대로 돌격 도중이던 카미조 토우마를 사정없이 사이에 끼우고, 풍경 속에서 말소한다.

6

"후우…."

(지나쳤나. 가스 냄새가 풍겼고….)

마이도노 호시미는 가만히 숨을 내쉬었다

이번에는 제한 없음, 목표 달성을 위해서라면 얼마든지 죽여도 상관없다는 말을 들었다. 그러나 방금 그것은 분명히 과잉되고 무의미한 연출이었다. 마술로 말하자면, 트릭이 탄로 날 것을 두려워한 마술사가 야유를 날린 관객에게 고함치는 행위와 마찬가지다.

좌우 양쪽, 고층 빌딩을 두 동쯤 옆으로 슬라이드시켰다. 크레인으로 움직일 수 있을 만한 중량이 아니고, 작업원을 안에 넣기에는 지나치게 불안정하기 때문에, 이 큰길을 회복시키는 데는 폭파 해체가 필요할 것이다. 게다가 기부에서부터 뽑아낸 덕분에 전기와 가스와 수도, 각종 배관을 그대로 끊는 형태가 되었다. 특히 도시가스가 문제였다. 인공적으로 조정된 이상한 냄새가 느껴지는 것을 보면 상황에 따라서는 이곳도 폭발에 휘말릴 위험이 있다.

몹시 요란한 절단 매직의 한가운데에, 잘못해서 정말로 자신의 몸을 잘라 떨어뜨리는 것만큼 멍청한 전개는 없다.

우선 자신의 안전을 확보하는 것이 기본이자 진수다.

그런 의미에서는, 순간적으로 안전 확인을 게을리한 산타 소녀의 마술은 이류로 질이 떨어진 형태가 된다.

"……."

잠시 침묵하다가 마이도노 호시미는 시선을 끊었다.

얇은 종이 한 장 통과시키지 못할 정도로 딱 맞붙은 빌딩끼리의 이음매에서, 금색 가발을 크게 펼치듯이 180도 뒤를 돌아본다.

(반쯤 뭉갠 빌딩에서 슬슬 그 두 사람이 기어 나올 때인가. 지금부터 건물을 뭉개는 것보다, 일단 나오기를 기다려서 확실하게 죽

이는 편이 '안심'을 얻기 쉬우려나. 죽었는지 어떤지 알 수 없다…는 것은 클라이언트의 불안을 쓸데없이 부추길 뿐이고.)

그것보다도.

역시 아무래도 산타 소녀는 다른 일이 신경 쓰인다.

직접적 인과는 없다. 쓰러뜨렸을 터인 상대를 언제까지나 두려워하는 것 같아서 초조하지만, 자신의 마음을 부정해도 소용없다.

(…그 남자, 그 통상 모델 클론에게 지시를 날리고 있었지. 그쪽을 처리하면 청소 로봇을 회수하고 라스트 오더(최종 신호) 운반 작업을 완료시킨다, 그걸로 끝인가, 쓸쓸한 크리스마스가 될 것 같네.)

"…어디에선가 생크림을 산더미처럼 얹은 도넛을 하나 더 먹어야지. 적자색 초코를 뿌린 도넛이랑 말차 크림의 탑을 나이프와 포크로 분해하면서, 나쁜 기분을 씻는 거야."

조금 위축되면서.

승자가 머릿속으로 할 일 리스트를 만들고 있지만, 당연히 눈치채고 있었다.

아까부터 스마트폰이 시끄럽다.

가늘게 진동하는 모바일을 움켜쥐자, 아니나 다를까였다.

『지나쳤어.』

"누구라도 알아요."

『알면서 이렇게 한 거냐.』

"시끄럽네. 날 이렇게 만든 건 당신들 어른들이잖아."

마이도노 호시미는 오히려 조용히 불이 붙었다.

하지만 거기에 아무런 위험성도 없다고는 할 수 없다.

"…젓가락 잡는 방법을 몰라."

불쑥.

고등학생 정도의 소녀가 하기에는 이상한 말이 나왔다.

낮고 낮은 원망과 함께.

"그런 것 가지고 뭘… 이라고 생각하죠? '빼앗은 쪽'은 그래. 하지만 모두가 할 수 있는 당연한 일을 빼앗긴다는 건, 당신들이 계산한 것 이상으로 사람의 마음을 옥죄는 거야! 나는 검지로밖에 모든 걸 조종하지 못해요. 당신이 그렇게 만들었어. 능력의 최적화라느니 하면서, 어느 날 갑자기 아무런 양해도 없이!!"

무엇이든 잘하는 반장.

반드시 좋은 머리로 다른 모든 사람을 압도하는 것은 아니다. 특별히 운동 신경이 뛰어난 것도 아니다. 그래도, 별것 아닌 잡학이나 예의범절 중에 모르는 게 있으면 우선 이 사람한테 물어보면 된다는 마음 편한 이야기 상대. 그런 곳에 그녀는 서 있었다.

그래서.

이런 당연한 일로 좌절하는 것만은 절대로 용납되지 않았는데.

"……마치 어린아이 같아요. 학교에서 수다를 떨어도, 방과 후에 외식할 때에도, 늘 등을 웅크리고 사실을 들키지 않을지 움찔움찔하면서 포크나 스푼을 잡을 수밖에 없었어!!"

정신이 들고 보니 상대는 침묵하고 있었다.

압도되었다… 는 귀여움이 남아 있는 인물이 아니다. 십중팔구 어이없어하고 있다. 감정만으로 인재를 자를 정도로 바보 같은 상대도 아닐 테지만, 실점은 실점이다.

마이도노는 자신의 호흡을 의도적으로 가다듬으면서,

"지시에는 따르겠어요, 나한테도 '어두운 부분'은 필요하니까. 하지만 이 나에게 필요한 것 이상을 기대하는 건 그만뒀줬으면 좋겠어요. 사회에 적응? 유연하게 대응? 못 해요. 어른들이 다루기 쉽도록, 그렇게 내 기능을 잘라낸 건 당신들이잖아요? 그렇다면 나는 심플하게 일을 진행하겠어요. 당신들이 멋대로 기대한 것처럼."

다시 스마트폰에서는 기나긴 명령이 들려올 눈치였지만, 마이도노 모바일을 움켜쥔 채 의아하다는 얼굴이 되었다.

그러고 나서, 작게 혀를 찼다.

금발의 산타 소녀는 짧게 말했다.

"실례."

화는 난다.

하지만 그런 이야기와는 다른 차원에서, 마이도노 호시미는 자신의 일을 어중간한 채로 끝낼 수는 없다. '어두운 부분'에서는 학력이나 출신 등은 쓸모가 없다. 실력. 살아가기 위해서는 이것을 흐릴 수는 없다.

"…쌓인 얘기도 있지만, 의뢰하신 일로 돌아가겠습니다."

그렇게 말하며 통화를 끊을 만한 이유가 있었다.

즉.

"그게 어쨌다는 거냐고 해도 말이지."

"……"

목소리가.

어떻게 할 수도 없이 심플한 소년의 목소리가, 뒤에서.

하지만, 어째서? 어떻게???

…아까 그 싸움에서 그 소년이 식은땀투성이로 허세를 되풀이하고 있었던 것은 마이도노도 어렴풋이 이해하고 있다. 이쪽을 정신적으로 묶기 위해서이기도 했고, 나이프에 찔려 너덜너덜해진 자신을 고무하는 의미도 있었을 것이다. 특히 학원도시에서 능력을 축으로 한 싸움을 한다면, 이런 방법론도 결코 틀리지는 않다. 그리고 상도(常道)의 이론이기 때문에, 뒷길의 사도(邪道)로 달리는 마이도노에게는 꿰뚫어 보는 것도 쉬웠지만.

하지만, 이건?

아직 계략이 존재하는 건가?

아니면 정말의 정말로, 상황이 전술의 한 발짝 밖까지 벗어나기라도 했다는 걸까.

매끄럽게.

계산이라고도, 본성이라고도 하기 어려울 정도로 수다스럽게, 뒤에서 자신 이외의 누군가의 목소리가 난다.

이 상황은, 둘 중 어느 쪽이지?!

"물건밖에 움직이지 못하는 텔레키네시스(염동 능력)라니, 그것도 당연하다는 느낌이지. 그렇게 말도 안 되는 출력인데 어째서 레벨 5(초능력)로 인정되지 않은 건가 하고 처음부터 의문이었는데, 확실히. 별로 부럽지 않아, 당신의 능력. 그럴 바에는 무엇에든 응용이 되는 미사카라든가, 풍문으로 들은 정신계 최강의 제5위의 힘이 그나마 '재미있을 것 같다' 싶고. 만일 하루만 능력을 교환할 수 있다면. 그렇게 생각하면, 역시 당신은 최강급이라고는 부를 수 없어."

"⋯⋯.⋯⋯.⋯⋯⋯⋯⋯⋯⋯⋯⋯⋯⋯⋯⋯⋯⋯⋯."

마이도노 호시미의 톱니바퀴가, 멈춘다.

예정된 타임테이블이, 이번에야말로 완전히 붕괴한다.

"아무도 구하지 못하는, 아무도 웃는 얼굴로 만들지 못하는, 그냥 부술 뿐인 힘."

오히려 후회하듯이.

타인의 심한 상처를 보고 만 것 같은 목소리로, 그 질문은 있었다.

"무슨 일이 있으면 그렇게 되는 거야? ⋯젓가락 잡는 방법을 모른다⋯ 는 말을 했던 것 같은데."

기기기기기기기기기기, 녹슨 인형처럼 어색한 움직임으로, 마이도노 호시미는 다시 180도 몸까지 돌려 돌아보는 처지가 되었다. 항상 계속 주도권을 쥐고 있었을 소녀가, 자신 이외의 의사에 의해 억지로 돌아보아야 했던 것이다.

거기에, 있었다.

아무런 특징도 없는 소년이, 평범하게 서 있었다.

옆구리에서 피의 붉은색이 배어 나오고.

12월의 차가운 하늘 아래에서도 기분 나쁠 정도로 온몸에서 땀을 뿜어내고, 그러면서도 초췌할 대로 초췌해진 듯 안색이 새파래져서도.

그래도, 결코 쓰러지지 않고.

애초에 이 형태로, 이 골격이 남아 있는 쪽이 이상하다. 이것만은 말의 허세로 기분을 고무한다 해도 뒤집을 수 있을 리가 없는데!!

"어떻게, 한 거죠?"

"어떻게 했을 것 같아?"

"50층 이상의 고층 건축물을 두 채나 썼어! 최대 하중은 10만 톤도 넘어, 아니면 당신의 양팔은 원자력 항공모함을 통째로 누를 수 있기라도 하다는 거야?!"

"나는 별로 고대 유적의 기계 장치에 휘말린 게 아니야. 빌딩 1층이라면 창도, 문도 평범하게 있잖아. 몸으로 부딪쳐서 부수면 안은 텅 빈 플로어고. 어차피 할 거라면 두 채의 빌딩이 납작해질 때까지 계속 뭉갰으면 좋았을 거야, 금박 장인이 하는 것처럼."

게다가.

아니면, 그래서.

들었다. 젓가락 이야기를.

시체를 확인하기 전에 안심한 것은 이쪽의 실수지만, 그렇다고 해도.

친구들에게 거짓말을 하고, 매일의 생활을 속이면서까지 지켜온 것이, 이렇게나 간단히.

정신적으로 묶는다.

스스로를 고무한다?

그런 말로 허용되는 한계를, 훌쩍 뛰어넘었다.

"…죽인다."

"당신한테는 무리야."

"죽일 거야!!!!!!"

아마 '그것'은, 눈앞에 서 있는 삐죽삐죽 머리의 고등학생을 향한 감정이 아니었을 것이다. 본인에게는 터무니없는 날벼락. 그러나 마이도노 호시미는 어떻게 해도 억누를 수가 없었다. '어두운 부분'에 몸을 담그고, 이제 돌아갈 수 없는 데까지 왔으면서도, 웃어버릴 만큼 자각이 있는데도, 아무래도 참을 수가 없었다.

전부 소용없어진 기분이 들었던 것이다.

가슴에 꽂힌 작은 아픔도.

아무것도 모르는 사람들을 속이면서 지켜온, 누더기투성이 학교생활도.

정체를 알 수 없는 노이즈에 머리 안쪽부터 잠식되는 것을 스스로 알 수 있다. 알면서도 멈출 수가 없다. 사람의 마음의 귀찮은 부분이 나왔다. 마이도노에게도 예상 범위 밖까지 상황이 탈선한 것이다.

"네!! 네, 맞아요!! 나는 누구나 할 수 있는 간단한 일을 못 해. 두 개의 나뭇조각을 오른손 하나로 다룰 수 없고, 먹을 것을 집어 올릴 수 없고, 젓가락을 사용할 수가 없어!! 주먹으로 한꺼번에 쥐고 어린아이처럼 꽂는 정도밖에!! 모르겠죠, 당신 같은 사람은. 고민할 필요도 없이 당연하게 할 수 있고, 그런 당연한 걸 어른들의 손에 부조리하게 빼앗긴 적이 없는 사람은!!"

"…빼앗겼다고?"

"지금의 기술로는, 사람의 머리에서 뇌세포 자체를 도려내지 않고 특정 정보만을 엄밀하게 지울 수는 없어. 반드시 복구 리스크가 남아요. 진정한 의미로 그런 처리를 할 수 있는 건, 아마 학원도시의 제5위 정도겠죠."

자신의 머리가 부푸는 것 같았다.

안쪽에서 계속해서 올라가는 체온 때문에 호흡조차 이상하다.

눈꼬리에 눈물마저 글썽이며 마이도노 호시미는 외쳤다.

"하지만 방대한 정보를 특정 부위에 흘려 넣어서 몇 번이고 몇 번이고 덮어쓰기 조작을 되풀이함으로써 복구 불능으로 만들 수는 있어요. 시그널 슬라이드법. 내 머리는 이 능력을 사용하기 위해서만 최적화되었어. 쓸데없는 부분을 잘라내는 형태로!!"

그래서 사용할 수 없다.

양손의 검지에 모든 신경을 집중한다. 그것 때문에.

어제까지 할 수 있었던 일을. 유치원생도 할 수 있는 당연한 일을, 그녀는 하지 못한다.

"웃기죠?"

입가는 분명 느슨해졌다.

하지만 마이도노 호시미는 웃고 있지 않았다.

세상에는 있다. 글씨를 못 쓴다, 곱셈의 구구단을 못 한다. 모두가 당연하게 통과하는 장소에서 제자리걸음을 하고 있는 것을 누구에게도 말하지 못하게 된 결과, 기본에서 응용으로 나아가지 못하고 학교생활의 레일에서 벗어나 버려 어디에도 갈 수 없게 되는 아이들이.

그녀도 그랬다.

비참하다는 말을 듣는 것이 무엇보다도 무서워서, 그래서 내내 잠자코 있었다.

"다시 한번, 학교의 아이들과 스스럼없이 밥을 먹어보고 싶어. 다시 한번, 누구의 눈도 신경 쓰지 않고서 등을 펴고 궁금했던 가게에서 식사를 하고 싶어. 그저 그것뿐이었는데, 정신이 들고 보니 이런 진흙탕에 두 발이 빠져서 꼼짝도 할 수 없게 됐으니까요!!"

끼익!! 공기가 깎여나가는 기분 나쁜 소리가 작렬했다.

마이도노가 자신의 발치에 있던 유리 조각을 검지로 지정해, 손가락으로 튕기는 듯한 동작과 함께 정면의 사냥감을 노리고 기세 좋게 쏘아 보냈기 때문이다.

최대 하중 10만 톤 이상.

고층 빌딩 두 동을 한꺼번에 사용할 정도의 큰 기술 직후에, 겨우 몇 밀리의 투명한 바늘.

인간의 감각은 자극에 익숙해져, 본인이 모르는 곳에서 오감에 보정을 가한다. 정상적인 인간이라면 이 갭을 수정하기 전에 이마 한가운데를 꿰뚫렸을 것이다.

"그래?"

"?!"

이상하다.

그래도, 그 소년은 흔들리지 않는다.

정신이 들고 보니 그의 오른손이, 아무런 특징도 없는 손바닥이 정면으로 들려 있었다. 그것만으로 무너진다. 바로 정면, 겨우 몇 미터 앞의 사냥감을 쏘아 뚫어야 했던 유리 조각이 힘없이 떨어지고 만다.

끊겼다.

잘렸다.

예를 든다면, 보이지 않는 로프웨이 같았던 마이도노 호시미의 능력, 그 자체가?

게다가 상대는 그런 사실을 언급하지 않는다.

의도적으로 자신의 패를 감추고 있는 것조차 아니다.

마치.

그런 것보다 더 중요한 얘기가 있다고나 말하듯이.

"그럼, 조금은 편해졌어?"

"…아?"

뜻을 알 수가 없었다.

그러나 사고의 공백을 억지로 비집고 들어오듯이, 그 소년은 말했다.

"너는, 그렇게 지금까지 누구에게도 할 수 없었던 말을 전부 토해냈잖아. 어땠어? 괴롭고, 부끄럽고, 발버둥을 치며 날뛰고 데굴데굴 구르고 싶어질 정도였다고 해도, 하지만 조금은 후련해지지 않았어?"

왜, 그렇게 이해한 것처럼 말하지.

안다는 듯이 말하는 게 제일 신경에 거슬릴 텐데, 적절하고 확실하게 꽂히지?

생각하고, 그리고 마이도노의 시간이 잠시 멈추었다.

물론 객관적인 근거 따위는 아무것도 없었지만.

설마.

"…당신도?"

"……."

"무언가를 잃었어? 아니, 다른 누군가의 손에 빼앗겼나요?!"

저 소년에게 오른손의 존재가 특별하다는 것은 왠지 모르게 상상이 된다. 그러고서, 그는 분명히 이렇게 했다.

권총을 쥐는 제스처를 하고서 자신의 관자놀이에 들이댄 것이다.

"기억이."

"…거짓말…?"

"올해 여름 이전의 15년분, 통째로 전부 없어졌어."

결코 큰 목소리는 아니었다.

과장스러운 몸짓도, 억양을 넣은 목소리도 없었다. 반대로 그런 '연출'이 끼어 있었다면, 프로인 마이도노는 단번에 꿰뚫어 보았을 것이다. 하지만 그것이 없다. 그래서 알아버린다.

말의 무게를.

리얼한 울림에 의해 공기 자체가 뽀각 소리를 내며 굳어가는 것을, 확실하게.

진실은 결코 상냥하지 않다.

어두운 부분에 몸을 담그고 스스로를 지키는 마이도노 호시미는 피부로 알고 있다. 오히려, 드러난 옳음은 본질적으로 사람의 마음에 상처를 주는 무기로 기능한다는 것을.

"뭐, 당신과 달리 에피소드 기억이라는 것만 없어진 것 같으니까, 매일의 생활에 영향은 없지만. 물론 객관적으로 증명 같은 건 할 수 없어, 당신의 젓가락과 마찬가지로."

있을까?

그런 일이 있어도 되는 걸까.

마이도노 호시미에게도 매달려온 것은 있다. '어두운 부분'에 몸을 담그고 이 손으로 사람을 죽였어도, 그래도 지키고 싶었던 것은 사람과 사람의 연결이었다. 그래서 '못 하는' 것에 대한 수치심이 있었고, '못 하는' 것을 덮어 가리기 위해 거짓말을 하고, 질척질척한 늪에 계속 잠겨갔다.

하지만.

괴로우면 그만두겠냐고 묻는다면, 대답은 노다.

아무리 마음이 찢어져도, 자신의 가슴속에 있는 추억만은 잃고 싶지 않다. 사람과 사람의 연결을 소중히 하며 어둠 속을 돌진한다. 그런 작은 빛 정도는 남겨두고 싶다.

그것을.

하필이면, 그것을 빼앗겼다?

"…그렇다면, 어째서?"

말이 나왔다.

처음부터 끝까지 거부하고 있었던 주제에, 정신이 들어 보니 마이도노는 찾고 있었다.

대답을.

"어째서 그런 곳에 서 있을 수 있는 거죠?! 어떻게 생각해도 핸디캡은 결정적이고, 아무리 노력해도 잃은 건 돌아오지 않고, 원인이 된 무언가를 원망하는 편이 '마음이 편'했을 텐데?! 어째서!!"

평범한 소년이었다.

이질적인 싸움에 익숙하긴 할지도 모르지만, 본질 부분에서 지나치게 안이하다.

그것을 싫을 정도로 '어두운 부분'에 몸을 담가온 마이도노는 잘 알 수 있다. 달리 있을 곳이 있다는 것만으로도, 이 소년은 결정적으로 마이도노 호시미와는 인종이 다르다는 것을.

원인이 된 무언가?

그런 건 사실은 아무래도 좋다. 무언가를 잃었다는 것은, 그것만으로도 세계 전부를 원망해도 상관없는 면죄부를 받은 것이나 마찬가지다. 왜냐하면 아무도 눈치채주지 않았지 않은가, 지켜주지 않았지 않은가, 이제 돌이킬 수 없지 않은가. 그렇게 쇳소리를 지르면 무엇이든 허용되는, 피해자로서의 절대적인 특권을 손에 넣을 수 있었을 텐데.

하지만.

소년은 고개를 저었다. 가로로.

"편해지지 않잖아."

"……"

세계가.

달랐다.

"괴로워, 그런 길은. 아무리 생각해도 너무 비참해. 그래서 나는, 자신이 기억을 잃은 걸 계속 숨겨왔어. 결국 그런 싸구려 연극은 여기저기 너덜너덜하고, 들킬 때에는 어이없게 들키거나 했지만. 그렇다면 이제 기억이라는 형태 없는 것에는 매달리지 않겠어. 세계는 눈앞에 펼쳐져 있잖아. 그렇다면 즐기지 않으면 손해지, 다 함께 손을 맞잡고. 웃고, 뛰어다니고. 그편이 훨씬 편해."

가치관의 근본이 다르다.

그래서 양립할 수 없다.

"너는 어때."

그런데도 말이 귀에서 떨어지지 않는다.

그저 이해 불능으로 의식에서 쫓아내버리는 것을, 마이도노 호시미는 어떻게 해도 할 수가 없다.

"나랑 너는 잃은 것의 종류도, 경위도 달라. 그러니까 묻겠는데,

언제까지나 잃은 것에 얽매여 있는 게 그렇게까지 기분 좋아? 젓가락 드는 방법을 모른다, 그런 자신은 어떻게 해도 바꿀 수 없다, 그게 어쨌냐고 말할 수 있는 자신이 되고 싶지는 않아?"

"…못 해."

"할 수 있어."

"그렇게 간단한 얘기가 아니야!! 새로운 걸 부어도 틈새가 메워지는 건 아니고, 1 더하기 1이 2가 되는 것만큼 단순하지 않다고!! 데이터의 양만 같으면 내용물이 같다는 얘기는 되지 않아. 당신도 상당히 닳아버렸을 거예요. 그러니까 무리를 하는 건 그만둬. 추억이 없다니 너무 괴롭잖아. 젓가락을 들지 못한다는 차원이 아니야! 당신이 나 같은 것보다 훨씬 너덜너덜해지지 않았다면 이상해!!!!!!"

"기억을 잃었다, 두 번 다시 원래로는 돌아가지 못한다, 그게 어쨌는데. …난 여기까지 올 수 있었다고. 그야 물론 길었지만. 넌 지금 어디에 있지? 긴 길의 어디에 눌러앉는 게 자신에게 가장 기분 좋아?"

그렇다면, 뭘까?

이것은 어떤 걸까. 대체 두 사람은 어디에서 길이 갈렸을까?

아픔을 모르는 외부인이 겉만 번드르르한 말을 하는 것이 아니다.

실제로 있다.

마이도노보다도 심한 상황에 처한 소년이 현실적으로 이것을 선택할 수 있었다는 것은…?

"분명, 이유 같은 건 되지 않아."

"…닥… 쳐."

"뭔가를 잃거나, 빼앗기거나. 분명 그건 괴롭지만, '그러니까' 뭐든지 해도 좋다는 얘기는 되지 않아. 아니, 이미 즐겁다거나 괴롭다거나 하지도 않아. …애초에 되고 싶지 않거든, 그런 자신 따위."

"입 닥쳐어어!!!!!!"

쿵!!!!!!

공기라기보다 지반이 으르렁거리는 소리를 냈다. 직후에 마이도노 호시미의 바로 옆에서, 아스팔트 전체가 크게 솟아올랐다. 거기에서 끝이 아니다. 이런 것은 그냥 캐터펄트. 바로 아래에서 밀려올라온 것은 터널이었다. 지하철 선로를 하나 통째로 지상으로 던진 것이다.

경적 따위는 없었다.

선두 부분에 추가로 장착된 대량의 렌즈나 센서를 보아하니, 아마 무인 제어.

크리스마스 세일에 특화된 화물 열차일 것이다. 그러나 유인이었다 해도 상관없다.

공기를 비틀고, 잡아 찢다시피 하며, 8량 편성의 쇳덩어리가 사정없이 카미조 토우마에게 덮쳐들었다.

순수한 물리 파괴'만' 따져서 말하면 학원도시 제3위, 레일건(초전자포) 이상. 게다가 이번에는 능력 없이. 열차 자체는 어디까지나 전동 모터로 움직일 뿐이다.

그러나.

그래도.

"여러 사람을 보아왔어. 기억을 잃은 후에도."

오른쪽으로 1미터.

약간 발을 움직이는, 그것만으로도.

그 소년은 미리 깔려 있던 치사의 레일 범위 밖으로 간단히 도망친다.

처절한 파괴음도 신경 쓰지 않고, 그는 마이도노 호시미를 응시했다.

"엘리트인 레벨 5(초능력자)라든가, 발버둥을 쳐도 위로 올라갈 수 없었던 낙오자라든가. 소중한 누군가를 지키지 못한 담배 냄새 나는 마술사라든가, 아무런 잘못도 없는 비극을 계속 질질 끌고 있는 성인(聖人)이라든가. …우리들만이 아니야. 모두 누구에게서도 이해받지 못하는 아픔을 짊어지고, 그래도 이를 악물고 세계 전부와 싸웠어. 우리들만이, '그러니까'로 전부 엉망진창으로 만들어도 될 정도로 이 세계는 작지 않아!!"

그렇다면.

그렇다면, 자신은 어떻게 해야.

마음을 바꿔봐야, 세계 쪽이 다가와주는 것은 아니다.

엄격한 현실은 흔들리지 않는다.

여기까지 와버린 이상, 이제 '어두운 부분'에서는 돌아올 수 없다. 피투성이 길 따위 돌아보는 것만으로도 토할 것 같다. '그래서' 원망의 기분이 필요했고, 앞만 보고 있으면 '언젠가' 학교 친구들과 편하게 서로 웃을 수 있는 황당무계한 미래를 추구할 수 있을 거라 믿을 수 있었다.

실제로는.

최초의 한 사람을 죽인 순간부터 이제 절대로 무리라는 것을 알고 있었는데도.

거기에서 체념해버렸기 때문에 두 명째도, 세 명째도 망설이는 일이 없어졌을 터였는데.

"아아."

뽀각.

이상한 소리가 있었다.

그것은 마이도노 호시미의 능력이 아니다. 그녀는 아무것도 하지 않았다.

"그러니까, 만일 네가 혼자서 멋대로 고민하고 있다면. 만일 아무런 형태도 없는 것에 묶여서 스스로 기회를 헛되이 해왔다면."

그렇다면.

진짜 소리가 난 곳은.

그녀는 본다. 어느 한 소년이 그 오른손을 조용히, 그러나 강하게 움켜쥔 것을.

주먹의 형태를 만들어낸 사실을.

그리고 소녀는 들었다.

그 말을.

"…그런 빌어먹을 환상은, 여기에서 한 조각도 남기지 않고 때려죽여주지."

7

한 발짝이다.

카미조 토우마에게 그 한 발짝을 내디딜 힘과 용기만 있으면, 이 싸움은 끝낼 수 있다.

옆구리를 찔렸고, 미사카 동생이 대충 꿰매어주기는 했지만 완벽하지는 않다. 그런 가운데 무리하게 몸을 틀어 마이도노의 공격을 몇 번이나 피하거나 막았다. 옷 아래가 어떻게 되었을지는 상상도 하고 싶지 않다. 최악의 경우, 찔렸을 때보다 상처는 더 심해졌을지도 모른다.

하지만.

그래도.

(…끝낸다.)

라스트 오더는 반드시 구해야 한다.

카미조의 기억이 없는 것이나 마이도노가 젓가락을 사용하지 못하는 것은 그녀의 잘못이 아니니까.

마이도노 호시미는 막아야 한다.

더 이상 죄를 쌓아도 그녀가 바라는 것은 돌아오지 않는다. 이 싸움이 끝난 후에 기다리고 있는 것은, 어떻게 할 수도 없이 괴로운 현실의 연속일 것이다. 그래도 여기에서 일단 끊어내지 않으면 돌아갈 수 없다. 무슨 일이 있어도, 마이도노가 스스로 그리던 세계에서 멀어지는 것 따위 용납할 수 없다.

잔재주 없이.

서로의 밑바닥은 알았다. 더 이상 말의 응수로 삼키려고 하는 행위는 아무것도 낳지 못한다. 이제는 온 힘과 영혼을 다한 정면 격돌이 있으면 된다.

카미조 토우마는 마이도노 호시미를 이해하고, 마이도노 호시미는 카미조 토우마를 이해했다.

지나칠 정도로 충분히.

그러니까.

두 사람 사이에는 마지막 신호 같은 건 필요 없었다.

"이제 여기에서! 반드시 끝내겠어!!"

바로 정면에서.

왼쪽과 오른쪽. 권총의 제스처를 만든 두 개의 손끝이 카미조 토우마에게 들이대어졌다.

어떻게 할 수도 없는 적.

사는 세계가 다른 인간.

그래도.

왠지 그녀는 웃는 것처럼 보였다. 당장이라도 울 것 같은 구깃구깃한 얼굴로, 그래도 웃는 것처럼밖에 보이지 않았다.

이제야.

처음으로.

추악하고 폭력적인 본심을 전부 드러내도 용서받는, 편한 친구라도 발견한 것 같은 얼굴로.

""오오오오오오오오오오오오오오오오오오오오오오오오오오오오오아아아!!!!!!""

둘이서 으르렁거렸다.

카미조 토우마는 오른 주먹을 움켜쥐고 앞으로 달리고, 마이도노 호시미는 원자력 항공모함조차 통째로 움직이는 텔레키네시스(염동 능력)를 좌우 동시에 휘두른다.

지면이 융기하고 끊긴 가스관이 노출되었다.

불꽃과 충격파 속을 몸을 낮춘 소년이 이를 악물고 빠져나가고, 거기에 머리 위에서 단두대처럼 빌딩 벽에 설치된 커다란 화면이 쏟아져 내려왔다.

유리와 고철이 사방팔방으로 흩어져, 쏜 마이도노 자신의 뺨에 붉은 상처가 생긴다. 그녀에게도 예상 밖이지만, 더 이상 상관하지 않는다. 지면에 부딪히고, 부서지고 찌그러져 다시 튕겨 나온 커다란 화면의 잔해를, 다시 한번 좌우의 검지로 '붙잡는다'. 두 개의 검지를 바깥쪽으로 크게 벌려 관광 버스보다 거대한 액정 기재를, 한가운데에서부터 토스트보다도 쉽게 찢고, 거인의 주먹처럼 다시 든다.

회색 분진이 피어오른다.

모든 것을 뒤덮으려고 한다. 하지만 실제로는 그렇게 되지 않는다.

카미조 토우마는.

그래도 전력으로 질주해서, 회색 커튼 맞은편으로 사라지려는 산타 소녀에게 뛰어들었기 때문이다.

'어두운 부분'이라는 실체도 없는 것에 삼켜져, 누구의 손도 닿지 않게 된다.

그런 말로(末路) 따위 절대로 용서할 수 없다.

그런 마음에 형태를 주듯이.

"불사신… 인가요?! 당신은!!"

소리치고, 그러나 아니라는 것을 마이도노 자신도 아마 깨달았을 것이다.

휘익!!

오른쪽 스트레이트에 왼쪽 후크. 어지간한 승용차 정도라면 고층 빌딩의 옥상까지 날려 보낼 정도의 강한 팔을, 카미조는 몸을 휘둘러 피한다.

특수한 능력이 아니다. 상황에 대한 대처를 위임한 행운이나 기도도 아니다.

지킨다.

구한다.

그 범위에는 그녀가 납치한 라스트 오더뿐만 아니라 습격하는 쪽인 마이도노 호시미 자신도 포함된다.

그러니까 그것을 위해서라면, 눈앞에서 손을 뻗으면 그것만으로 닿는다면, 다리의 떨림 따위는 억누를 수 있다. 카미조 토우마에게는, 어디까지 가도 이 오른쪽 주먹밖에 없다. 결판을 내려면 아무래도 코앞까지 뛰어들 수밖에 없다.

그렇다면, 한다. 격렬한 폭발이 가해져도, 날카로운 유리나 쇳조각이 사방에 흩어져도. 붙잡지 않고서는 구할 수 없다면, 무슨 일이 있어도 그 손을 잡을 수 있는 거리까지 뛰어든다. 이를 악물고. 아픔을 삼키고.

그렇다.

다시 말할 것까지도 없이, 카미조 토우마는 피투성이였다.

다치지 않는다는 것은 있을 수 없다. 옆구리의 상처만이 아니다. 충격파에 두들겨 맞고, 칼날 같은 파편을 온몸에 몇 개나 뒤집어쓰고. 생각난 듯이 몸 여기저기에서 검붉은 피가 난다 해도. 하지만 이 한 발짝만은 반드시 디디겠다고 처음부터 결심했다. 그래서 움직일 수 있었다. 그것뿐이었다.

"…괜찮아."

10초라도, 5초라도, 1초라도 상관없다.

조금만 더.

만일, 이 몸이 움직인다면.

마이도노 호시미가 거미줄처럼 둘러치고 만 비극의 도미노를 중단시킬 수 있다!!

"네가 평생 젓가락을 사용할 수 없어도, 전부 빼앗기고 쇠창살 속에 들어가도. 그래도 나는, 절대로 널 버리지 않아!!"

오로지 둔한 소리가.

마음과는 반대로 폭력적인 굉음이, 부서진 도시에 울려 퍼졌다.

오른쪽 주먹이 꽂혔다.

뺨에 둔한 일격을 받은 채, '어두운 부분'의 자객은 마지막에 무엇을 생각했을까.

비명 하나도 없었다.

누구보다도 평범을 동경하던 소녀는, 그대로 아래로 털썩 떨어졌다.

8

강대한 능력자를 구속한다는 것은 '어디까지' 하면 되는 걸까 하는 점에서 몹시 어려운 문제이기는 하지만, 이번에 한해서 말하자면 양손의 검지라는 방아쇠를 명확하게 알고 있다. 카미조는 어딘가의 공사 현장에서 굴러온 듯한 덕트 테이프를 빌려, 우선 쓰러진 마이도노 호시미의 두 손을 주먹으로 만들고 나서 손목 전체를 둘둘 감았다. 그리고 양손을 뒤로 돌려 또 묶는다.

(…마이도노라.)

쪼그려 앉은 채 카미조는 그 얼굴을 잠시 들여다보았다.

할 수 있어야 하는 일을 할 수 없게 된 소녀.

만일 잃은 기억에 계속 집착했다면, 카미조도 이렇게 되었을지도 모른다.

(뭘 해줄 수 있을까. 나 같은 평범한 고등학생이.)

"토우맛!!"

"우와, 그거 뭐야. 너 이제 산타 의상도 아닌데 온통 새빨갛잖아?!"

그러는 사이에 다른 소녀들이 모여들었다.

인덱스를 안고 빌딩 벽면에서 내려온 미사카 미코토.

"그쪽이야말로 용케도 저만한 상황에서 상처 하나 없었네. 뭐랄까, 엘리베이터가 멈춰 있는데 바깥까지 나올 수 있었던 것만으로도 굉장해."

"아얏, 진짜. 머리카락도, 코트도 먼지투성이야. 석면 같은 걸 쓴 건 아니겠지, 이거. 부서지기 시작한 콘크리트는 어쩔 수 없고, 무엇보다도 부서진 가스관이랑 전원 케이블의 조합이 너무 무서웠어!
덕분에 스마트 타워의 가스 밸브를 잠그느라 고생했어. 그게 없었
다면 좀 더 빨리 도착할 수 있었겠지만….”

　　그리고 청소용 로봇에 노란색과 검은색의 공사용 로프를 둘러서
끌고 다니는 미사카 동생까지.

　　“거기에 라스트 오더가 들어 있어?”

　　“유리식 신관(信管)은 비전기(非電氣) 트랩의 유무를 확인할 때
까지 섣불리 열 수 없지만 하고 미사카는 어느 모로 보나 의미 있는
일을 하고 있습니다 어필에 여념이 없습니다.”

　　어느새 클론 소녀가 일하고 싶지 않은 월급쟁이 같은 액션을 배
웠다.

　　그렇게 되면… 이다.

　　“이거 부탁해.”

　　카미조는 쓰러진 마이도노에게서 입수한 스마트폰을 가볍게 던
졌지만, 왠지 똑같은 얼굴의 소녀들이 둘이서 서로 다투는 결과가
되었다.

　　“단순 출력이라면 몰라도 섬세한 작업이라는 점에서 미사카가 전
력이 못 된다는 통고를 받는 건 의외예요 하고 미사카는 덜렁거리
는 오리지널(언니)과는 다릅니다 어필에 여념이 없습니다.”

　　“그럼 사이버 공격의 벤치마크 대결이라도 해볼래? 미사카 네트
워크 전원분의 뇌를 연결해도 상관없어. 그리고 누가 덜렁거려?”

　　“그럼 핫한 도넛을 걸고. 지금부터 자전거 배달 알바를 부를 테
니까, 도착하기 전까지 록을 해제하죠 하고 미사카는 제안합니다.”

　　“좋았어. …하지만 이거 본인의 행운의 색이 아니면 의미 없는

거 아니었나?"

말다툼을 하면서도 결국은 둘이서 뺨을 맞대고 같은 화면과 눈싸움을 했다. 실제로는 하나의 기재 속에서 패스코드 크랙을 겨루는 것인지도 모르지만, 옆에서 보면 사이좋은 자매로밖에 보이지 않는다.

그리고 옆에서 인덱스가 끼어들었다.

"그거, 58051 아니야?"

"그런 어림짐작으로 어떻게든 될 리가… 어엇, 거짓마알?! 어째서 해석 결과가 58051이 되어버리는 거야아?!"

"오컬트 소녀의 오컬트한 부분이 진가를 발휘하고 있어요 하고 미사카는 괴기 현상 앞에서 부들부들 떱니다. 점성술이나 이름점에는 수학이나 통계학이 사용된다고는 들었지만, 구체적으로 지금 무슨 일이 일어난 걸까요?"

도넛 내 거—☆ 라는 말과 동시였다. 자전거로 배달되어 온 생크림투성이의 독살스러운 물건이 그대로 인덱스의 위장에 들어갔다. …이걸로 저 녀석은 저쪽이다. 그늘에 서 있는 삐죽삐죽 머리 민달팽이는 이제 너무 눈부셔서 현생에 충실하신 분을 보고 있을 수가 없다.

스마트폰은 정보의 보고다.

마이도노 호시미에 대해서는, 본명도 포함해서 무엇 하나 아는 것이 없다.

그녀가 단독범이라면 여기에서 사건은 끝이지만, 무언가의 이해관계로 타인과 연결되어 있다면 라스트 오더를 둘러싼 위기는 끝나지 않는다. 안티스킬(경비원)에게 맡기는 것은 당연하다고 쳐도, 거기에서 안심하고 즐거운 이브로 돌아가도 되는 것인지, 아니면 아직 경계를 계속해야 하는 것인지 정도는 알아두고 싶다. 설령 그것이 문외한이나 마찬가지인, 아무것도 모르는 사람의 쓸데없는 생각이라 해도, 그래도 알고 생각함으로써 마음은 '쉴 수 있'으니까.

하지만.

열린 화면에 시선을 줄 것까지도 없이, 미코토는 스마트폰을 도로 이쪽으로 던졌다.

"자."

"?"

"무슨 일이 있었는지 모르지만, 안을 들여다볼 자격이 있는 건 너밖에 없지 않을까?"

그럴까.

그렇다면 기쁘겠지만, 이것만은 카미조도 단언할 수 없다.

타인의 스마트폰 속을 들여다본다는 최악의 행위로 달린다. 예의 범절에 대한 전자 서적이나 동영상에 대한 링크 등이 어쨌든 눈에 띈다. 이것은 물론 젓가락 잡는 법 관련일 것이다. 유아들을 위한 육아 서적 등을 피하고 있는 느낌도 드는데, 아마 자존심에 상처가 되기 때문일까.

아무런 특징도 없는 디지털한 문자열의 나열에, 사춘기의 생생한 인간미가 배어난다.

앨범에는 꽤 많은 사진이 들어 있었다. 그러나 이상하게도 금발 소녀는 한 명도 없다. 처음에는 친구의 사진만 찍은 걸까 하고 생각했지만, 이윽고 새삼스럽게 깨달았다. 가발과 컬러 렌즈로 인상을 숨기고 있었던 것이다.

카미조가 쪼그려 앉아 기절한 소녀의 머리에서 가발을 치워보니, 생각한 것보다 천진난만한 단발머리 소녀의 맨얼굴이 보였다.

앨범 속에 가장 많이 찍혀 있는 소녀와 똑같다.

이 스마트폰에도 본명 같은 것은 없었다. 다만 사진의 인물이나 배경의 소품 등을 살펴보다 보면 신원은 알 수 있을지도 모른다. 그렇게까지 해서 파헤치고 싶다고는 생각지 않지만.

"……."

사진 속의 소녀들은 모두 웃고 있었다.

하지만 이것은 마이도노가 자신의 콤플렉스를 삼키고, 덮어 숨겨서 만들어낸 광경이다.

마이도노 호시미라는 이름 자체가 완전히 가명이겠지만.

마치 아주 옛날에 한 문신을 언제까지나 옷 밑에 계속 숨기는 것 같은 삶이었다. 하물며 마이도노의 경우는 타인의 손에 문신을 당한 것이다.

(…주먹과 주먹만으로는, 서로 알 수 없는 일뿐이야.)

"미사카."

"?"

"대충 봤는데, 내용이 너무 평범해. 달리 스마트폰이나 휴대전화를 갖고 있는 것 같지는 않아. '어두운 부분'이라는 게 어떤 세계인지 정말의 정말은 모르지만, 연락용 툴 없이 일할 수 있는 건 아니겠지? 아마 이 스마트폰, 숨겨진 영역이 있을 거야."

"조사해보겠지만, 뭔가 걸리는 부분은?"

"통화 이력이나 주소록 관련 같은 게 아무것도 없어. 쉽게 말하자면 누구와 연락을 하고 있었는지."

알겠어, 스마트폰을 받아 든 여중생이 선선히 맡았다.

잠시 후.

"아무것도 없네."

"뭐라고?"

미코토가 선뜻 백기를 들다니 별일이다, 카미조가 생각했을 때였다.

왠지 소녀는 씩 웃었다

"말하자면 이 스마트폰은 전용 서버에 연결할 뿐인 물건이고, 업무 자료나 연락처는 전부 멀리 떨어진 디지털 금고에 들어 있다는 뜻. 만일 현장에서 스마트폰을 떨어뜨리거나 빼앗겨도, 이 라인을 절단해버리면 거래 상대의 정보가 누설될 걱정은 없어져."

"그럼 더 이상 추적할 수 없다는 거야? 라스트 오더를 어딘가로 보낼 생각인 것 같았어. 즉 마이도노와는 별개로 '수취처'가 있다는 뜻이잖아."

"그래. 보통 같으면 말이지?"

한쪽 눈을 찡긋한 미코토가 빌린 스마트폰을 가볍게 흔들었다.

단조로운 전자음이 울려 퍼진다.

"나왔어. 그럼 너…."

"아니, 프라이빗은 아마 들어 있지 않을 거야. 업무 얘기만이라면 모두 함께 봐도 상관없겠지."

본 적도 없는 화면의 리스트에, 줄줄이 파일명이 있었다. 말미에 붙어 있는 확장자 자체가 모르는 것들뿐이다. 시험 삼아 몇 개 건드려보아도 말의 나열이 독특했다. 어른들이 나누는 계약서와는 다르지만, 느낌상으로는 그 횡설수설에 가깝다. 전문 용어나 빙빙 돌려서 말하는 표현뿐이고, 눈앞에 답이 있는데도 아무것도 머리에 들어오지 않는다.

"미사카가 요약해도 될까요?"

"부탁해."

"말하자면 총괄 이사장 관련 얘기예요 하고 미사카는 한마디로 결론부터 들어갑니다."

"그 녀석의?"

카미조가 의아한 듯이 말했다.

여기에서 말하는 그 녀석이란, 아레이스타라고 불리던 '인간'이 아니다. 놈 다음으로 그 자리를 물려받은 다른 인물이 존재한다.

미사카 미코토에게도, 미사카 동생에게도 인연이 깊은 상대였다. 그리고 무엇보다도, 한 번은 납치되었던 라스트 오더에게도.

미코토도 가만히 고개를 끄덕이며,

"…이 파일이 옳다면, 말이지만. 새로운 총괄 이사장이 우선 시작한 건 학원도시의 '어두운 부분'의 일소. 하지만 '어두운 부분'에 편안함을 느끼고 있는 놈들이나 거기에서 빠져나올 수 없는 인간은 그 결정에 반대하고 있어. 그래서 확실하게 이용할 수 있는 교섭 근거를 원하고 있었대."

"……."

말로 하는 것만큼 간단하지는 않을 것이다.

이상(理想)만 입에 담아봐야 공포에 떠는 사람들이 증언해줄지는 알 수 없고, 겉만 번드르르한 일에 반발이 생길 가능성도 있다. 당연한 일이지만, 모두가 뿔뿔이 흩어져서 불발로 끝나면 보복으로 제일 먼저 표적이 되는 것은 선두에서 깃발을 흔들며 나아가던 인간이다.

그 각오의 정도는 곧 밝혀졌다.

"우선 자신의 죄를 폭로한다."

"뭐라고?"

"말 그대로야. 만 명 이상의 클론을 살해한 '실험'을 중심으로, 자신이 지금까지 해온 일을 폭로한다. 그렇게 함으로써 예외는 없다는 걸 안팎에 보여준다. 공포로 겁을 먹고 반신반의하는 사람들을 햇볕이 들이치는 세계까지 끌어올리려면 그 정도는 하지 않으면 안 된대. …실제로 안티스킬(경비원) 초소까지 찾아가서 자수했어."

"자수라니, 그 녀석이?!"

"그런 일을 할 만한 녀석으로는 보이지 않는데, 아무래도 진심인 것 같아."

당연히, 말을 꺼내는 사정이나 타이밍에 따라 벌칙이 달라지는 것은 아니다. 죄가 밝혀지면 상응하는 응보가 돌아올 것이다. 평범하게 생각해서, 쇠창살에서 나올 수 있는 날은 오지 않는다.

파일을 훑어보면서도 미사카 동생은 고개를 갸웃거리며,

"그러니까 새로운 총괄 이사장은, 해를 넘기지 않고 냉큼 직위에서 사퇴하겠다는 얘기일까요 하고 미사카는 의문을 나타냅니다. 게다가 '다음 총괄 이사장'이 다시 '어두운 부분'을 부활시켜버리면 끝이라고 생각하는데요."

"총괄 이사장에게는 스스로 그만두거나 다음을 지명할 권한은 있지만, 아랫사람으로부터 파면되도록 되어 있지는 않은 것 같던데. 직원실에서 선생님이 찬성표를 모아봐야 교장 선생님이나 이사장 선생님을 자를 수 있는 건 아니라는 느낌일까."

학원도시는 원래 아레이스타가 자신의 목적을 이루기 위해 만든 거대 교육 시설이었다. 타인의 손으로 방해받도록 제도를 만들지는 않았을 것이다.

그렇게 되면,

"…쇠창살 안에 들어가도, 그대로 총괄 이사장으로서의 권한을 사용해서 도시를 움직일 수 있다면 그걸로 문제없다고 생각하는 건가?"

"차라리 철저하네. 이 도시의 꼭대기에 서는 인간은 모두 두꺼운 벽에 둘러싸이는 걸 좋아하게 되는 걸까."

어쨌든 이걸로 이해관계는 확실해졌다.

학원도시의 '어두운 부분'을 없애고 싶은 쪽과, 그렇게 되면 곤란해지는 쪽.

말하자면 이 도시의 밝은 측면과 어두운 측면이 통째로 둘로 나뉘어 정면충돌하는 구조다. 그렇게 되면, 도시의 절반이 통째로 라스트 오더를 노릴 것이다. 마이도노 호시미는 그 첨병 중 하나에 지나지 않는다. 여기만 피해도 근본적인 부분이 해결되지는 않는다.

"뭔가…."

저도 모르게.

카미조 토우마는 적을 찾고 있었다.

"누군가 없을까, 알기 쉬운 흑막이라든가?! 정말로 그냥 산발적으로 악당이 덮쳐오기만 한다면, 영원히 마음이 편해지지 않는다고!"

부왁!! 갑자기 에러 표시가 빈발했다.

누군가가 눈치챈 것이다.

접속을 끊으려 하고 있다기보다 데이터 자체를 지우려는 것일까.

"불만을 통솔하고 있는 인간이 있어. 그리고 구체적 행동으로 옮기기 쉽도록 돈과 무기를 공급하는 인간이기도 한 것 같은데."

그러나 미코토는 신경 쓰지 않았다.

애초에 재판에서 사용하기 위한 증거가 필요한 것은 아니다.

사건 뒤에 있는 진정한 흑막의 이름만 알면 된다. 서버에 있는 데이터를 허둥지둥 지우려 한다는 것은, 여기에 있는 정보는 진짜라고 은연중에 인정한 것과 같다.

즉.

미사카 미코토는 지금 막 사라져가는 정보를 입에 담았다.

"네오카 노리토. 열두 명밖에 없는 총괄 이사 중 한 명이야."

9

뚝 하는 굵은 소리가 있었다.

미사카 동생이 노획한 드럼통 모양의 청소 로봇 꼭대기에 있는 둥근 뚜껑을 여는 소리였다. 아무래도 경계하고 있던 트랩은 확인되지 않은 모양이다. 카미조에게는, 그렇게 되어 있구나 하는 이상한 감동밖에 없었다. 본래 같으면 플러스도, 마이너스도 아닌 특수형태 드라이버를 사용해서 여는 모양이지만, 자력을 조종해서 직접 나사를 돌린 것 같다.

안은 거의 빈 듯, 작은 어린아이 정도라면 무릎을 안고 그대로 들어갈 수 있을 정도의 공간이다. 그러나 여기가 쓰레기투성이가 아닌 것을 보면, 마이도노가 처음부터 이송용으로 (어디에선가 훔쳐 와서) 확보해두었던 개체일까.

어쨌든.

의식을 잃고 축 늘어져 있지만, 옆구리에 손을 밀어 넣어 끌어낸 라스트 오더는 우선 무사했다.

특수한 조종 포승으로 팔다리와 입이 묶여 있기는 하지만, 이것은 덫은 아닌 모양이다. 그리고 전기 계열이라면 미코토를 당해낼 도리는 없다.

"응? 하지만 클론계인 이 아이가 스스로 전자 제어 조종 포승을 풀지 않았다는 건, 역시 사이버 공격계로는 내 쪽이 우세하다는 얘기가 되는 거 아니야…???"

"상위 개체 한 명이 실수한 것만으로 미사카들 전체의 품질이 의심받는 사태에 빠졌어요 하고 미사카는 엉뚱한 의혹에 부들부들 떨어봅니다. 사령탑, 전체적으로 반성하세요."

어지간히 귀중한 인질이었는지, 다행히 라스트 오더에게 눈에 띄는 상처 같은 것은 없는 모양이다. 거기에는 악의가 실려 있었을지도 모르지만, 지금까지 마이도노 호시미가 이브의 거리에 가져온 큰 손해와 비교해보면, 역시 행운이라고 불러야 할 것이다.

머리 위에 삼색 고양이를 얹은 채 인덱스가 이렇게 물었다.

결정적인 분기(分岐)를 재촉하는 말을.

"토우마, 이제부터 어떻게 할 거야?"

"글쎄…."

솔직히 말하면, 단순한 고등학생인 카미조에게 이 사건의 전모는 보이지 않는다.

어른의 사정이라든가 파워 밸런스라든가, 그런 것이 가로놓여 있을 거라고는 생각되지만, 그러면 그것이 구체적으로 눈에 보이느냐고 한다면 대답은 노다. 왠지 모르게, 알 것 같은, 이런 정도로는 수술이나 폭탄 해체는 할 수 없다. 지금 여기에서 카미조가 이론만으로 올바른 답을 끌어내기란 아마 불가능할 것이다.

"우선 그 네오카라는 건 구체적으로 어떤 놈이지?"

어쨌거나 학원도시의 꼭대기는 고사하고, 자신이 다니는 고등학교의 교장 선생님 얼굴조차 제대로 기억하지 못하는 카미조 토우마다. 이것은 기억 상실 운운 문제가 아니라, 애초에 접점이 지나치게 적기 때문일 것이다. 학원도시에 열두 명밖에 없는 울트라 VIP. 말하자면 일국의 각료 같은 것인지도 모르지만, 그렇기 때문에 더욱, 꼭대기 중 꼭대기인 대통령이나 총리 이외에는 별로 인상이 없다… 는 것과 비슷한 느낌일지도 모른다.

평범하게 살아가면, 아마도 접점은 없을 터다.

"표면적인 정보로는 시큐리티 관련에 강한 인물인 것 같아. 총괄 이사는 역시 중진인 만큼 나이가 있는 사람이 많은 것 같지만, 그중에서 이 녀석은 꽤 젊어. 하지만 우리 같은 아이들의 세계에 있을 수 있는 인간은 아니지."

"그래? 높은 사람이니까 행정 홈페이지 같은 데에 활동 기록이 있으려나."

"그게, 본인의 SNS가 있는데?"

…왠지 이제 따라갈 수 없는 차원이 되었다. 이렇게, 사건의 흑막이라고 하면 지하의 비밀 기지 가장 안쪽에서 수수께끼의 베일에 싸여 있다거나 그러지 않나?

다만 미코토의 휴대전화를 옆에서 들여다본 바로는, 한껏 오피셜 같은 느낌의 내용이었다. 깔끔하고, 정중하고, 빈틈을 보이지 않고, 그렇기 때문에 더더욱 체온이 전혀 느껴지지 않는다. 대기업의 본사 빌딩 앞에 놓인 간판도 이것보다는 조금 더 온기가 있지 않을까.

슈트는 어울리지만 비즈니스맨이라는 느낌은 들지 않는다.

유능한 청년 사업가, 아니면 영화배우라는 쪽이 어울린다. 단순히 양복을 입은 중진이라 하기에는 나이가 젊기도 하고, 슈트 차림으로 하기에는 안쪽에 근육이 붙어 있기 때문일지도 모른다. 하기야, SNS의 사진이니 어디까지 가공된 것일지는 미지수지만, 최악의 경우 통째로 가짜일 가능성조차 있을지도 모른다.

"시큐리티 관련이라는 건? 말하자면 표현을 바꾼 무기 관련일까요 하고 미사카는 귀엽게 고개를 갸웃거리면서 질문을 던져봅니다."

"닥쳐, 애교녀. 으… 음, 그쪽이 아니라 소방이나 방재 같은 데 밝은 느낌이네. 자선이나 자원봉사에도 상당한 돈을 쏟아붓고 있어. …하기야, 진짜 얼굴을 가리기에 편하니까 그러는 걸지도 모르지만."

선이 악을 비틀어 누른다는 이야기가 아니다.

정의보다도 강한 악을 만들어 안도감을 얻고 싶어하는 것도 아니다.

…정말의 정말로 어떻게 할 수도 없는 인간은, 애초에 선이나 정의를 같은 편으로 삼는다. 자신이 편리하도록 휘두르고, 그래도 모자라면 통째로 구조를 바꾼다.

"소방이나 방재뿐이라면 공격적으로는 들리지 않지만, 역이용당하면 무섭지…. 재해 구조 로봇을 악용한 무기화라든가, 재해의 인공 재현 같은 데 손을 뻗은 게 아니라면 좋겠는데."

어쨌든 학원도시를 통솔하는 열두 명의 VIP다.

마이도노 호시미조차 첨병.

본인이 아무것도 갖고 있지 않다… 는 이야기만은 절대로 있을 수 없다. 세계 전체의 과학 기술을 한꺼번에 지배하는 학원도시의 패권 자체에 닿을 수 있는 존재이니, 당연히 여러 가지 별난 기술을 독점하고 있을 것이다.

'그' 총괄 이사.

실제로는 풍문과 인터넷의 정보를 보며 어디의 누구인지 알고 있다고 생각하는 것에 지나지 않는다. 바닥을 알 수 없는 상대와 싸우기로 결정하는 것은 무섭다. 최악의 경우, 아무리 발버둥을 치고 또 쳐도 끝나지 않는다는 가능성도 있다.

생각 없이 도전할 상대는 아니다.

본래 같으면 절대로 건드려서는 안 된다.

다만.

"…반칙 기술을 사용한다는 건, 그렇게 하지 않으면 안 되는 사정이 저쪽에도 있었을 거야."

"토우마?"

"권력이라든가, 상하관계라든가, 어른의 파워 밸런스 얘기 따위, 우리한테는 '보이지 않아'. 그걸 지금 당장 실감하는 건 무리야. 하지만 그런 '보이지 않는 힘'을 지금까지 내세워서 달콤한 즙을 빨아온 게 네오카 노리토, 총괄 이사인가 하는 높으신 분이잖아. 그런 놈이라면, 스스로 주먹을 쥐기 전에 우선 '보이지 않는 힘'을 사용할 거야. 더러운 짓을 하고, 돈을 뿌리고, 권력을 사용하고, 많은 인간들을 움직이고… 그래도 어떻게도 되지 않았어. 그래서 마지막에 폭력을 사용했지."

당연하다.

당연하기도 당연지만, 폭력에는 리스크가 따라다닌다. 자신의 입장을 지키기 위해 폭력을 사용하는 것은 괜찮지만, 그게 들통이 나서 자신이 사회적으로 궁지에 몰리면 총괄 이사 네오카에게는 아무런 의미도 없다. 이 흑막은 분명히 자신을 위해 싸우고 있다. 자신 한 사람이 희생함으로써 학원도시가 평화로워진 것이다, 이걸로는 곤란할 것이다.

그렇다면,

"…싸우자."

말했다.

카미조 토우마는 한마디로 선택했다.

"이대로 질질 끌면 언제까지 이런 상황이 계속될지 알 수 없어. 적은 몇 번이나 습격에 도전하고, 이쪽은 한순간이라도 긴장을 늦추면 즉사. 한번 실수하면 거기에서 끝이라니, 그런 상황으로 만들어선 안 돼. 그렇다면 지금밖에 없어. 어른의 파워 밸런스는 어떻게 해도 우리한테는 '보이지 않아'. 오늘 기회가 있었다고 해도, 내일이나 모레까지 같은 조건이 계속될지 어떨지는 아무도 모르니까."

라스트 오더가 이런 일을 당할 이유는 없었다. 그것을 따지자면 마이도노 호시미도 그랬다. 아직 본 적도 없는 다음 적도, 다음의 다음도, 분명 모두 '그런' 것이다.

네오카 노리토.

자선과 자원봉사조차 자신의 탄환으로 바꾸고, 선과 정의를 같은 편으로 삼고, 자신의 손은 더럽히지 않고서 많은 비극을 낳는 빌어먹을 녀석. 이런 일그러진 결벽증 때문에, 많은 사람들이 가능성을 빼앗기고 인생이 일그러진다.

'어두운 부분'.

새까만 유토피아를 지키고 싶다면 자신이 진두에 서면 될 텐데.

젓가락 잡는 법을 모른다.

누구도 이해해주지 못할 고뇌로 입술을 깨물고서 눈물을 참던 마이도노의 얼굴이 뇌리에 어른거린다.

액셀러레이터(일방통행)에 대한 라스트 오더, 마이도노 호시미의 경우는 젓가락 콤플렉스.

최악의 어른은 언제나 무언가를 방패로 삼아 아이들을 뜻대로 조종하려고 한다. 주먹도 쥐지 않고, 생각도 서로 부딪치지 않고, 애초에 싸움의 형태 따위 만들지 않고. 그것이 스마트하니까, 너 같은 인간 따위와 어울려줄 시간은 없어. 남의 인생을 통째로 빼앗아 이용해놓고, 나오는 말은 그런 정도밖에 없다.

이 녀석을 막지 않는 한, 비극은 끝나지 않는다.

절대로.

"이제 끝내자, 이런 일."

적은 지금 약해진 상태다.

어른의 규칙으로는 대처 불능 상태가 되었기 때문에, 유치하고 폭력적인 아이들의 규칙으로까지 차원을 낮추어 억지로 결판을 내려 하고 있다. 구체적으로는, 라스트 오더를 납치해 인질로 잡는다는 바보 같은 방식으로.

하지만 평소에는 손이 닿지 않는 구름 위의 존재가 자기 쪽에서 땅바닥까지 내려온 것이라면.

지금이라면 손이 닿는다면.

"놈이 여기에서 다시 한번 손이 닿지 않는 장소까지 올라가기 전에, 여기서 멱살을 잡겠어."

그러니까, 이것이 대답이었다.

그의 결론은 이렇다.

"이 방법은 아마 오늘밖에 쓸 수 없을 거야. 우리가 모르는 곳에서 누군가가 싸워주었기 때문에 이렇게까지 약하게 만들 수 있었지만, 앞으로 네오카가 회복하지 않는다는 보장은 어디에도 없으니까. 그렇다면 이 기회는 이용해야 해. 어딘가의 누군가가 시작해준 일을 확실하게 연결해야 해. …그러지 않으면 같은 일의 반복이야. 라스트 오더는 납치되고 액셀러레이터(일방통행)는 파멸하고, 마이도노 대신 다른 놈이 인생을 빼앗기고 '말'로 보충되겠지. 웃는 건 단 한 명, 웃기는 결벽증의 네오카뿐이야!!"

"상관없지 않을까요 하고 미사카는 찬성 의견을 표명합니다."

무표정한 채 고글 소녀가 따라왔다.

"어떻게 네오카가 있는 곳을 알아내서 총공격을 가할지는 제쳐두고, '싸우면 그것만으로 결판이 날' 정도로 요건이 간략화되어 있는 건 기적적이라고 말할 수 있는 상황이에요. 이 기회를 놓치고, 정치나 경제까지 얽힌 상황에서 다시 시작을 꾀하는 것보다는, 오늘 여기에서 억지로 결판을 내버리는 편이 전체 효율 면에서는 최적이라고 할 수 있지 않을까요 하고 미사카는 보충 설명을 더합니다."

"그래서, 기병대는 이것뿐? 지금도 잠들어 있는 라스트 오더를 포함해도 다섯 명밖에 없는데. 아, 그쪽의 머리 위에 올라가 있는 고양이를 포함하면 여섯이 되려나. 정말 든든하기 짝이 없네."

"엇? 혼자가 아니라니 드물지 않아? 오히려 이번에는 많은 편이라고 생각하는데."

"".......""

왠지 인덱스와 미코토가 동시에 노려봤다. 시선의 압박이 굉장하다.

외톨이는 쓸쓸하다.

그때,

"그 점에 관해서인데요."

미사카 동생은 작게 손을 들며,

"네오카 노리토가 사령탑의 신병을 노리고 있는 이상, 그녀를 현장에 데려가는 건 자살 행위일 뿐이겠죠. 어떤 형태로 싸우든, 라스트 오더(최종 신호)는 현장에서 떨어뜨려 놓아야 하지 않을까요 하고 미사카는 진언합니다."

"…하지만 그거, 라스트 오더를 혼자 두는 것도 위험하지 않아? 네오카의 복병이 몇 명 있는지 알 수 없는 상태라면, 우리가 싸우고 있는 뒤에서 라스트 오더가 납치되는 사태도 일어날 수 있잖아."

"그러니까 필수 사항을 말씀드리자면. 우선 총괄 이사 네오카 노리토 격파를 위한 인원이 필요해요. 사령탑은 다른 곳으로 대피시킨다 치고, 그녀 혼자서는 불안. 그렇게 되면 라스트 오더(최종 신호)를 호위하기 위한 확실한 전투 요원이 필요해집니다 하고 미사카는 손가락을 두 개 세우며 설명합니다. 즉, 팀을 둘로 나누는 게 최대 효율 아닐까요?"

간단하게 말한다. 하지만 구체적으로는 누구를 어디에 배치할까?

모든 이능을 없애는 카미조나 마술에 대해서는 무적의 영격 성능을 자랑하는 인덱스는, 그러나 일반적인 권총에는 약하다. 미사카 동생은 총과 나이프에는 강하지만 극단적인 이능에는 대처할 수 없다. 올마이티의 최강 전력이라면 미코토가 되지만, 그녀를 최전선에서 떼어놓으면 이번에는 네오카 노리토를 확실하게 해치울 수 있을지가 걱정된다. 한 덩어리가 되어 팀 전체로 생각하면 다양성이 풍부한 이들이지만, 한 사람 한 사람을 나누면 장단점이 꽤 크게 부각되고 만다.

그러나 이것에 대해서는 미사카 동생이 그대로 이렇게 말을 이었다.

"그러니까 이 미사카를 사령탑의 호위 요원으로 돌리는 게 최적이 아닐까 생각합니다 하고 미사카는 자신의 얼굴을 가리킵니다."

"어엇, 미사카 동생이?"

"…불안한 듯한 게 마음에 걸리는 말투인데요. 어지간한 총기를 다룰 실력은 있고, 전기계 능력도 쓸 수 있으니까 도시의 시큐리티를 이용할 수 있어요."

"하지만 너, 그건 아까의 마이도노급이라도 할 수 있어? 무리잖아, 응?"

"저 녀석, 저 비열한 놈을 지금 당장 두들겨 깨워주세요. 이 미사카가 두들겨 패드릴게요 하고 미사카는 팔을 걷으며 의욕을 표명합니다."

조금 쓸데없는 의욕이 지나치게 나오고 있어서 카미조가 허둥지둥 뒤에서 꼼짝 못 하게 끌어안는 처지가 되었다. 누구의 웃는 얼굴도 지키지 않는 주먹이라니 너무나 무의미하다.

양산형 소녀는 (뒤에서 꽉 껴안긴 채) 무표정하게 허둥거리면서,

"무엇보다도, 네오카 노리토 등 '어두운 부분' 존속파는 새 총괄 이사장의 죄… 즉 미사카들이 휘말린 과거의 '실험'이 밖으로 드러나면 곤란한 거잖아요? 미사카는 미사카 자신을 인질로 삼아서 싸울 수 있어요. 사령탑과 통상 시리얼, 클론 인간이 두 명이나 있고, 게다가 총소리나 '레디오노이즈(결함 전기)'로 요란하게 사람들의 눈길을 끌면서 계속 싸운다면 상대는 상당히 어려워지겠죠 하고 미사카는 전황 예측을 늘어놓아 봅니다."

일리가 있다.

라스트 오더를 최전선에 데리고 다닐 수는 없다는 점은 분명히 고개가 끄덕여진다. 일부러 유괴범의 눈앞에 맛있는 음식을 매다는 것만큼 멍청한 이야기도 없을 것이다.

그러나 한편으로, 부족하다.

미사카 동생의 논리는, 우선 전제로 '네오카 노리토 일행은 온건하게 물밑에서 결판을 내려 하고 있다. 그래서 자신들이 일으킨 사건이 바깥 사회에 크게 탄로 나는 것을 피하고, 그렇게 될 위험이 있을 것 같으면 뒤로 물러날 것이다'라는 이론 덕에 성립한다. 예를 들어 방송사의 중계 카메라나 스마트폰을 이용한 생중계 현장을 발견했을 때에는 습격을 중단하는 등.

다만.

(…마이도노 호시미 한 사람에게 저만한 '자유'를 줘놓고?)

그렇다, 그것을 믿을 수가 없다.

아무리 사건이 커져도, 권력의 정점을 쥐어버리면 나중에 얼마든지 뭉갤 수 있다. 그러니까 지금은 어쨌든 오늘 이날을 돌파해라. 그런 생각으로 움직이고 있다면 스토퍼가 기능하지 않는다. TV 카메라 앞이든 중계 중인 스마트폰 앞이든, 사정없이 네오카나 그 부대는 도망치는 소녀들을 살해하거나 유괴할 것이다.

그렇게 되면, 또 한 장.

뭔가 강력한 카드를 내서 견제할 필요가 있다.

"……이건 어쩌면 놈의 고생이나 노력을 전부 부정할지도 모르지만, 뭐, 그렇게까지 의리를 세워줄 것도 없겠지."

"토우마?"

"미사카 동생. 라스트 오더에 대해서는 너한테 맡길게, 단 도망쳐 들어갈 곳을 한 곳만 제안하고 싶어. 그래도 될까?"

"채택할지 어떨지는 제쳐두고, 의견을 듣는 정도라면요."

숨을 들이쉬고 내쉰다.

그리고 카미조 토우마는 웃는 얼굴로 전부 한꺼번에 엉망으로 만들었다.

"액셀러레이터(일방통행)가 농성하고 있는 경비원 초소가 있잖아. 그곳까지 라스트 오더를 데려가서 같이 틀어박혀 있어. 그 후에는 그 학원도시 최강이 네오카의 부대를 막아줄 거야."

스스로는 밖에 나오지 않는다.

학원도시의 자정 작용을 믿는다.

과연 좋다. 그렇다면 액셀러레이터(일방통행)가 쇠창살 밖으로 나오지 않아도 라스트 오더를 지킬 수 있는 환경을 갖추어주면 된다. 같은 건물에 있으면 상관없을 것이다. 스스로를 지키기 위해 양손을 휘두른 결과, 우연히 함께 있던 민간인을 돕고 말았다고 해도.

카미조 토우마는 어려운 어른의 이야기는 모른다.

단순한 폭력을 빠져나가, 그런 복잡한 세계에서 싸우는 총괄 이사장은 굉장하다고 생각한다.

하지만.

그러나.

아무리 생각해도, 이 아이는 그 녀석이 지켜야 한다. 효율이나 합리성이나, 그런 이야기 이전에, 처음부터 그렇게 정해져 있지 않으면 이상하다. 카미조 토우마는 라스트 오더의 신병을 빌리고 있었을 뿐이고, 그녀가 양팔을 펴고 자유롭게 뛰어다니는 세계는 따로 있다. 그것이 규칙이라고 말해주어야 한다. 반드시.

"우⋯."

눈을 감은 채, 라스트 오더의 작은 입술에서 신음 같은 것이 새어나왔다.

생각하면, 처음부터 이상했다.

자신의 행동반경에서 빠져나와 오리지널인 미사카 미코토를 찾고 있었던 것은, 이런 사태가 되었다는 것을 깨닫고 도움을 청했던 것일까.

그녀의 시선에서밖에 알 수 없는, 카미조나 미코토 일행이 이미 잃어버린 예민함을 전부 사용해서. 그럴지도 모르고 아닐지도 모른다. 어쩌면 그저 막연한 감각이 두려워서 정처도 없이 뛰어다녔을 뿐일 가능성도 있다. 무서운 꿈을 꾼 아이가 베개를 안고 우왕좌왕

하듯이.

하지만, 그래서 어쨌다는 건가.

그것이 혹독한 현실이든, 실없는 꿈 이야기든.

두려워하고 괴로워하는 것을 내버려두다니, 그런 건 이제 질색이다.

카미조 일행은 마침 여기에 있을 수 있었다. 그렇다면 눈치채줘야 한다. 그리고 행동해야 한다. 세계 전부는 갑자기 구할 수 없어도, 눈에 보이는 것부터 하나씩이라도.

그렇게, 누구나 할 수 있는 일에 모두가 도전함으로써, 세계 전체의 저울이 조금이라도 기우는 쪽에 건 '인간'이 있었다. 이 세계는 좋은 점과 나쁜 점을 저울에 올려놓으면, 아주 조금이라도 밝은 쪽으로 기울 것이라고.

보여줘.

바랐던 세계는 여기에 있다고.

학원도시 제1위가 그리던 세계라면, 이제 마이도노 호시미처럼 타인의 사정으로 길에서 벗어나는 인간은 없어질지도 모른다.

벗어나 버렸다고 해도, 딱 한 번 더 다시 시작할 기회를 얻을 수 있는 상냥한 사회가 생길지도 모르지 않은가. 자신이 할 일을 남에게 맡기는 것이 아니다. 할 수 있을지 없을지는 학원도시에서 살고 있는, 아무리 작아도 그 톱니바퀴인 카미조 일행 자신에게 걸려 있는 것이다.

그렇게 믿어.

놈이 그렇게 한 것처럼 너도 걸어.

카미조 토우마는 모두의 얼굴을 둘러보았다. 인덱스, 미사카 미코토, 미사카 동생, 그리고 라스트 오더. 그러고 나서 그는 한마디로 딱 잘라 말했다.

선전 포고의 신호였다.

"그럼 한번, 요란하게 해보자고."

10

허둥거리기 시작했다.

안티스킬(경비원)의 초소, 그 비밀 취조실에서 이야기를 듣고 있던 요미카와 아이호였지만, 그녀도 그녀대로 다른 곳과 연락을 취하고 있다.

맞은편에 앉아 투명한 테이블에 발을 올려놓고 있던 액셀러레이터(일방통행)는 가볍게 혀를 차며,

"뭔가 움직였나?"

"지금 정면 현관에 라스트 오더를 데려온 소녀가 있잖아. 그리고 네오카가 키우는 애를 기절한 채로 안고 있어."

싸구려 의자째 뒤로 뒤집히는 줄 알았다.

아무래도 농담은 아닌 것 같고, 요미카와가 손에 든 공무용 커스텀 태블릿 단말기에는 시큐리티 카메라의 영상이 떠 있다. 천장 가까이에 있는 고정 방범 카메라가 아니라, 대원의 가슴에 달린 개인 휴대용 카메라의 영상이다.

무표정한 소녀가 왠지 양손으로 V 사인을 하면서 신고했다.

『두… 웅. 총괄 이사 네오카 노리토의 부정행위에 관련된 사람과

전자 증거를 가져왔으니 제출합니다. 서버 본체를 딜리트했기 때문에 이 스마트폰에는 약간의 잔재밖에 없지만, 그래도 스캔하면 거점 관련 정보도 확실하게 알 수 있겠죠 하고 미사카는 바보라도 알 수 있도록 정중하게 설명합니다. 됐다.』

『미사카가 하려고 했던 말을 전부 해버렸어?! 하고 미사카는 미사카는 도둑고양이에게 아연실색한 시선을 보내보기도 하고?!』

『미사카는 전체가 하나의 커다란 미사카이기도 하니까요. 하지만 착각을 해서는 안 돼요. 이 미사카는 레벨 0(무능력자)파야 하고 미사카는 한쪽 눈을 찡긋하며 오른손으로 포즈를 취해봅니다. 헤헷……☆』

주의하지 않으면 어금니를 갈아 부술 정도로 세게 이를 갈면서 제1위는 신음한다.

"…얼마나 분위기 파악을 못 하는 거야, 클론 인간이라는 건."

"하지만 상황이 움직인 건 사실이잖아."

슬슬 딱딱한 데는 질렸는지, 요미카와는 검은 재킷을 적당히 벗어 던지면서 말했다.

"안티스킬(경비원)로서는 보호를 요청하는 인간을 바깥으로 내쫓는 짓은 할 수 없고, 네오카에 관한 결정적인 증거가 나왔다면 아주 좋아. 이걸로 소극적으로 수비를 굳히는 것만이 아니라 이쪽에서 치고 나갈 수 있잖아."

"말하는 것만큼 간단하지는 않아. 상대는 '어두운 부분'에 뿌리를 내리고 있는 빌어먹을 놈의 꼭대기다. 분명히 숨겨둔 방책이 있을 거야."

"그건, 지금 끌려온 능력자 같은 게 아직 더 있다는 말이야?"

"……."

"그렇다면 그 아이들을 구하는 것도 포함해서 우리가 할 일이야. 무시할 수는 없잖아."

액셀러레이터(일방통행)는 코로 숨을 내쉬었다.

지긋지긋하다는 듯이 중얼거린다.

"바보 같은 놈."

"무슨 말이야. 몇 개나 되는 어둠이 도사리고 있는 학원도시에도 '그런 힘'이 있다는 쪽에 당신은 건 거잖아. 그렇다면 기대를 배신할 수야 없지."

벗은 재킷을 왼손에 걸치고.

두 다리를 모으고 똑바로 서더니 요미카와 아이호는 오른손으로 경례했다.

"안티스킬(경비원) 치프 클라스 요미카와 아이호, 지금부터 사건 해결을 위해 긴급 출동합니다."

"맘대로 해."

11

저녁때가 되었다.

사전에 마이도노 호시미의 스마트폰에서 빼낸 정보에 따르면 네오카 노리토는 학원도시 최대의 번화가인 제15학구, 그 거대 복합 빌딩에 진을 치고 있는 모양이다. 저층의 쇼핑몰이나 영화관, 중층의 일류 기업 오피스, 그리고 상층의 고급 맨션이 전부 합쳐진, 부와 권력의 상징 같은 고층 건축이다. 그 최상층이 총괄 이사의 저택이다.

"…낡은 시대의 권력자네."

밑에서 70층짜리 빌딩을 바라보면서, 미사카 미코토는 양손을 허리에 댔다.

"그러니까 멍청한 영주님이 높고 높은 성 꼭대기에서 마을을 내려다보고 싶다는 그거잖아? 아니면 이미 잃어버린 걸 동경하는 쪽일지도 모르지만."

"잘 모르겠지만, 이런 검은 돈을 가진 부자는 자신의 목숨에는 민감하다고 생각했는데, 시큐리티 같은 건 어떻게 돼 있는 거야? 높은 빌딩은 화재라든가 습격이라든가 여러 가지로 무서울 것 같잖아."

"옥상에 개인 소유의 VTOL기. 이만한 면적이잖아. 거의 헬기 항공모함 비행갑판이래. 무인 조종을 포함해서 동시에 몇 대나 날릴 수 있으니까, 대공 미사일 같은 것으로도 노리기 어렵지 않을까?"

"과연 그건 부자로군."

두 팔에 삼색 고양이를 안은 채 인덱스는 끊임없이 여기저기 둘러보고 있었다.

그녀의 말로는,

"저기 있는 사람, 아까도 봤어."

"인덱스?"

"저쪽에 있는 여자랑, 아이스크림 먹고 있는 사람도. 입은 옷은 아까랑 다르지만."

"…안티스킬(경비원)도 움직이기 시작했군."

완전 기억 능력을 갖고 있는 인덱스의 눈은 속일 수 없다. 아마 자주 복장이나 화장을 바꿈으로써 기계적인 감시를 피하면서 침투 중인 대원들이 주위를 둘러싸기 시작한 것이리라. 테크놀로지를 사용하는 게 선인뿐이라고는 정해져 있지 않은 이상, 들키지 않도록 포위하기도 힘들어졌다.

이 복합 빌딩은 틀림없이 네오카 노리토의 성이지만, 그만의 부동산은 아니다. 저층의 몰, 중층의 오피스, 고층의 맨션에서 각각 많은 일반인이 오가고 있는 이상, 최상층의 아슬아슬한 데까지는 누구나 가까이 올 수 있다. 그리고 두꺼운 문이나 몇 겹이나 되는 시큐리티가 엘리베이터를 지키고 있어도, 한 층 아래에서 천장을 뚫어버리면 네오카 노리토를 떨어뜨릴 수 있다. 안티스킬(경비원)들도 바보처럼 정직하게 바로 정면에서 돌격하지는 않을 것이다.

"우리는 어떡하지?"

"밑에서 올라가는 정공법은 안티스킬(경비원)에게 맡기자. 같은 길을 따라가도 별로 효과는 없을 거야."

미코토는 머리 위를 가리키며,

"네오카가 도망친다면 옥상의 VTOL기일 거야. 그렇다면 옥상을 먼저 제압할 수 있으면 분위기는 크게 달라질 테지. 자력을 사용해서 벽을 올라가면 누구한테도 들키지 않을 거야. 그러니까."

그 직후였다.

쿠구웅!!!!!!

가리킨 곳, 복합 빌딩 최상층의 모든 창에서 격렬한 폭발의 불꽃이 뿜어 나왔다.

숨이 막힌다.

무슨 일이 일어났는지 이해할 수가 없었다.

그리고 정의할 수 없는 무언가에 의해, 카미조는 자신의 머리가 공백으로 채워질 것만 같았다. 마치 컴퓨터가 손상 파일을 억지로 읽어 들이려고 한 것처럼. 예상외가 카미조 토우마의 마음을 폭력적으로 좀먹고, 삼키고, 생존 불능의 물 밑바닥까지 끌어들이려고 한다.

네오카 노리토.

아직 직접 얼굴을 마주하기 전부터 '편린'을 보여왔다. 마이도노 호시미와는 다른 것이, 아마 이 녀석은 파도를 만드는 쪽의 인간일 것이다. 카미조가 얼마 없는 용기와 오기를 끌어 모아봐야, 어린아이가 만든 작은 파도 따위는 위에서 뭉개려고 덮쳐온다. 매우 쉽게, 간단히.

하지만,

"뭐⋯."

"굳어 있을 때냐, 미사카!! 유리의 비가 온다고!!"

지금은 무리해서라도 쥐어짜 낸다.

설령 무슨 일이 일어나든, 멈춰 서고 마음의 톱니바퀴를 굳혀버리면 거기에서 끝이다. 현실의 시간은 사정없이 지나가고, 늦은 만큼 치명적인 결말을 맞이해야 하게 되고 만다.

그러니까.

마치 말로 뺨을 때리는 것 같았다.

가까이에서 고함치자 미코토가 허둥지둥 행동으로 나간다. 크리스마스 장식의 거대한 장화나 선물 상자 등의 오브제를 자력으로 억지로 움직여, 복합 시설 앞의 광장이나 큰길 위를 억지로 덮는다. 그렇게라도 하지 않았으면 이 인파 속에 얼마나 피바다가 펼쳐졌을지 알 수 없다.

직접적인 피해는 없었다. 그러나 눈사람 인형 옷이 길가에서 요란하게 구르고, 푸드트럭에서 독살스러운 색의 도넛을 팔던 순록 소녀는 패닉으로 인한 2차 피해를 두려워한 것인지, 허둥지둥 가스 밸브를 잠근다. 혼란까지 제로로 만들 수는 없다.

"무, 무슨 일이 일어난 거야…?"

아연실색한 채 인덱스가 중얼거렸다.

카미조는 입술을 깨문다. 좋지 않다… 는 생각이 있었다.

마이도노 호시미 때와 같다. 요란한 마술. 여기에서 폭발이 일어나버리면, 일직선으로 추적할 길이 끊기고 만다.

"네오카는 안티스킬(경비원)이 자기 성까지 올 것을 예상하고 있었어…."

"자기 집에 불을 질렀다는 거야?!"

"그것도 안티스킬(경비원)이 올 타이밍에 말이지. 안티스킬(경비원) 측에 피해 없음, 네오카 측만 집이 타서 씁쓸한 기분을 맛보고 있다… 는 게 되면?"

총괄 이사와 이야기를 한 적 따위는 없다.

하지만 그 방식은 드문드문 보아왔다.

자신의 손을 더럽히고 싶지 않은 일그러진 결벽증은, 그렇기 때문에 더더욱 안전하게 이기기 위해, 항상 추잡한 '방패'를 준비했다.

그런 시선으로 이 상황을 바라본다면… 이다.

"놈은 규칙을 방패로 삼아. 도시의 치안을 지키는 인간에게는 그게 가장 효과적이기 때문이야. 내버려두면 피해자와 가해자의 구조가 통째로 뒤집힐 거야. 그 녀석이 아무것도 하지 않은 안티스킬(경비원)을 가리키며, 충분한 증거도 없이 부당 수사로 강행 돌파를 당한 결과 하마터면 죽을 뻔했다고 고함쳐봐. 어떻게 될 것 같아? 아무것도 하지 않은 안티스킬(경비원)이 세간으로부터 뭇매를 맞고 수사는 중단, 그동안에 실컷 움직일 수 있는 네오카는 자신에게 불리한 증거를 모조리 지울 거라고!"

선인이 확실하게 뛰어오를 방법은 다른 선인을 때리는 것.

있는지 없는지 미지수인 악인을 찾아다니는 것만으로는 공급이 따라잡지 못한다.

정말로… 였다. 아직 부딪치기 전부터 강적의 악랄함을 손에 잡힐 듯이 알 수 있는 이야기다.

"하, 하지만 마이도노 호시미는 분명히 안티스킬(경비원)에게 넘겼어. 그 녀석의 스마트폰도 어엿한 증거가 됐어. 그러니까 안티스킬(경비원)은 제대로 된 수순을 밟아서 여기까지 온 거잖아?!"

"그러니까, 그 어두운 부분에서 빠져나온 마이도노를 없애기 위한 시간을 벌고 싶었던 거겠지."

1초도 기다리지 않고 카미조가 즉시 대답하자 어지간한 미코토도 새파래진 얼굴을 하고 침묵했다.

네오카는 혼자서 행동하는 것이 아니다. 마이도노급 전력을 몇이나 거느리고서 자유롭게 거리에 풀어놓고 있다. 지금쯤 미사카 동생이나 라스트 오더를 맡긴 안티스킬(경비원) 초소 쪽에서도 무언가가 움직이고 있을 것이다. 그곳에는 제1위가 있다. 어지간해서는 벽이 깨지는 일은 없겠지만, 어지간한 일이 절대로 일어나지 않는다는 보장은 없다.

'흐름'을 빼앗겨서는 안 된다.

어른의 파워 밸런스 이야기는 실감할 수 없지만, 오늘 이곳에서 결판을 내지 않으면 놓친다. 그렇게 되면 그 후에는 역전 불가능이다.

(…생각해.)

이를 간다.

혼란에 삼켜져서는 안 된다. 지금이라면 아직 되찾을 수 있을 것이다.

무서워하지 마.

사고(思考) 단계에서는 자신 쪽에서 자유를 좁힐 필요는 전혀 없다. 할리우드 스타든, 수수께끼의 특수 부대든 좋다. 어쨌든 종횡무진으로 날뛰는 이상적인 자신이 되어 의견을 말해.

비약 끝에 답이 잠들어 있을 때도 있다.

특히, 터무니없는 이야기를 테크놀로지로 메울 수 있는, 이 학원 도시에서는.

(싸구려 연극으로 우연히 어려움을 피할 수 있었던 연출을 한다면, 거기에 걸맞은 수순이 필요해져. 마술로 말하자면 탈출 매직. 시간 내에 폭발하는 상자에서 빠져나가는 건 좋다고 치고, 전혀 상관없는 장소에 멍하니 서 있는 것만으로는 관객은 만족하지 않을 거야….)

"가까이에 있어…."

"?"

"네오카 노리토는 이 근처에 있어!! 많은 관객들 앞에서 손가락

질을 하며 안티스킬(경비원)을 규탄하는 게 가장 효과적이기 때문이야. 자작극의 상처투성이 몸을 드러내고, 그걸 최대의 '방패'로 삼아서 공격적으로 들이대고, 너희들의 부당한 습격으로 이렇게 되었다고 말이지!!"

그렇다면 답은 나온 것이나 마찬가지다.

피해자와 가해자의 관계를 뒤집는다. 그렇게 이미지를 조종해서 대중을 같은 편으로 만들고 수사를 교란하는 것이 노림수라면, 다친 데 없는 안티스킬(경비원)과 피투성이 네오카 노리토라는 구도가 필요할 것이다. 즉 스스로 몸에 상처를 입힐 필요가 있다. …다만 그것은, 문외한의 눈대중으로 해버려도 괜찮은 걸까? 그만 실수로 대량 출혈이라는 이야기가 된다면 아무 소용도 없고, 안티스킬(경비원)이나 의사 등은 상처를 보는 프로이기도 하다. 스스로 낸 가짜 상처 따위는 단번에 꿰뚫어 보고 말 것이다.

그렇게 되면 지금 네오카 노리토가 가장 원하는 것은.

지끈, 이제 와서 칼에 찔린 옆구리의 상처가 자기주장을 시작했다. 지금은 전문적인 지식은 필요 없다. 그저 실험체에서 얻은 생각에 따르면 된다.

그렇다.

"의료 기관이야."

카미조는 중얼거렸다.

부상자를 가장하기 위해 이것과 똑같은 일을 하라고 해도, 카미조는 할 수 없다. 실수로 지나치게 했다가 굵은 혈관이나 내장에 상처를 입히면 끝장, 그 시점에서 곧장 치명상이니까.

무서울 것이 틀림없다.

프로 전문가에게 의지하고 싶을 것이 분명하다.

네오카는 소방이나 방재의 전문가인 것 같지만 그것은 총괄 이사로서의 권한 이야기다. 경찰청 장관이 최강의 경찰관이 아닌 것처럼, 네오카 자신에게 제대로 된 기술이 있을지 어떨지는 미지수. 만일 확실한 기술이 있다고 해도, 근처에 떨어져 있는 더러운 바늘이나 낚싯줄로 자신의 상처와 마주하고 싶다고는 생각하지 않을 것이다. 감염증 문제도 있다. 어중간하게 지식을 갖고 있으면 무서울 테고, 그 어중간한 부분을 메우기 위해서는 다른 사람의 손을 빌릴 것이다.

그렇다면,

"자신의 몸에 상처를 낸다고 해도 감염증 위험이 없는 청결한 환경에서 제대로 된 지식을 가진 의사의 손을 빌리고 싶을 거야. 절대로 들키지 않는 안전한 상처를 내기 위해서 말이지. 저기는 다용도 빌딩이지? 그렇다면 클리닉이나, 응급 환자를 처치하는 의무실이나, 아니면⋯."

딱, 소년의 의식이 무언가를 응시한다.

단언이 있었다.

"아니면 최소한이라도 구급상자!! 주차장은 지하인가? 차 문에 손가락이 끼이거나, 트렁크에 넣으려던 짐을 발가락에 떨어뜨리거나, 의외로 자잘한 부상도 많은 곳이지. 소화기나 AED처럼 전문적인 게 갖추어져 있어도 이상하지 않아!"

끝까지 다 외치기도 전에 카미조는 달리기 시작했다.

멸균 소독 면에서는 약간 뒤떨어지지만, 원래 있는 고정 시설 직원을 돈으로 매수하는 것보다는, 이동식이고 현장에서 없애버릴 수 있는 휴대용 쪽이 이후 행방을 알기 어려울지도 모른다.

내려가는 경사로를 뛰어가서 콘크리트로 굳혀놓은 축구 운동장보다도 커다란 공간으로 뛰어 들어간다.

그러나,

"어, 없어?"

인덱스가 여기저기 둘러보면서 그렇게 말했다.

콘크리트 기둥의 밑동에는 소화기가, 측면에는 AED를 담은 금속 박스가 설치되어 있지만,

"구급상자 같은 건 어디에도 없는데. 벌써 가져가버린 걸까?"

"......."

짐작이 틀렸나?

믿을 수 없을 정도의 부자라면 주치의 정도는 늘 옆에 거느리고 있을지도 모르고, 아니면 총괄 이사는 카미조 일행이 생각하는 이상으로 궁지에 몰린 상태라 자신의 손으로 마구 상처를 낼 가능성도 제로라고는 할 수 없다.

다만, 미코토는 머리 위를 올려다보며 이렇게 중얼거렸다.

"구급상자가 아닐지도 몰라."

"뭐라고?"

"옥상은 헬기 항공모함처럼 되어 있다고 했잖아! 그렇다면 구급 헬기 정도는 세워놓을 수 있을 거야. 헬기에 따라서는 그냥 의무실보다도 장비는 충실해!!"

제일 먼저 최상층 플로어를 빈틈없이 폭파한 것은 어째서?

엘리베이터의 활차를 파괴해서 사용 불능으로 만듦으로써, 안티스킬(경비원)의 현장 도착을 늦추기 위해. 그동안 구급 헬기를 사용

해 적절하게 상처를 내고, 헬기 자체는 현장에서 멀어지게 한다. 물론 공항 관제 데이터 등은 손을 쓰는 형태로. 황당무계한 것처럼 들릴지도 모르지만, 실제로 마이도노 호시미 때에도 그렇게 요란하게 했으면서, 자신이 붙잡힐 가능성을 생각하지 않았다. 반드시 '그 기술'은 있다. 그리고 70층이나 되는 계단을 뛰어 올라가 녹초가 된 안티스킬(경비원)을 가리키며, 네오카 노리토는 피투성이가 된 채 이렇게 말하면 된다.

무슨 짓을 한 거냐.

너희들 때문에 이렇게 크게 다쳤다고.

"…생각은 좋았지만, 아직 부족해."

미코토는 중얼거리며, 지하 주차장에 있던 엘리베이터의 문을 억지로 걷어차 부쉈다. 아무리 버튼을 눌러도 지금 이대로는 영원히 오지 않겠지만, 그런 것은 상관없다. 그녀는 엘리베이터 통로, 하늘 높이 열려 있는 지옥의 문을 올려다보며 호전적으로 웃었다.

"학원도시를 만만하게 보는 걸까? 그 정도의 벽이라면 부술 수 있어!!"

그렇다.

그녀는 학원도시 제3위의 레벨 5(초능력자), 레일건(초전자포). 부차적인 자력을 사용하기만 해도 고층 빌딩의 벽에 달라붙을 정도의 힘을 발휘하니까.

12

단숨이었다.

철근 콘크리트의 벽보다도, 사방이 굵은 철근으로 둘러싸인 엘리베이터 통로 쪽이 오히려 자력을 사용하기 쉬웠던 것인지도 모른다. 다행히, 와이어가 끊어져 떨어졌을 엘리베이터가 방해하는 일도 없었다. 아무래도 주차장 밑에 보일러실 등 다른 설비가 있는 모양이다. 미사카 미코토는 카미조와 인덱스를 안은 채, 마치 그런 탈것인 양 수직으로 날았다.

도합 70층.

실제로 걸린 시간은 1분도 되지 않았을 것이다.

옥상 측의 엘리베이터 문을 파괴할 필요는 없었다. 자작극의 폭발 때문에, 기어 박스째 안쪽에서 바깥쪽으로 크게 말려 올라가 있었기 때문이었다.

그곳은 헬리포트… 라고 해도 될까.

지하 주차장과 거의 같은—즉 축구 운동장에 필적하는—면적은 회색 아스팔트로 덮여 있고, 문외한의 눈에는 어떤 의미가 있는 것인지 추측도 하기 어려운 하얀 선이 여기저기에 그려져 있었다. 미코토는 헬기 항공모함처럼 되어 있다고 말했지만, 카미조가 본 인상으로는 거의 활주로다.

여러 대의 VTOL기를 가지고 있다고 했지만 실제로는 옥상 가장자리에 세 대 정도, 영화에서 보는 것 같은 전투기가 줄줄이 있다. 다만 그 발치에는 네모나게 구분된 커다란 하얀 선의 틀이 있었다. 저것은 항공모함 등에서 볼 수 있는 격납고용 엘리베이터… 일까?

무인으로 움직인다고 했었고, 순수한 화력은 물론 무섭다.

다만 카미조 일행이 제일 먼저 눈길을 향해야 하는 것은 따로 있었다.

회색 군용품과는 별개로, 순백으로 칠한 기체가 있던 것이다. TV 취재 같은 데서 사용하는 4인승이 아니라 더 큰 헬리콥터가 있다. 사이즈로 볼 때 4인승이 승용차라면 이쪽은 봉고차 정도의 넓이가 확보되어 있는 것 같다.

　구급 헬기였다.

　"미사카!!"

　"중요한 증거품이야. 스마트하게 회수하자고."

　파징!! 웅얼거리는 소리와 함께, 메인로터 근원에서 검은 연기가 뿜어 나왔다. 아무래도 회전수나 무언가를 건드려서 엔진을 파손시킨 모양이다. 자력으로 날지 못하면 헬기를 이곳에서 없앨 수는 없다. 피투성이 의료 기기가 현장에 그대로 남아 있다면 총괄 이사의 싸구려 연극은 상당히 질이 떨어진다. 카미조 일행은 항공모함의 비행갑판 같은 옥상을 가로질러 하얀 헬기로 향한다.

　슬라이드 도어는 열려 있었다.

　상대는 웃으며 카미조 일행을 맞이했다.

　"폭파 전에 상처를 내두어야 했을까. 불발로 끝났을 때 변명을 할 수 없게 되니까 우선 폭발을 지켜보고 싶었는데."

　"당신이 네오카 노리토군."

　"선생님 정도는 붙이는 게 어때? 일단 이래 봬도 총괄 이사라고."

　들것에 걸터앉아 옆에 있는 여의사에게 손목을 내민 채, 남자는 얼굴을 일그러뜨리며 웃었다

　수상쩍을 정도로 깔끔한 얼굴 사진은 SNS에서 보았을 터였다.

　이상한 가공이나 가짜 인물 같은 건… 사용하지 않은 것일까.

　나이로 말하면 서른이 될까 말까. 실제로 직접 얼굴을 마주해보

니, 어른은 어른이지만 교장 선생님이나 교감 선생님이라기보다 더 친근한 담임 정도의 거리감이다. 고급 슈트를 입은 그 모습도, 태어났을 때부터 성공밖에 모르는 청년 사업가 같은 옷차림이었다.

…일그러진 결벽증에는 어울리기도 한다. 라스트 오더나 마이도노의 일을 알고 있기 때문이겠지만, 도저히 정면에서 자선이나 자원봉사에 몰두하는 인간이라고는 생각되지 않는다.

오래된 시대의 권력자… 라고 말했던 것은 미코토였을 것이다.

어쩌면 이미 잃어버린 것을 동경하는 쪽일지도… 라고.

고생을 모르는 세대.

노인들이 저마다 하던 말의 의미가 어딘가의 타이밍에서 끊기고 말았다. 그런, 나중 세대의 권력자.

파릿, 번갯불이 튀는 소리가 있었다.

미사카 미코토의 앞머리에서 고압 전류의 불꽃이 튀는 것이다.

"어쨌든 서툰 상처를 내기 전이라 다행이야. 이걸로 체크메이트라는 건 알고 있지? 설령 진짜 안티스킬(경비원)의 장비를 뒤에서 조달해서 방을 폭파했다고 해도, 이 구급 헬기를 압수하면 자작극의 의혹을 씻을 수 없을 거야. 폭파 전부터 왠지 옥상에 대기시켜두고 있던 구급 헬기를 사용해서 응급 처치를 했다니, 아무리 기자 회견의 원고를 조정해도 너무 구차하잖아."

"그렇겠지."

코웃음을 쳤다.

"이걸로 너희들을 죽여야 할 이유가 생기고 말았어. 섣불리 들여다보지 않았다면 이런 꼴을 당하지 않아도 되었을 텐데. …뭐, 아이의 죽음을 밀어붙이는 쪽이 한가한 민중을 움직이기 쉽기는 하지만."

"어떻게? 이쪽은 일단 제3위야. 정면에서 총탄을 쏘는 정도로 어떻게든 될 거라고 생각하지는 않겠지."

질문에 오히려 네오카는 깜짝 놀랐다.

들것에 걸터앉은 채 그는 고개를 갸웃거리고, 그리고 말했다.

"예를 들면, 이렇게."

쿠쾅!!!!!!

무시무시한 폭발이 다시 한번, 이번에는 미사카 미코토를 향해 핀포인트로 덮쳐들었다.

순간적인 일이라 미코토는 반응할 수 없었을 것이다.

인덱스가 허둥지둥 그 팔을 양손으로 잡아당기고 카미조가 오른쪽 주먹을 크게 내밀지 않았다면, 여기에서 소녀의 육체는 원형도 유지하지 못하고 휩쓸려 날아갔을지도 모른다.

그러나, 무엇일까?

지금 그것은 무엇일까?!

무기 같은 것은 아무것도 갖고 있지 않았다. 그래도 확실히 현상은 일어났다.

"웃, 물러서!!"

이번의 이번에야말로.

미사카 미코토는 오른손 엄지에 오락실 코인을 올려놓았다.

레일건(초전자포).

학원도시에서도 일곱 명밖에 없는 레벨 5(초능력자), 그 제3위의 대명사. 절대적인 로렌츠의 힘을 이용해 음속의 세 배로 금속 덩어리를 발사하는 그것을 평범한 인간에게 직격시키면 무슨 일이 일어날지는 명백하지만, 그런 전제조차 소녀의 머리에서는 날아가고 없었을지도 모른다. 눈앞에 있는 것은 그 정도로까지 위험한 상대라고.

틀리지는 않았을 것이다.

그래도 아직 부족하다… 는 정도의 문제만 발생하지 않았다면.

"Au와 Cu 사이, 즉 경로 14에 가공의 단자를 설치하라."

끼잉!!

새된 거슬리는 소리와 함께 세계가 어긋났다.

열두 명의 엘리트인 총괄 이사, 망설임이 없는 만큼 그쪽이 약간 빨랐다.

겨우 한 마디.

"포이어엘."

끼각!!!!!!

이번에야말로.

이번의 이번에야말로, 소리보다도 빠르게 날아온 무언가가 미사카 미코토의 영혼을 때려눕혔다.

소실된 것이다.

대체 음성 인식으로 무엇을 실행한 것일까. 엄지 위에 올려놓고, 바로 지금 절대적인 화력이 되어야 했을 오락실 코인이… 막대한 무언가를 받고 오렌지색으로 녹은 것이다. 날아온 '무언가'는 미코토의 뺨 바로 옆을 뚫고 지나가 공간을 태웠다.

'무엇이' 날아온 것인지는 옆에서 보고 있었을 카미조도 포착하지 못했다.

(…뭐가.)

네오카는.

네오카 노리토는, 아직 들것에서 일어서지조차 않았는데.

(대체 무슨 일이 일어난 거야?! 총괄 이사는, 소수로 학원도시를 관리하는 '어른들의 틀'은, 이런 차원에서 우리의 머리를 짓누르는 테크놀로지를 숨겨 가지고 있다는 건가?!)

"자."

들것에서 그림자가 천천히 일어선다. 이번의 이번에야말로. 손목의 고급스러워 보이는 손목시계를 풀어 옆에 맡기고, 여의사에게서 받아 든 재킷에 팔을 꿴다.

아무도. 아무것도 할 수 없었다.

한 발짝, 괴물이 가볍게 구급 헬기에서 내려온다.

음성 하나로 보이지 않는 무언가를 장악하고, 불가침의 무언가를 끌고 다니고. 아이의 이론을 내세우는 미숙한 카미조 일행이 그 폭력에 의해 콧대가 부러질 때까지, 그쪽의 규칙대로 놀이에 어울려 주겠다고 말하는 듯이.

과학이.

이 남자의 과학이, 보이지 않는다.

"…뭘 했지?"

오른손을 든 채, 카미조는 어안이 벙벙해 있었다.

정체불명의 공격도 그렇지만, 아까 그 한 발은 카미조의 손바닥으로 없애버릴 수 있었다. 즉, 그것이 무엇이든, 네오카 노리토가 사용하는 것은 이능의 힘이다. 마이도노 호시미는 그만한 힘을 갖고 있으면서도, 왜 어둠 속에서 버둥거리고 있었던 것일까.

알 것 같았다. 적어도 네오카 노리토는, 기르는 개에게 손을 물릴 정도의 실력을 가진 이는 아니다. 이 녀석이라면 힘으로 레벨 5(초능력자)의 머리를 짓누르고 사슬로 묶는 것조차 가능할 것이다!

젊은 총괄 이사는 어깨를 으쓱하며,

"자신은 태연한 얼굴을 하고 덤벼들면서, 이쪽에는 일절 저항하지 말라고?"

"당신 대체 뭘 했어?! 학원도시의 초능력 개발은 아이인 학생에게밖에 효과가 없을 텐데!!"

학원도시의 괴물은 크게 나누어 둘로 분류된다.

첫째는 액셀러레이터(일방통행)나 미사카 미코토 같은 뛰어난 능력을 자유자재로 나타내는 아이들.

둘째는 바깥 세계보다 30년 이상 앞섰다고들 하는 과학 기술을 군사에 전용한 차세대 무기로 몸을 감싼 어른들. 하지만 이 녀석은 다르다. 네오카 노리토는 그중 어느 쪽도 아니다?!

"간단한 얘기야."

두 팔을 슬며시 벌리고, 오히려 상대하는 적을 환영하는 듯한 자세로 네오카는 속삭인다.

그렇다,

"포이어엘. Au와 Cu 사이, 즉 경로 14에 가공의 단자를 설치하라."

"?!"

쿵!! 허공에서 생겨난 막대한 불꽃이 그 오른손에서 소용돌이를 치며 모인다.

능력,

"…이 아니야?!"

"바서엘. Hg와 Ag 사이, 즉 경로 20에 가공의 단자를 설치하라."

이번에는 왼손. 대체 어느 정도의 물을 응축해서 압력을 높인 것인지, 끼긱끼긱삐걱삐걱 하고 낡은 로프가 삐걱거리는 듯한 소리까지 나면서 물 덩어리가 손바닥 주위에 모인다.

좋지 않다.

뭔지 모르지만, 저건 좋지 않다!!

그리고 네오카 노리토는 가볍게 움직였다. 왼쪽과 오른쪽, 양쪽 손을 가슴 앞에서 가볍게 모은 것이다. 마치 청중의 주목을 끌기 위해, 딱 한 번 손뼉을 치듯이.

선고가 있었다.

"양자는 다르지만 본질에 있어서는 등호이다. 즉 여기에 새로운 풀이를 이끌기 위한 합성을 실행하라."

그것만으로.

무시무시한 수증기 폭발이 작렬하고, 3초 만에 닭고기를 새하얗게 익히는 김이 옥상 일대를 가득 메운다.

옥상 가장자리에 세워져 있던 VTOL 전투기가 삐걱삐걱 삐걱거리는 소리를 내고, 방금 전까지 네오카 자신이 올라타고 있던 구급 헬기가 충격을 견디지 못하고 옆으로 쓰러진다. 아마 200도의 벽 따위는 몇 배 단위로 이미 뛰어넘었을 것이다. 살아 있는 인간의 몸으로 준비도 없이 접촉하면, 스팀 오븐에 산 채로 팽개쳐지는 것과 같은 꼴이 된다.

"빈트엘, Pb와 Fe 사이, 즉 경로 8에 가공의 단자를 설치하라."

청정한 바람이 소용돌이를 치고, 폭발을 만들어낸 네오카 노리토만이 태연한 얼굴을 하고 그 자리에 서 있었다.

아니,

"…그렇군. 이게 듣던 것보다 더한 이매진 브레이커(환상을 부수는 자)인가."

"읏!!"

두 소녀들을 지키듯이 오른손을 쳐들면서, 카미조는 이를 갈았다.

규격 외다. 어른이 능력을 사용하는 것만으로도 규칙 위반인데 거기에 불, 물, 바람 등 계통이 다른 초자연 현상을 연달아 내세웠다. 능력은 한 사람에 하나가 기본이자 절대. 그렇다면 놈은 그 족쇄도 '하는 김'에 깨고, 이론상 불가능하다고 한 듀얼 스킬(다중 능력)에 눈을 뜨기라도 했다는 걸까?! 너무나 절대적인 힘을, 자신의 음성 인식으로 따로따로!

"그렇게 놀랄 이야기인가?"

담백하게… 였다.

한계를 넘은 자는 작게 웃으며 속삭인다.

"단순한 최소 충돌 이론이야."

"읏?"

"예를 들어 질소 원자에 강한 알파선을 쬐면 양자의 수가 무너지

244 |

지. 결과적으로 생기는 건 수소와 산소, 전혀 별개의 원소야. 눈에 보이는 현상을 조종하는 정도는, 일부러 '퍼스널 리얼리티(자신만의 현실)'에 의존할 것까지도 없어."

그렇다면 이것은 과학의 산물일까.

아직, 범주에서 나가지 않은?

카미조의 머리는 더욱더 혼란스러워지지만,

"세계는 아무리 복잡해도, 줄여가면서 생각하다 보면 간략해지거든. 소립자가 몇 개의 알갱이일 뿐인 것처럼. 빛이 파도와 입자의 두 국면밖에 없는 것처럼. 나는 다만 그 잘라내는 방법을 바꿈으로써 만물의 조성에서 다른 면을 꺼내는 것에 지나지 않아. 최소 충돌이론을 사용해서 말이지."

(아니….)

설명이 되는 것 같으면서도 되지 않는다.

질소 이야기와 아까 본 현상이 이어지지 않는 것이다.

억지로 큰 상자 안에 처넣기는 했지만, 이 분류법은 과연 정말로 맞는 것일까?

뭔가 다른 것을 잘못된 상자에 처넣은 것은 아닐까.

애초에 학원도시의 초능력은 눈앞의 광경에 대해 '자신의 머리에만 있는 가치관'을 통과시킴으로써 억지로 현실을 어그러뜨리는 관측 기술이다. 얼핏 보면 무엇이든 있는 것처럼 들리지만, 필터는 하나뿐. 따라서 불을 다루는 능력자에게 물의 필터는 없고, 물을 다루는 능력자에게 바람의 필터는 없다. 억지로 둘을 동시에 갖추려고 하면 어정쩡해져서, '어그러짐'의 폭이 작아져 제대로 된 능력은 발현하지 않는다.

그런 음성 인식 따위로 매번 이것저것으로 바꿀 수 있는 것이 아니다. 세 살 버릇이 여든까지 간다는 것처럼, '퍼스널 리얼리티(자신만의 현실)'는 어디까지고 따라다닌다. 마음을 가지고 있는 당사자조차도 파악하지 못하고 제자리걸음을 걷는 아이들도 많다. 설령 정신계 최강인 제5위라도 이 부분을 자유롭게 바꿀 수는 없을 것이다. 만일 그렇다면, 그녀는 좀 더 다른 별명으로 불렸을 것이다. 어쨌거나 그것에 성공한 시점에서 정신계 하나에 집착할 필요가 없어지는 것이니까.

즉,

"…넌 '퍼스널 리얼리티(자신만의 현실)'를 사용하고 있지 않아?"

"몇 번이나 그렇게 말했어."

"그런 뜻이 아니라! 네가 스스로 만든 '상자' 얘기는 아무래도 좋아!!"

상자는 분명히 잘못되었다.

하지만 그 상자에 들어 있는 것은… 초능력도, 아니다?

아이들밖에 쓸 수 없어야 할 초자연 현상을 어른이 자유롭게 쓰고 있다. 한 사람에 하나밖에 쓸 수 없어야 하는 속박도 무시하고, 모든 계통을 자유자재로 휘두른다.

그게 아니었던 것일까.

애초에 학원도시에서 만들어진 초능력이 아니었다. 그렇다면 어른이니 복수 계통이니 하는 제약은 확실히 없어진다. 하지만, 그렇다면. 원소를 나누어 불이나 물을 원하는 대로 조종한다는 이 사고방식은.

최소 충돌 이론.

그런 잘못된 라벨이 붙은 상자에 처넣어버린 것의 정체는.

"수, 헤(He), 리(Li), 베(Be)."

목소리가 있었다. 이렇게까지 상황이 복잡해지면 문외한이 되고 말아야 할 소녀. 하얀 수녀. 그것도 또한, 거리에 흐르는 잡다한 무언가를 들어버렸을 뿐일까.

하지만,

"Au, Cu, Hg, Ag, Pb, Fe…."

그런 사소한 부분에서도 결합한다.

모든 마도서를 망라한 소녀의 예지와.

"금은 태양, 동은 금성, 수은은 수성, 은은 달. 으음, 이건 금속을 다루는 프로세스가 아니야. 6, 7, 8, 9, 3, 5. 10의 세피라에 맞춰서, 그것들을 연결하는 22 채널을 건드려, 나무의 조작에 도전하고 있어…?"

머리가 공백으로 메워지는 줄 알았다.

하지만, 확실히.

그렇다면, 수많은 이상 사태에 납득이 간다. 어른일 네오카가 초자연 현상을 보이는 것도, 학원도시의 서열을 무시하고 미사카 미코토를 압도하는 것도.

다만, 알고 있어도 금기일 것이다.

이 도시에 사는 인간이 그것을 건드려도 될 리가 없다.

카미조에게는 보이지 않는 곳에 그런 규칙이 깔려 있었을 것이다. 다만 약속을 만들었던 아레이스타 크로울리도, 로라 스튜어트도 이제는 사라지고 말았지만.

설마.

설마.

설마.

"너, 마술을 쓰고 있었던 거야?!"

13

상황은 최악이었다.

하지만 카미조 토우마에게도 물러설 수 없는 이유가 있었다.

이곳에 오기 전. 분명히 나눈 말이 있었다.

『…있지, 미사카의 얘기를 들어줄래?』

황당무계한 이야기였다.

현실로서 눈앞에 클론 인간 소녀가 있다. 그녀들이 관련된, 2만 명이나 되는 생명이 죽임을 당하려 했던 '실험'을 알고 분노해서 목숨을 걸고 막은 일도. 그래도 카미조 토우마에게 학원도시의 '어두운 부분'이란 희미하게 편린을 들여다보는 정도의 것이고, 구체적인 실감을 동반하는 세계의 이야기는 아니었다.

그것을, 뭉갠다.

전부 없애겠다고 해도.

『미사카의 소원을 들어줄래?』

그러나 진정한 의미로 중요한 것은, 실은 그게 아니었을지도 모른다. 납치되어 의식을 잃고, 팔다리에는 구속당했을 때 생긴 파란 멍이 생생하게 남아 있는 한 소녀. 그런 라스트 오더가 자신의 피부를 문지르고, 두려워하며, 울부짖기도 전에 이렇게 말했던 것이다.

그러니까 여기에 다른 선택은 필요 없다.

선택지는 하나만 있으면 된다.

『그 사람을 돕기 위해서 싸워줄 거야? 하고 미사카는 미사카는 부탁해본다!』

무엇이 구원이 되는지 카미조는 모른다. 여기에서 열두 명밖에 없는 빌어먹을 놈, 총괄 이사를 이긴다 해도, 액셀러레이터(일방통행)는 자신의 의지로 쇠창살 안에 들어갈 뿐이다. 조심스럽게 말해서, 그것은 옳을지도 모르지만 행복한 인생은 아닐 것이다. 만일 한 사람이라도 진심으로 말리는 사람이 있었다면 그런 선택은 할 필요가 없지 않을까. 카미조는 그렇게 생각하고 만다.

하지만.

그렇지만.

답을 모른다면 안이하게 부정해서도 안 된다고 그는 생각했다. 이것은 한 인간이 스스로 찾아낸 길이고, 그 작은 싹은 쉽게 뭉개서는 안 된다고. 어쩌면 누군가가 말린다면 거기에서 생각을 멈추었을지도 모른다. 하지만 멈춰버림으로써 중단되고 마는 미래도 있다.

쉬운 길로는 나아가지 않겠다는 각오는 받아들였다. 그렇다면 예외는 없다. 카미조와 인덱스에게 그들의 길이 있는 것처럼, 액셀러 레이터(일방통행)와 라스트 오더에게도 그들의 길이 있을 테니까.

게다가 쉽지는 않겠지만 어렵게 생각할 필요도 없다.

그저 눈앞에 저울을 하나 놓아보면 된다. 여기에서 한 번만 용기를 내고 남은 인생은 가슴을 펴고 살아갈지. 아니면, 여기에서 한 번만 안전을 취하고 남은 인생은 등을 웅크리고 살아갈지.

어느 쪽이 좋은가?

정해져 있었다.

『그, 뭐, 뭐야. 으… 음, 그럼 이렇게 하자.』

그래서 소년은 웃으며 말했다. 여기에서 웃을 수 있는 누군가가 되고 싶다고, 그렇게 생각했으니까.

『지금부터 흑막이 있는 곳에 가서 전부 부수고 올 테니까, 결과를 기다리고 있어.』

그 입으로 한 약속을 어기지 마. 강대한 권력에 구체적인 무력이 있으면 모든 규칙을 짓밟을 수 있다. 하지만 정말로 진짜 인간의 강함은 그런 것으로는 결정되지 않는다.

지금이라면, 연결할 수 있다.

한 인간이 스스로 결정한 '길'을. 평범한 소년의 오기 하나로.

지켜내.

학원도시 제1위의 레벨 5(초능력자), 그리고 새 총괄 이사장.

액셀러레이터(일방통행)가 자아낸, 그 꿈을.

행간 4

학원도시에는 정점인 새 총괄 이사장 밑에 열두 명의 총괄 이사가 있다.

각각 특기로 하는 분야는 다르지만, 항상 다른 멤버의 이권을 빼앗을 수 없을까 하며 노리고 있는 자들이다. 그런 복잡한 대립 구조가 새로운 '무기'를 찾아, 밖과 안에서 여러 가지 신기술 개발을 재촉했다는 알려지지 않은 역사도 있다. 물론 여기에서 말하는 '무기'란 단순히 칼이나 총기에만 한정되지 않는다. 어른의 세계에서 파워 밸런스를 다투는 노인들에게는 정의나 자선도 쓰고 버리는 총알일 뿐이니까.

"…이런, 이런. 바보가 머리 하나 튀어나온 것 같은데."

어둠 속에서 속삭인 것은 여고생이었다.

그녀는 총괄 이사가 아니다. 그중 한 사람, 노인 밑에 붙어 있는 브레인이다.

"전 레스큐의 정예인가. 대체 뭐가 어떻게 돼서 여기까지 일그러졌는지는 모르겠지만, 겉보기 이상으로 움직이겠지, 이 녀석."

그러고 보니, 액셀러레이터(일방통행)가 새 총괄 이사장으로서 새치기로 취임해버렸기 때문에 유야무야되었지만, 본래 같으면 옛 총괄 이사장 아레이스타가 부재중일 때 '애송이'가 주도권을 빼앗으려고 했던 모양… 이라는 이야기는 노인으로부터 들었다.

억지 수단으로 나왔다는 것은, 그렇게 나오지 않을 수 없는 이유라도 안고 있었던 것일까.

레스큐는 안 그래도 가혹한 직업이고, 학원도시의 경우는 난이도가 전혀 다르다. 약품, 세균, 전자파, 그 이상으로 정체를 알 수 없는 차세대 기술이나 능력자 자신의 폭주까지. 인구 밀도가 높은 대도시에는 믿을 수 없을 정도로 대량의 리스크가 아로새겨져 있다.

물론… 이다. 이들 진실이 겉으로 나오는 일은 없다. 우선 첫째로, 학원도시는 안심하고 아이를 맡길 수 있는 이상적인 도시가 아니면 경영이 성립하지 않기 때문이다. 맡긴 아이가 죽어도 책임은 지지 않습니다 하고 써버리면 손님이 모이지 않는다.

알려지지 않은 현장에 계속해서 도전한, 한 인간.

그런 자가 어째서 돈이나 정치의 세계에 들어와, 많은 괴물을 차서 떨어뜨려 열두 개밖에 없는 자리 중 하나를 독점하고, 많은 사람을 비극의 밑바닥으로 가라앉히는 '어두운 부분'에 집착하기에 이른 것일까. 이에 대해서는, 같은 권한을 가진 총괄 이사 카이즈미의 컴퓨터를 이용해도 찾아낼 수 없었다.

그럼, 이렇게 말하고서 여고생은 숨을 내쉬고,

"여기서 개입하는 경우와 하지 않는 경우의 장단점은 각각 리포트로 정리해뒀어. 뭐, 어느 쪽도 정답이라고는 하기 어려운 건 평소와 같다는 느낌이지만. 어쨌든 아픔을 동반하는 선택이 될 테니까 좋아하는 쪽을 골라."

학원도시의 '어두운 부분'을 일소한다.

그런 이야기도, 총괄 이사로서는 자신의 이해관계에 비추어 볼 뿐이다. 물론, 열두 명 중 '어두운 부분'에 관련되지 않은 VIP는 한 명도 없다. 가장 온화하고 뒷공작을 하지 않는 오야후네 모나카라고 불리는 노파도, '어두운 부분' 전체에 대해서는 보고도 못 본 척하는 것에 그쳤을 정도다. 그러나 관여 방식은 각각 다르기 때문에, 일소에 대해서 받는 대미지가 달라진다고 볼 수도 있다.

대미지가 적은 자는 환영하고, 대미지가 큰 자는 반대한다.

'어두운 부분'의 일소 캠페인 자체가 어떻게 되든 상관없다. 그 큰 파도, 흔들림을 틈타 자신 이외의 총괄 이사가 어떻게 물어뜯어 올까 하는 부분밖에 보지 않는다.

그런 의미로는, 네오카 노리토는 컸다.

그 녀석은 '어두운 부분' 측에 기울어 많은 이권을 지나치게 탐했다. 일소를 계기로 경제 기반이 파괴되면 사회적인 지위를 지키기 위한 돈 뿌리기도 어려워질 것이다. 약해졌을 때 기다리고 있는 것은 다른 총괄 이사로부터의 철저한 공격이다. 덤비고, 물어뜯고, 철저하게 탐한다. 기본적으로 열두 명의 총괄 이사에게 동료 의식은 없다.

"내부에 있는 열두 세력끼리만 맞붙어 싸워서는 '어두운 부분' 일소의 흐름을 막을 수 없어."

처음부터 상당히 괴로운 싸움이었다.

네오카 노리토가 상황을 회복하려면 이 방법 정도밖에 없을 거라고는 생각했다. 탁상공론이고, 정말로 실행할 만큼 바보일 거라고는 생각하지 않았지만.

"…그렇다곤 해도, 설마 외부 조직과 손을 잡다니. 어엿한 외환

(外患) 유치인데. 이거 대체 어떻게 결판을 지을 생각인 건지."

네오카 노리토는 소녀들도 파악하지 못하는 테크놀로지를 사용하고 있다.

하지만 그것은 그가 혼자서 독점하고 있는 것이 아니다.

조금 전부터 움직임은 있었다.

크리스마스이브라는 재미있는 이벤트가 겹친 거라고 소녀는 생각했다.

그녀가 몸을 늘어뜨리고 있는 가죽 소파 옆 사이드테이블에는 진한 커피와 함께 어떤 디저트가 놓여 있었다.

"생년월일이나 혈액형을 바탕으로 행운의 색을 정해주는 커스텀 도넛… 인가."

평범하게 생각하면, 이런 수상쩍은 오컬트가 끼어들 틈 따위는 없었을 것이다.

그러나 현실적으로 유행은 발생했다.

밸런타인에 초콜릿을 선물하자는 것과 같은, 명백한 기업의 개입 같은 것은 없을 텐데도 말이다. 그래도 무언가가 일그러졌다.

기본적으로 무신론이고 모든 것을 과학의 방정식으로 해결하려 드는 학원도시지만, 이런 날 정도는 오컬트의 존재가 개입해도 이상하지 않을지도 모른다.

이 도넛 자체에 음모는 없다.

이것은 말하자면 사람의 마음을 재는 리트머스 시험지 같은 것.

이런 특화된 상품이 엄청난 기세로 확산되었다면, 있을 수 있다. 이 도시에서 사는 사람들이, 보통 같으면 생각할 수 없는 것에 손을 뻗고 말 가능성도.

사람의 마음은 흐른다.

가령 장엄한 종교화나 대성당을 올려다보았을 때, 가령 거대한 운석이 쏟아지는 모습을 눈으로 보고 알았을 때에. '눈으로 본 것밖에 믿지 않는다'는 것은 방어 반응으로서는 이류이고, 그렇다면 눈에 보이는 형태로 보여주면 어떤 오컬트에도 쉽게 마음이 기운다는 것을 가르쳐주고 다니는 정도에 지나지 않는다.

즉,

"…군대의 현지 조달도 인터넷 경유인가. 정말이지 싫은 시대가 되었는데."

소녀는 노트북이라고 부르기에는 너무나 커다란, 화판 사이즈의 특수한 컴퓨터의 키를 두드렸다. 웬만한 TV 정도 되는 대형 액정에 이렇게 떴다.

"R&C 오컬틱스. 마술 전문 신형 거대 IT… 란 말이지."

제4장 이세계 교류, 그 시작
"R&C OCCULTICS Co.Ltd."

1

본래 마술이란 세간에 숨기고 관리해야 하는 초자연 현상일 터였다.

그러나 몇 번의 큰 전쟁을 거치며 그것이 어려워진 것도 사실.

거기에, 새로운 재앙이 찾아왔다.

『관심이 가는 그 아이와의 궁합을 알고 싶지는 않나요? 두 사람의 이름과 생년월일, 안고 있는 고민 등을 투고 폼에 적어주시면, 프로 점술사 집단이 당신들의 운세를 정확하게 계산합니다.』

나타난 것은 인터넷 상이었다.

본사 빌딩이 어느 나라에 있는지는 일체 불명.

거대 IT답게 고정 국적을 가지고 있는지 어떤지조차 모호하지만, 애초에 이렇게 대규모 자본을 가진 기업이 대체 언제 나타난 것인지 아무도 설명조차 할 수 없었다.

『새로운 집을 찾는 중이라 고민이신 분, 토지나 건물을 본다는 방법은 어떻습니까? 모델하우스의 배치만 보내주시면 프로 감정사가 방위나 지맥의 흐름에서 매일의 생활에 대해 맞는지, 안 맞는지를 산출할 수 있습니다.』

비슷한 계통으로는 점술 사이트에서 시작되었을 것이다.

사람들의 상담에 응한다는 형태로 수많은 개인 정보를 수집한다. 게다가 관심이 있는 상대와의 궁합점 경우에는 본인의 동의도 없이 제3자의 프라이버시 정보까지 모을 수 있으니 실로 효율적이다. 그리고 아메바처럼 퍼지는 이 거대 기업의 존재에, 속된 말로 마술 측이라고 불리는 자들은 무력했다.

어쨌거나 경험이 없었던 것이다.

이렇게까지 대대적으로 마술이 홍보되고, 또한 상대의 정체가 전혀 보이지 않는다는 사태는.

게다가 인터넷 환경을 지배하는 과학 측은, 이 위기의 정체를 올바르게 파악할 수가 없다. 총기나 독물의 제조 사이트라면 모르겠지만, 점술 사이트나 오컬트 굿즈의 인터넷 판매 정도로 트집을 잡는 전개는 있을 수 없다.

결과의 방치.

1초 1초마다 증식하는 R&C 오컬틱스는, 그러고 있는 동안에도 모든 벽을 무시하고 전 세계로 공격을 향한다.

『만일 나쁜 운세였다고 해도 두려워할 것은 없어요. 적절한 지식을 가지고 대처하면 악운은 물리칠 수 있습니다. 가까이 있는 허브를 사용해서 나쁜 기를 쫓읍시다! 꽃가게에서도 구입할 수 있는 식물을 이용해서 커피 사이폰으로 합성할 수 있는 마녀의 약 리스트는 다음 페이지에 링크되어 있습니다.』

예를 들어 학원도시.

안과 밖, 과학과 마술. 그런 구분을 무시하고 인터넷은 덮쳐든다.

오늘 하루 만에, 얼마나 많은 사람이 휴대전화나 스마트폰을 만졌을까?

표면적으로는 생글생글 웃고 있던 약속 장소의 풍경 속, 그러나 실제로 작은 화면에 떠 있던 것은 무엇이었을까?

『tips, 간단한 밸런스 게임을 열 번 연속으로 대답하면, 세상에나. AI 폼이 정확하게 당신의 고민을 꿰뚫어 보고 지금 필요한 마녀 약을 알아내줍니다. 합성에 참고하세요!』

원래 초자연 현상이 뿌리를 내리고 있고, 힘의 격차가 눈에 보이는 형태로 겉에 드러나 있는 특수한 환경이었다. 힘이 없는 능력자는 물론이고, 콤플렉스를 갖고 있는 것은 어른도 마찬가지다. 학생이 80퍼센트고 어른은 20퍼센트. 게다가 아이들은 분명히 '평범한 어른'보다도 강대한 능력을 갖고 있다. 모두가 그 환경에 납득한다고는 할 수 없다.

만일 자신에게 힘이 있다면.

그렇게 생각하는 인간이 R&C 오컬틱스에… 마술이라는 말을 접해버리면 어떻게 될까.

『마술은 결코 어려운 것이 아니에요. 제3세대, 채색 기능이 있는 3D 프린터가 있으면 4속성의 심볼릭 웨폰(상징 무기)을 중심으로 하는 영적 장치는 클릭 하나로 쉽게 직접 만들 수 있습니다. 자세한 상품 리스트와 기종별 도면 데이터는 여기!』

정보를 접한 자는 많을 것이다.
그중 몇 명이 실제로 손을 움직여버렸는지, 그것까지는 통계에 잡히지 않는다.

『축이 되는 호흡이나 명상은 하루 10분의 간단한 트레이닝으로 습득할 수 있어요. 단계에 따른 강의 영상은 모두 무료! 우선은 여기부터 시청해주시고, 정말로 필요하다고 생각한 교재의 구입을 다시 검토해보시면 어떨까요?』

하지만 '이미 평범한 인간에서 벗어난' 학원도시제 능력자가 '전혀 다른, 미지의 계통의 초자연 현상'을 접해버린 경우, 격렬한 오작동이나 부작용에 시달리게 될 것은 쉽게 상상이 간다. 그 쉬운 부분에까지 머리가 돌아가지 않은 사람은, 자기 방에서 피투성이가 되었을지도 모른다.
그리고, 어른의 경우는?
어디까지나 '보통 사람'일 뿐인 인간이 처음으로 자신도 사용할 수 있는 초자연 현상을 접해버리면 어떻게 될까.

『만일 불만이 있다면, 그 인생을 자신의 손으로 바꿔보지 않으시겠어요?』

진짜 카오스가 시작되려 하고 있었다.

마술과 과학이라는 벽은, 학원도시의 바깥과 안으로 명확하게 구분되는 것이 아니다.

어른과 아이.

한 도시 안에서, 마블 무늬 같은 대립 구조가 생겨나려 하고 있다.

얼굴도 보이지 않는.

어디에서 웃고 있을지도 알 수 없는, 누군가의 꿍꿍이에 의해.

『세상의 부조리에 대해서는 부조리로 대처한다. R&C 오컬틱스는 여러분에게 수상쩍은 것이 아닌 올바른 마술을 제공함으로써, 더 좋은 인생을 확실하게 서포트하겠습니다!!』

2

휘익, 불꽃이 산소를 삼키는 소리가 났다.

"포이어엘, Au와 Cu 사이, 즉 경로 14에 가공의 단자를 설치하라!!"

"웃, 이 자식?!"

던져 넣는 듯한 불꽃 덩어리를 카미조는 오른손으로 흩트리지만, 당연히 총괄 이사 네오카 노리토의 무기는 그것만이 아니다.

"칫!!"

혀를 찬 미코토가 손을 쳐든 것은 네오카 본인을 향해서가 아니었다.

떨어진 장소에 세워져 있던 VTOL 전투기에 간섭하자, 전용 견인차도 없는데 주력 플랩과 제트엔진을 사용해 억지로 기수를 꺾은 것이다. 그대로 탑재되어 있던 20밀리 기관포를 옆으로 휘두르듯 흩뿌린다.

하지만 역시, 고급 슈트를 차려입은 남자는 눈썹 하나 움직이지 않는다.

"에어드엘, Sn과 Fe 사이, 즉 경로 9에 가공의 단자를 설치하라!!"

항공모함의 비행갑판 같았던 평평한 대지가 갑자기 부자연스럽게 솟아올라 두꺼운 바위 방패를 만들어낸다.

이것으로 불, 물, 바람, 흙.

"꼭 TV 게임처럼 사용이 편리하군!!"

"넷에 그칠 거라고 생각하기라도 하나? 슈메터링엘, Au와 Hg 사이, 즉 경로 16에 가공의 단자를 설치하라."

갑자기 허공에서 대량으로 나타난 것은 반짝이는 나비 떼였다. 지금까지와 달리 공격 수단을 파악할 수가 없다. 그 날개가 면도칼처럼 날카로운 것인지, 독 가루라도 흩뿌리는 것인지, 아니면 날개의 무늬로 이쪽의 눈을 교란해서 기절시키는 것인지.

대량의 무리는 세찬 흐름처럼 형태를 바꾸더니 일단 미코토에게 제어를 빼앗긴 VTOL기로 향해, 통째로 삼키기 시작했다. 순식간에 부슬부슬 녹슬고 썩어 형태를 잃고 대폭발을 일으킨다. 그것은 그대로, 크게 우회하듯 다시 카미조 일행에게 날아온다.

어떤 효과가 있을까.

자세한 것까지 분석할 필요는 없다. 미코토는 연달아 앞머리에서 '뇌격의 창'을 쏘고는, 왠지 부자연스럽게 빠져나가 효과가 없는 것을 확인하자 스커트 주머니에서 오락실 코인을 꺼냈다.

그 정체가 무엇이든, 전투기를 상하게 하고 파괴했다는 것은 금속에 간섭할 터.

그리고 엄지로 튕긴 것만으로, 음속의 세 배나 되는 기세로 공기를 태우며 직선적으로 모든 것을 파괴하는 '레일건(초전자포)'가 발사되었다. 빛의 세찬 흐름이 된 나비 떼를 한꺼번에 날려버리고 허공으로 사라진다.

그렇다고 해도,

"…어떻게."

꿀꺽 목을 울리고.

전율하며 카미조는 저도 모르게 외쳤다.

"어떻게 손에 넣었지?! 이런 걸!!"

"의외로 안테나가 약하군, 고등학생. 지금은 어디에서든 액세스할 수 있어. 그래도 크랙 서버를 이용한 병렬 대량 입력으로 일본어판 최첨단 워드에 표시되도록 다소 등을 밀어준 건 나지만."

오싹했다.

말 곳곳에 흩뿌려져 있는 용어는 문외한인 카미조도 아는 것이다.

"이제 이 정도는 누구나 할 수 있어."

"거짓말이야…."

설마.

고대의 도서관이라든가 유적 깊숙한 곳이라든가, 그런 이야기와는 다르다.

"그렇게. 흐름은 바뀐 거야."

"말도 안 돼!! 그런 거 거짓말이야!!"

길가에 은행 통장을 던져두는 정도가 아니다. 그런 누구나 볼 수 있는 장소에 아무렇게나 놓여 있기라도 하다는 걸까?!

"평소에는 자유롭게 헤엄치게 해서 '다음 파도'에 자동 투자하는 알고리즘이 재미있는 징조를 파냈는데, 내가 혼자서 독점해버리면 금방 꼬리가 잡힐 것 같았어. 그래서 차라리 대량으로 흩뿌려서 위장하기로 했지. 그, 왜, 위험한 권총을 해외에서 들여와서 사용하는 것보다 가게에서 대량으로 팔리는 식칼을 고르는 쪽이 '안전'한 것과 같은 이치야. 보급이라는 건 그것만으로도 추적자를 교란하지."

인덱스는 다른 곳에 주목했다.

그렇다기보다, 만일 네오카 노리토가 정말로 마술을 사용하고 있다면 카미조 토우마보다도, 미사카 미코토보다도, 여기는 그녀가 본업이다.

"…탈출기?"

10만3001권 이상의 마도서를 완전 기억하는 마도서 도서관, 금서목록.

그녀의 입이 모든 것을 폭로한다.

"아니, 성화발성(聖化發聲) 정도가 아니야. 적당한 독일어의 말미에 el을 붙이는 것만으로도 그런 자리 그 자리에서 적당한 천사를 만들고 있다는 거야?!"

"최소 충돌 이론이라고나 불러줘."

"그런 건!!"

"그런 집중법이 있는 건지, 실제로 오컬트인지 뭔지가 기능하는 건지는 별로 흥미가 없어. 말하자면, 현실에 쓸 수 있는 기술이 가까이에 있으면 그걸로 되지. 이 상황을 타개하는 데에 이용할 수 있다면."

망설임이 없었다.

학원도시의 능력자도, 폭주의 가능성 정도는 항상 머리 한쪽 구석에 어른거리고 있을 텐데.

'힘'과 어울리는 방법이 확립되지 않은 증거다. 두려움이 없는 것은 아기와 마찬가지이고, 아직 뜨거운 주전자를 한 번도 만진 적이 없기 때문일 것이다.

그렇게 되면 마지막.

아픈 꼴을 당한다는 정도로는 끝나지 않을 것까지 상상이 되는 것일까.

"웃기는 수법이라고는 나도 생각해. 하지만 실제로 역사가 증명하는 모양이더군. 하느님의 아들을 무시하고 천사 숭배가 과열되었던 시대에는, 성서에 한 번도 등장한 적이 없는 천사가 사람의 손으로 조잡하게 마구 만들어지곤 했던 모양이야. 제동을 건 것은 교황 자카리아 정도라는 얘기라나."

자쿠쿵!! 용수철 장치 같은 소리가 울려 퍼졌다.

"뭐야, 저거…?"

미사카 미코토가 악몽이라도 꾸는 것 같은 목소리로 신음했다.

좌우 소매에서 튀어나온 것은 암살용 권총에 가깝다. 주의하지 않으면 손바닥에 쏙 들어가서 못 보고 지나치고 말 정도로 작은, 두 개의 총신을 가진 카드 사이즈의 권총.

영적 장치라 불리는 마술의 도구. 쇠로 된 총신 대신에 있는 것은 진공관과도 비슷한 유리 용기이고, 그 안에는 검지보다도 작은 자그마한 소녀가 좌우 두 명씩, 총 네 명이나 들어가 있었다.

머리 위에 빛의 고리를 두른 신비한 소녀들이.

초자연 현상을 다루는 두 자루의 권총.

먼저 인스퍼레이션을 준 것은 마이도노 호시미였을까. 아니면 그녀에게 그런 제어법을 가르친 것이 총괄 이사 네오카 노리토였을까.

"리히트엘, Pb와 Au 사이, 즉 경로 7에 가공의 단자를 설치하라."

속삭인 순간, 유리 용기 중 하나가 명확하게 변화했다. 밀폐 공간 속에 서 있는 소녀의 머리카락과 옷, 그리고 무엇보다도 머리 위의 고리가 남자의 목소리에 응해 변화한 것이다.

빛나는 듯한 하얀 광선으로.

"웃, 온다, 토우마!!"

"덮쳐드는 빛을 눈으로 보고 대처할 수 있다면 해봐."

웃으며.

진공관의 소녀가 풀려났다.

막대한 빛의 덩어리가 되어 투명한 총구에서 해방된다.

유리관 바깥, 바깥 공기에 닿는 것과 동시였다.

그대로 정면에서 처절한 일격이 돌진했다.

네오카 노리토는 학원도시의 총괄 이사다.

그런 주제에 과학 측 안에서는 이길 수 없겠다고 일찌감치 포기한 그가 손에 든 것은, 하필이면 바깥 세계에 있던 마술.

정말이지 심한 반칙이다.

그렇다면.

이쪽이 놈이 모르는 반칙에 손을 뻗었다고 해도, 불평은 할 수 없을 것이다.

"오티누스!!"

"부르는 게 늦었어, 인간."

카미조의 상의 속에서 불쑥 나타난 것은 키가 겨우 15센티미터 정도인 금발 소녀였다. 마녀 같은 검은 모자에 특징적인 안대. 몸을 덮는 듯한 두꺼운 망토를 걸치고는 있지만, 그런 것치고 밑에는 수영복처럼 맨살이 많다.

북유럽의 신.

다운사이징은 했지만.

그녀는 소년의 오른쪽 어깨에 걸터앉더니, 그대로 가느다란 다리로 소년의 어깨를 찬다.

그 바람에 약간 자극받아, 겨누고 있던 오른손이 흔들렸다.

그 결과.

탄도 미사일조차 정확하게 쏘아 떨어뜨리는, 함재급 섬광 무기를 손바닥이 정확하게 포착한다. 어떤 것이든 마술은 마술. 그의 이매진 브레이커(환상을 부수는 자)가 닿을 수만 있다면, 그 모든 것은 순식간에 사라지고 만다.

"읏."

네오카가 뭔가 손끝으로 조작하자 주인을 잃은 진공관에 다시 매끄러운 곡선 덩어리가 생겨났다. 어떤 색으로든 물드는, 소녀의 모습을 한 무언가가.

"부족하군, 인스피레이션이."

내뱉듯이, 거만하게 팔짱을 끼고 작은 소녀는 말했다.

"모처럼의 초자연 현상을 자유자재로 휘두를 수 있다는데, 하는 짓은 기계제품으로 만들어낼 수 있는 함재 무기와 완전히 똑같다니. 네놈의 마술이 울고 있다고. 하긴, 가슴에 마법명조차 새기지 않았으니 울 것도 존재하지 않을지도 모르지만."

"엑스플로지오엘, Fe와 Au 사이, 즉 경로 12에 가공의 단자를 설치하라."

"그거 포이어엘이랑 어떻게 다른 거야?"

이미 반쯤 어이가 없어진 것 같았다.

그러나 네오카가 노리는 것은 카미조 일행이 아니었다. 붉은 덩어리로 변한 소녀가 공기 중에 해방되고 발치의 상관없는 대지를 향해 쏟아진 순간, 격렬한 폭발이 일어났다.

사실, 오티누스는 눈썹 하나 움직이지 않았다.

"성화발성의 안이한 응용. 감촉을 알 수 있는 가까운 금속을 이용해서 눈에 보이지 않는 세피라를 상기하고, 나무를 구성하는 구체와 구체를 연결하는 길에 딱따구리처럼 쓸데없는 '둥지'를 파묻어

서 세계의 규칙을 고친다. 세피라는 천사가 지키는 거니까, 가공의 천사를 만들면 가공의 구체를 만들 수 있다는 역류라도 몽상 속에 떠올린 건가. 과연 좋아, 어느 모로 보나 왜소한 인간이 자신의 키에 맞춰 생각해낼 법한 술식이야. …본래 같으면 제한 없이 넓힐 수 있는 자신의 상상마저 금속이니 원소니 하는 현실의 틀에 집어넣고 싶어하는, 견실하고 재미없는 마술이지만."

불꽃과 연기로 카미조 토우마의 시야가 막힌 가운데.

중력이 크게 흔들린다.

"오티누스, 엑스프 뭐라고? 저거 뭐야?!"

"폭발. 이것에 대해서는 영어 익스플로전과 거의 다르지 않잖아, 낙제생."

"아직 유급이라고 정해진 건 아니라고!!"

중력 관련 마술일 거라고만 생각했는데, 그런 것은 아닌 모양이다.

헬기 항공모함의 비행갑판 같았던 옥상의 구조체 자체가 폭발을 견디지 못하고 부서지거나 기운 모양이다.

연기 맞은편에서 귀에 익은 소녀들의 목소리가 났다.

그러나 합류는 하지 못한다.

『토우맛.』

『바보, 너 떨어지고 싶은 거야?!』

그게, 버틸 수 있을 것 같지 않다.

급격하게 각도가 생겨나는 발판에 버티지 못하고, 미끄럼틀처럼 카미조의 몸이 미끄러진다. 양손으로 붙잡을 수 있을 만한 것도 없다.

"젠장!!"

"의외로 신중파로군, 바보 같은 흑막. 불확실 요소의 배제가 제일. 그걸 위해서, 마도서 도서관이니 학원도시제 초능력자니 하는 것과 우리를 갈라놓으려고 하다니."

어깨 위의 오티누스는 가볍게 말했다.

미끄러져 떨어졌다고 생각했지만, 다행히 갑자기 고층 빌딩의 옥상에서 공중으로 내던져지는 일은 없었다. 바로 아래의 최상층에서 바깥쪽으로 크게 튀어나온 정원으로 굴러떨어진 것이다. 미리 네오카가 폭파해두었기 때문에, 테니스코트보다 넓은 이쪽 공간도 원형을 유지하지 못하고 있었다. 경우에 따라서는 여기도 무너질지도 모른다.

그리고 또 하나의 그림자.

네오카 노리토 또한 위의 옥상에서 미끄러져 내려온다.

"뭐야, 그건?"

이것만은 순수한 의문인 것 같았다.

총괄 이사이자 마술사. 반칙 기술 덩어리 같은 네오카 노리토가, 이해할 수 없는 것과 마주친 것이다.

그렇기 때문에 더더욱, 다른 것과 떼어놓아서라도 집중적으로 조기 격파를 노렸다.

방심하지 않고 좌우의 암살 권총을 겨누면서, 네오카는 유리 총신에 장전되어 있는 작은 소녀들에게 눈길을 향했다.

"나는 그런 거 몰라. 플라스크에 장치한 필라멘트와도 다른 것 같군."

"이렇다니까, 수박 겉핥기로 마술을 휘두르는 멍청이는."

진심으로 어이없다는 듯이 오티누스는 한숨을 쉰다.

"설마 마술의 세계에 한 발짝을 들여놓았으면서도 그 최종 도착 지점인 '마신'조차 모르다니. 아아, 아아. 여기에서 자세한 얘기 따위는 해주지 않을 거다. 이 신을 알고 싶다면 각자 멋대로 방대한 역사를 돌아보도록 해."

"오티누스, 지금 당장 저 빌어먹을 녀석을 때려눕히고 싶어, 그러기 위해서는 네 힘을 빌리고 싶고."

"당연하지. 이 정도의 잔챙이를 해치우지 못해서야 신의 '이해자' 따위를 할 수 있겠나, 인간."

가만히 내뱉지만, 마녀 같은 모자에 숨겨진 눈가는 어딘가 즐거워 보였다.

그리고 그녀의 분석은 인덱스와는 비슷한 것 같으면서도 다르다.

어딘가 공격적으로, 상대의 존엄성을 깎아내리는 해의(害意)에 가득 차 있다.

"놈이 사용하는 마술에 오리지널리티는 없어. 결국은 '황금' 비스무리한 중고야. 세계 최대의 마술 결사에서는, 무색투명하고 형태가 없는 '텔레즈마(천사의 힘)'를 효율적으로 다루고 목적에 따라 사용하기 위해 72천사의 이름을 자작해서 나누었지. 여기에서 사용된 게 탈출기, 소위 말하는 구약 성서의 한 대목이야. 그들 새벽의 마술사는 이 탈출기에서 목적에 맞는 문자열을 끄집어내 그 말미에 el이나 yah 등을 붙여서 임시 천사를 꺼내곤 했거든. 12궁의 천사니 대천사니 하면서 평소 들을 일이 없는 이름이 빵빵 나오는 건 이 때문이지. 여기에 계시는 바보의 술식은, 거기에서의 또 아류에 지나지 않아. 애초에 천사명은 고도의 계산을 거쳐 꺼내고 문자열 전체에서 의미를 찾아내는 거야. 그저 단어 끝을 가공한 정도로 그대로의 효과가 나올 것 같나?"

"실제로 출력을 유지할 수 있다면 뭐든 좋아. 나는 형식에는 구애받지 않거든."

"그걸로 19세기의 헤르메스학이라도 기웃거렸다고 생각하나, 무식한 놈. 그건 서쪽의 사상을 축으로 전 세계의 신화나 종교를 통합한 하나의 이론으로 설명을 시도한다는 주지의 학문이지, 이해되지 않는 말이나 숫자는 뭐든지 자기 취향의 논리로 갖다 붙일 수 있다는 거친 이론이 아니야. 애초에 신이 이렇게 독립적인 존재로 서 있는 이상, 헤르메스학만으로 세계 전부를 설명하는 것도 무리가 있고. 아니면 네놈은 로마인이 멋대로 그린 유럽 이외에는 전부 일그러진 세계 지도라도 계속 볼 생각인가? 마술은 항상 진보하는 건데."

"슈나이드에

"늦었어."

대화 도중이었다.

파킹!! 새된 파괴음이 울려 퍼졌다.

불시에 총괄 이사가 왼쪽 총을 사용했을 테지만, 오티누스는 다리를 꼰 채 그 작은 뒤꿈치로 카미조의 어깨를 쳐서 자극했을 뿐이었다. 그것만으로도 다시 오른손이 약간 어긋나고, 무슨 일이 일어났는지도 알지 못한 채 카미조는 쇠의 칼날을 부수었다.

우선 납색 소녀가 진공관에서 밖으로 머리를 내민 직후, 스스로 산산이 부서져 대량의 면도날로 변하고 산탄처럼 흩뿌려졌다. 카미조의 입장에서 보자면, 그런 사실을 뒤늦게 깨달을 정도인데.

"네놈의 약점은 스톡을 총 네 개밖에 가질 수 없고, 나중에 추가해서 바꾸는 경우에는 그 이름을 다른 틀로 잘라내야 한다는 점이야. 기존의 공격 수단이라면 대처는 쉽고, 새로 추가하는 거라면 그 입이 움직인 순간부터 경계하면 되지. …즉, 뭘 어떻게 해봐야 기습에는 쓸 수 없는 거야, 네놈의 술식은."

"……."

"바보는 궁지에 몰리면 스스로 해결하는 일 없이 안이한 기도에 의지하지. 네놈도 그런 쪽이었겠지만, 이쯤이 끝이다. 안이한 힘은 안이한 결말로 이끌 수밖에 없어. 지금까지 어떻게 살아왔지? 조금은 깊게 배워야 했겠어, 인생을."

카미조의 어깨에 걸터앉아 가느다란 다리를 꼬며 오티누스는 말했다.

어디까지나 거만하게, 그러면서도 핵심을 찌르듯이.

"뭘 원해서 마술을 건드렸나, 전 레스큐."

오히려… 다.

소년 쪽이 따라가지 못하고 뒤에 남겨질 정도였다.

"…레스, 큐…?"

"그래, 인간. 이 녀석의 사격에는 버릇이 있어. 겉으로만 보면 암살 권총이지만, 총구를 약간 들어서 조준하는 그 방식은 로프를 쏘는 구명총의 방식이겠지. 당사자를 조준하지만 맞혀서는 안 되고, 게다가 물속에서 힘이 다하기 전에 구조해야 할 자의 바로 가까이, 물에 빠져서 패닉에 빠진 자가 팔을 휘두르면 저절로 움켜쥘 수 있는 범위에 확실하게 가스 벌룬을 떨어뜨려야 하기 때문이야. 구조해야 할 자의 머리 위를 뛰어넘는 형태로 쏘면, 설령 조준이 빗나가도 벌룬에 이어져 있는 로프가 수면에 떨어진 타이밍이나, 릴로 로프를 당겨서 벌룬을 도로 잡아당길 타이밍을 늘릴 수 있을 테고."

"네놈…."

너… 라는 여유만만한 말투가 벗겨졌다.

네오카 노리토는 본래, 안티스킬(경비원)을 견제하기 위해 일부러 자신의 몸에 상처를 내어 자작극의 피해자를 연기하려고 했다.

그때에는 구급 헬기 안에서 여의사의 손을 빌렸을 테지만, 그것은 본인에게 지식이 없기 때문이 아니었던 것일까.

익숙하기 때문에, 자신의 손으로 처치하면 오히려 수상하게 여길 수 있다. 그래서 남의 손으로 시켜, 자신의 버릇이나 기술이 바깥에 드러나지 않도록 배려했다.

"만일 거기에서 올바른 마법명을 가슴에 새길 수 있었다면, 네놈은 어엿한 마술사가 되었을지도 몰라. 하지만 틀렸군. 올바른 목적만 있다고 항상 올바른 결과가 따라와주는 건 아니야. 선택한 방법이 잘못되면, 사람을 구할 생각이었는데 죽게 하고 마는 일마저 있을 수 있거든."

침묵이 있었다.

누구도 발을 들여놓을 수 없는 영역이 있었다.

이윽고… 다.

정말로 작게, 이렇게 말했다.

"…구했어."

불쑥.

그런 말이.

합리성만 생각하면, 네오카 노리토의 행동에 의미는 없다. 답지 않다고도 카미조는 생각한다. 다만 오티누스가 총괄 이사로부터 일격에 그런 말을 끌어낼 수 있었던 것은, 어쩌면 그들이 마술 측이라는 다른 세계에서 살고 있기 때문일지도 몰랐다. 올바른 수순을 모르고 마술을 접해버린 자. 그 녀석의 미비를 지적함으로써, 톱니바퀴 사이에 끼어 있던 쐐기 같은 것을 뽑은 것이 아닐까.

그래서 저항할 수 없다.

카미조도 마술사라는 생물을 보아왔다. 세계의 부조리에 직면하고, 자신의 무력함에 이를 갈고, 안쪽의 안쪽에 있는 기술에 손을 뻗고. 신에게 의지하거나 신을 원망하거나, 본래 같으면 그 정도의 경험을 하지 않는 한 사람은 오컬트 따위에 닿을 계기를 갖지 못한다.

그렇다면 마술사라는 것은 빈말로라도 순수하게 행복한 삶은 아닐지도 모른다. 하지만 그런 그들은, 누구나 자신의 삶에만은 가슴을 펴고 있었다.

아무리 빼앗기고.

아무리 사나워질 대로 사나워진 눈으로 세계를 바라보고 있어도, 절대로.

아니면 안이한 힘에 손을 뻗은 네오카 노리토는 자신의 마음과 마주함으로써, 정말로 진정한 의미로 첫걸음을 내디딘 것일지도 모른다.

"많은 사람을 구했어. 불꽃 속에서도, 약품 연기로 가득 찬 공장에서도, 폭주하는 능력자가 울부짖는 폭풍의 중심에서도. …그 후, 구한 사람들이 어떻게 됐을 것 같아?"

대답할 수가 없었다.

행복해져서 잘 먹고 잘 살았다고는 되지 않았던 것일까.

네오카 노리토도 그렇게 믿고 있었을 것이다.

하지만 이렇게 되었다.

"호기심의 눈길을 받았어."

상상을 초월하는 말이었다.

질척한 눈동자로, 이형의 총을 든 채 총괄 이사는 웃었다

"더 빨리 피난했다면, 더 평소부터 경계했다면, 소방서에 폐를 끼치지 않고 우리의 세금이 헛되이 사용되는 일도 없었을 거다. 그렇게, 목숨을 건진 사람들은 얼굴도, 이름도 모르는 생판 남한테 치근치근치근치근 규탄당했어. …할 수 있을 리가 없지. 그건 누구도 예견할 수 없는 재해였고, 100명이 마주치면 100명이 전문가에게 도움을 청할 사태였어!! 그런 건 프로인 내가 증명해!! 그런데 모두 견디지 못했어. 져야 할 필요가 없는 책임에 짓눌려갔어. 우리가 이 목숨을 걸고 구했던 사람들은 초췌해지고 결국은 '실종'되었어! 그 대로의 의미가 아닌 건 알겠지? 사방이 벽으로 둘러싸여 있고 수많은 렌즈로 가득 메워져 있는 이 학원도시에서, 어떻게 하면 인간이 사라질 수 있지?!"

정말로 추한 것은, 바깥일까, 안일까.

아니면 그 중간일까. 애초에 경계 따위는 어디에도 없는 것일까.

'어두운 부분'이라는 말은 카미조도 가끔 들을 때가 있었다. 다행히 그 자신이 직접 삼켜질 기회는 별로 없었지만.

하지만 네오카가 하는 그 말은, 지금까지의 인상을 뒤집는 것 같

았다.

원래 어둠은 그저 두려워하기 위해 존재하는 것이 아니라, 사람을 부드럽게 감싸 안녕과 수면을 가져다주기 위해 있는 불가결한 것. 모든 것이 정보화되고 주위가 벽에 둘러싸여 있기 때문에 물리적으로 행방을 숨길 수도 없다. 그런 일그러진 도시에서는 더더욱 필요한 존재였다.

"어둠이 필요했어, 도망칠 곳이 없는 이 도시에는!! 누구의 눈도 닿지 않는, 마음과 몸의 상처를 천천히 치유하고 다시 한번 복귀하기 위한 어두운 영역이. 전부 다라고는 하지 않겠어. '어두운 부분'이 학원도시를 지배한다는 이야기에 흥미는 없어. 그래도, 그래도 다!! 이런 웅덩이 안이 아니면 안도를 얻을 수 없는 사람들도 확실히 있었단 말이다!!"

'그' 아레이스타가 설계한 도시다.

쓸데없고 쓸모없고 무가치하고 무의미한 영역이, 그 정도까지의 규모로 무질서하게 넓어지는 것도 이상한 이야기였다.

신분의 귀천에 상관없이 상처 입은 모든 인간을 감싸는 부드러운 정적. 무례하게 모든 것을 드러내려 하는 강렬한 인공의 빛으로부터 약한 자의 마음을 지켜주는 베일. 즉, 어두운 부분. 그것을 악한 연구의 방패로 사용하기 시작한 자들이 있었던 것이, 애초부터 잘못이었을까.

아무런 잘못도 없는 라스트 오더를 노리고, 궁지에 몰린 마이도노 호시미의 등을 떠밀고, 자기 자신은 결코 손을 더럽히려 하지 않았던… 일그러진 결벽증.

하지만 생각해보면 당연했다.

누구에게나 양보할 수 없는 것 하나 정도는 있었다.

그 남자에게는 원래 싸울 수단 따위는 없었다.

아무리 단련해도, 필요하다고 느끼지 않는 기술을 배울 기회는 없었으니까. 그는 그저 불꽃이나 연기 맞은편에서 도움을 청하는 목소리가 있으면, 수면에 가라앉으려는 가느다란 손이 하나 보이면, 그것만으로도 어디에든 망설이지 않고 뛰어들 수 있었다. 그런 자신을 만들기 위해 심신을 아슬아슬한 데까지 단련했다.

하지만 그렇기 때문에 더더욱 그는 사람의 악의를 물리칠 방법을 몰랐다.

그래서 많은 것을 잃고.

울고, 한탄하고, 미친 듯이 화내고.

달라지려고 하고, 지금까지와는 다른 방향으로 키를 잡고, 실제로 이 도시에 날뛰는 악의를 물어뜯어 자신의 식량으로 삼을 정도의 무언가로 둔갑했다.

그렇게까지 해서라도 지키고 싶었던, 그늘의 성역.

그런 것조차 위협당해, 한 남자는 더 큰 힘에 손을 뻗고 말았다.

"그러니까 나는 지킬 거다."

단언이었다.

이 도시의 정점 그룹에 서 있는 총괄 이사. 당당한 일각이 확실하게 선언한 것이다.

"눈부신 빛이 닿지 않는, 상냥한 어둠으로 가득 찬 침실을. 갑작스러운 폭음에 벌떡 일어날 걱정이 없는 조용한 요람을. 여기까지 떨어진 사람이, 여기에서 걸려서 목숨을 건질 수 있는 안전망을!! 작은 모퉁이만 있으면 돼. 정말로 이런 세계에서 사라져서 없어지고 싶다고까지 고민하는 사람들이, 천천히 시간을 들여서 자기 자신을 다시 바라볼 수 있는 장소만 있다면. 그런 '어두운 부분'을 지키기 위해서라면 나는 얼마든지 금기를 범하겠어. 과학이라는 말과는 거리가 먼 악귀가 되어도 상관없어!!"

그런 이야기가 있었다.

그렇게 '어두운 부분'을 보고 있는 사람이 있었다.

정면에서 말을 받고.

카미조 토우마는, 그 고뇌의 10퍼센트도 실감하고 이해해줄 수는 없었을 것이다. 한 번은 구했을 사람들이 나중에는 차례차례 늪에 가라앉다니, 그런 어떻게 할 수도 없는 고뇌는 이미 상상의 범위를 초월한 것이다.

하지만.

그래도다.

카미조 토우마는 눈을 돌리지 않았다. 그대로 말했다.

"웃기지 마."

역시, 단언.

이 정도까지의 사정이 있다. 그것을 막아 뭉개는 쪽이, 남에게 묻고 망설이면서 한다면 예의에 어긋난다.

자신의 말로, 자신의 행동으로.

카미조 토우마가 네오카 노리토에게 맞서야 하는 때가 왔다.

"…당신 스스로 말했지, 악귀가 되어도 좋다고."

"……."

"즉 처음부터 알고 있었던 거야. 비극을 없애겠다고 하면서, 자기 자신은 예외라는 걸! '어두운 부분'을 지키기 위해서 라스트 오더는 희생되고, 마이도노 같은 인간이 계속 발버둥 치며 괴로워할 것도 다 포함해서!! 그런 거, 아무것도 바뀌지 않아. 당신은 '어두운 부분'을 컨트롤하고 있다는 것처럼 생각할지도 모르지만, 분명히 그렇게 간단한 게 아니라고!! 휘둘리고 있는 거야, 이미!! 당신 자신도 비극을 만들어내는 쪽으로 전락한 게 그 증거잖아!!!!!!"

정말로 진짜 '어두운 부분'이 어떤 것인지, 카미조는 모른다.

어쩌면 그것은 그 하얀 제1위 쪽이 잘 알지도 모른다.

하지만 여기에 있는 것은 카미조 토우마다.

그가 맞서야 한다. 불행하다고, 불행하다고 하지만, 카미조는 아직 운이 좋았다. '어두운 부분'에 물들지 않아도 되었던 소년이기 때문에, 바깥에서 바라볼 수 있는 이변이 있었던 것이니까!!

"…오늘, '어두운 부분'은 없어질지도 몰라."

지켜봐.

마주 노려봐.

자기 자신의 의문을 믿어. 이런 건 스케일의 크고 작음으로 결론이 바뀌는 이야기가 아니야. 지금까지 대체 무엇을 보아왔지? 총괄 이사 네오카 노리토의 결론이 옳았다니, 그런 주장은 절대로 인정하지 마.

"그렇다면 총괄 이사인 당신이 해야 할 일은, '어두운 부분'에 매달리는 게 아니야. '어두운 부분'이 없어도 모두를 지킬 수 있는 학원도시를 다시 만드는 거였을 거야!! 당신이 한 말에는 근본적인 해결책이 없어. 어떻게 생각해도 이야기의 중심은 '어두운 부분'의 존

속 같은 게 아니야! 불꽃이나 연기 속에서 구조된 사람들이 괴로워
한 만큼 행복해질 수 있는 세상을 만드는 데 있었어! 나 같은 어린
애한테는 꿈과 같은 이야기라고 해도, 실제로 총괄 이사까지 올라
간 당신이라면 할 수 있었을지도 몰라!! 아니야?!"

소년에게는 돈이나 권력 같은 것은 없다.

이런 괴물, 애초에 맞설 수 있는 듯 보이는 것부터가 이미 이상할
지도 모른다.

하지만,

"도망치지 마, 네오카."

1대1이다.

도시에서 살아갈 뿐인 보잘것없는 소년이, 지배자인 총괄 이사에
게 이를 드러낸다.

지금은 그렇게 해주지 않으면, 절대로 안 된다. 그것을 알고 있었
으니까.

"당신은 폭력 따위로 도망쳐서는 안 되었어. 하물며 마술이라는
반칙에 매달려서는 안 되었어, 절대로. 정말로 필요했던 건, 폭력
정도밖에 카드가 없는, 이런 빌어먹을 어린애는 할 수 없는 수수한
노력이었어. 어떤 드라마로도 만들 수 없는, 하지만 확실한 한 발
짝, 한 발짝의 축적이었을 거야! 그렇게 했다면 다른 형태가 되었겠
지. 어른의 밸런스, 보이지 않는 힘? 당신이 마음만 먹으면 전부 보
이게 할 수 있었잖아!! 떨어진 사람들을 주워 올리든, 더 이상 아래
로 떨어지지 않도록 받아내든, 이런 형태의 목숨을 빼앗는 안전망은
되지 않았을 거야!!"

그런가, 네오카는 중얼거렸다.

그대로 오른쪽 총을 들이댔다.

카미조가 아니라, 다른 쪽으로.

"포이어엘!! Au와 Cu 사이, 즉 경로 14에 가공의 단자를 설치하라!!!!!!"

바킹!!! 무언가가 부서지는 소리가 났다.

머리 위에 빛나는 빛의 고리를 쓴 소녀가 풀려서 빛 덩어리가 되고 직선적으로 공기를 태운다.

그러나 뿜어 나온 불꽃이 카미조가 아는 소녀들을 태운 것은 아니다. 방금 그것은 그 중간에 끼어든 카미조 토우마가 오른쪽 주먹으로 흉악한 행동을 잘라낸 소리였다.

"떨리지?"

네오카 노리토는 웃었다

"몸이 아니라 영혼의 중심이!! 과학도, 비과학도 없어. 사람이 표적이 된다는 건 이런 거야. 목숨을 빼앗기는 순간에 입회한다는 건 이런 느낌이야! 여기에는 더 이상 논리 같은 건 없어. 옳으니까 하는 것도 아니야. 나한테는 이것밖에 없어. 이 최악의 방법 이외에 사람이 구원될 비전 따위는 상상도 가지 않아!!"

"인간."

어깨에 올라타고 있던 작은 오티누스가 짧게 소년을 불렀다.

어이없다는 듯이.

그러면서도 어딘가 가엾게 여기는 듯한 목소리로.

"…말의 응수는 이쯤이 한계다. 상황이 파탄이 났다는 건 놈 자신이 가장 잘 이해하고 있겠지. 알면서도 인정하지 못하는 거야. 어딘가에 예상치 못한 패배가 있는 게 당연하잖아, 이 신이 돌봐주지 않는 한은."

"오티누스."

"약삭빠른 지식은 빌려주지. 하지만 싸우는 건 네놈 자신이다. 각오는 되었나? 목숨 아까운 줄 모른다는 것 이외의 말이 없을 정도로 사람 좋은 네놈이야. 슬슬 저 남자를 구하고 싶어졌겠지?"

삐걱!! 둔한 소리가 났다.

보잘것없는 한 소년이.

그래도 자신과 자신을 부딪쳐 밀고 나가기 위해, 오른쪽 주먹을 굳게 움켜쥔다.

"아직…."

피투성이 몸도 무시하고, 카미조 토우마가 이렇게 고함친다.

"아직 기회가 있다면!!"

"하는 건 네놈이야. 한때 이 신을 구한 그 힘을 다시 한번 보여 봐."

4

네오카 노리토는 좌우의 암살 권총을 들고 있었다.

이쪽을 향하는 것은 한 소년.

유리 총신은 네 개. 이것은 어떤 색으로든 쉽게 물드는 작은 소녀들, 각자에게 담겨 있는 패의 수와 직결된다. 그렇다면 구체적으로 무엇을 장전할까? 어떻게 하면 이 소년을 이기고, 자신을 관철할 수 있을까?

불일까, 물일까, 바람일까, 흙일까. 아니면 잘라내는 힘은 그것이외라도 상관없다.

생각해.

그리고 젊은 총괄 이사는 조용히 웃었다.

놓는다.

마술이라는 정체를 알 수 없는 물건을 떨어뜨리고, 자유로워진 두 주먹을 굳게 움켜쥔다.

처음으로… 다.

저 소년뿐만 아니라, 어깨에 올라탄 작은 그림자조차 허를 찔린 얼굴이 되었다.

딱.

딱딱한 바닥에 일그러진 암살 권총이 두 자루 떨어진 순간, 그 남자가 움직였다.

공기를 찢고, 네오카 노리토가 정면에서 달려든 것이다.

"좋지 않아, 인간!!"

"알고, 있, 어!!"

전 레스큐의 정예. 아직 그 강인한 육체를 유지하고 있다면, 신체적으로는 평범한 고등학생에 지나지 않는 카미조 토우마는 발끝에도 미치지 못한다. 그리고 소년의 이매진 브레이커(환상을 부수는 자)는, 이능의 힘만 관여되지 않으면 그저 피투성이 주먹일 뿐이다.

그렇다.

이것이 가장 정답이었다.

학원도시 제1위의 초능력에, 진짜 '마신'이 해방하는 극대의 마술.

그런 것보다 무서운 것은, 누구나 배울 수 있는 당연한 격투기 쪽이다.

"오."

그래도, 여기까지 오면 이제 돌아갈 수 없다.

네오카 노리토는 자신의 자존심을 버리면서까지 이기러 왔다. 마술사도 총괄 이사도 아니고, 레스큐의 육체까지 끄집어내 도전했다.

카미조 토우마가 거기까지 끌어냈다.

가장 보고 싶었던 네오카 노리토가 여기에 있다.

뿌리칠 수는 없다.

조심스럽게 거리를 재고, 스마트하게 행동할 수는 없다!!

"오오!!!!!!"

고함치고, 발을 내디딘다.

전력을 다한 주먹과 주먹이 정면에서 교차한다!!

둔한 소리.

삐걱삐걱. 자신의 귀가 아니라 두개골을 타고 울려 퍼져오는 소리를, 카미조 토우마는 확실하게 자각했다.

역시 순수한 완력 승부가 되면 당해낼 수 없다.

네오카의 주먹은 이쪽의 뺨을 찌르지만, 카미조의 주먹은 아무런 감촉도 되돌리지 않는다. 강대한 적의 얼굴, 그 바로 옆을 허우적거리고 있을 뿐이다.

크로스카운터에는 실패했다.

다만,

"…단순한, 주먹."

뇌가 흔들리면서도, 아직 카미조 토우마의 입은 움직였다.

그대로 말한 것이다.

"이라고 생각했어?"

"?!"

이미 무릎이 덜덜 떨리는 카미조 토우마에게는, 여기에서 맹렬한 러시로 옮겨 갈 만한 체력 따위는 남아 있지 않다.

그래서 움켜쥐고 있던 주먹을, 그저 폈다.

보다 정확하게는, 손바닥 안에 숨기고 있던 무언가를 네오카 노리토의 얼굴 바로 가까이에서 드러낸 것이다.

그 정체는, 자신의 피. 온몸이 피투성이라 얼마든지 몸을 더럽히고 있는 그것을, 다섯 손가락으로 튕기듯이 날린 것이다. 핏방울의 형태로.

하지만.

이런 것이라도, 사용하기에 따라서는 확실하게 눈을 뭉개는 무기가 된다.

"비겁자라 미안해."

"치잇!!"

눈가에 묻은 피를 닦듯이 손가락을 대고 머리를 좌우로 흔들지만, 그래도 빈틈은 빈틈이다.

피에는 응고 작용이 있다. 산소 또는 다른 생체를 만나면, 특히.

"레스큐라는 말이 나왔을 때부터, 주먹다짐이 되면 이길 수 없겠다고 생각했어. 그래서 촌스럽더라도, 탐욕스럽더라도 반드시 이길 수 있는 방법을 생각해야 했지. 당신과 마찬가지로!!"

다시 자세를 잡아도, 이미 머리가 흔들리는 카미조에게는 대단한 힘은 남아 있지 않다.

그래도.

있을까 말까 한 힘을 전부 모아서.

"만일, 이런 방법이 아니면 소중한 사람은 지킬 수 없다고 한다면."

네오카 노리토는 눈을 쓰지 못한다.

그런 그가 다음에 의지할 것은, 아마 귀.

순수한 격투기가 무섭다면, 그것을 쓸 수 없는 상황으로 몰아넣으면 된다. 하지만 네오카는 네오카대로, 눈을 당한 상황에서 이제 와서 엎드려 발치의 영적 장치를 찾을 수도 없을 것이다. 이기기 위해서는 억지로라도 주먹으로 계속 도전할 수밖에 없다.

"만일, 형태가 없는 자기 속박에 매여버렸다면."

카미조 쪽에서도 그러지 않으면 곤란하다.

두 사람은 아무리 서로를 이해하게 되더라도 적. 여기에서 시간을 벌게 해서 카미조가 쓰러지기를 기다린다는 것은 최악이다. 그러니까 그렇게 되지 않도록 카미조 쪽에서 입을 연다. 소리로, 목소리로, 귀로, 네오카가 이쪽을 향하도록 유도한다. 도저히는 아니지

만, 자신 쪽에서 다시 한번 코앞으로 달려들 만한 발놀림은 기대할
수 있을 것 같지 않다.

그러니까, 이번에야말로.

최후의 일격을 때려 넣기 위해.

"우선은, 그 환상을 부숴주지!!!!!!"

그 주먹이 한계였다.

오른쪽 손목에 확실한 반응이 돌아오는 것을 확인하고, 네오카
노리토가 쓰러진 것을 확인한 직후. 카미조 토우마도 털썩 하고 무
릎부터 쓰러졌다.

5

그렇게 격렬하던 진동과 총성이 어느새 그친 상태였다.

하얀 머리카락에 붉은 눈동자의 괴물, 액셀러레이터(일방통행)는
비밀 취조실의 두꺼운 문에 등을 기댄 채 바닥에 주저앉아 있었다.
한쪽 다리를 쭉 뻗고, 한쪽 다리를 끌어안고, 천장을 올려다보며.
그렇게, 제1위는 하나의 끝을 확인했다.

결국… 이다.

그 괴물은 한 번도 문 밖으로는 나가지 않았다.

만일 학원도시 제1위의 초능력을 전력으로 행사했다면, 이런 사
소한 전투 따위는 1초도 안 되어 분쇄할 수 있었을 텐데도.

『이히히, 괜찮았던 걸까요?』

"시끄러워."

악마의 유혹만큼 성가신 것도 없다. 액셀러레이터(일방통행)가 허공을 향해 속삭였을 때였다.

삐걱거림… 과는 다를 것이다.

하지만 문을 통해, 맞은편에서 무언가가 기대는 것 같은 자극이 제1위의 등에 확실하게 전해졌다.

『…끝났어 하고 미사카는 미사카는 중얼거려본다.』

"……."

『들려? 여기, 두꺼운 것 같으니까 안 들릴지도 모르지만.』

"시끄러워. 일일이 대답해야 하는 거냐, 이거."

작게 한숨을 쉬며 액셀러레이터(일방통행)는 겨우 입을 열었다.

'공기'라는 것에 형태는 없다. 능력자가 방출하는 보이지 않는 미약한 AIM 확산 역장마저 계측하는 학원도시의 기재를 사용해도, 그런 것은 확인할 수 없을 것이다.

하지만.

확실하게, 그런 대화로 무언가가 바뀌었다.

『이제 멈출 수 없네 하고 미사카는 미사카는 쓸데없는 확인을 해 보기도 하고.』

"불만이야?"

『당신이 결정한 일이라면, 미사카는 그렇게 할 거야.』

순종적인 말투는, 지금까지 클론 인간이 걸어온 길을 단순히 바라보자면 결코 기분 좋은 어감은 아닐지도 모른다. 하지만 약간의 차이를 액셀러레이터(일방통행)는 여실히 파악했다.

법률이나 도덕.

일반 속세의 행복과 불행.

그런, 교과서화된 척도에 비추어 본 것이 아니다. 액셀러레이터(일방통행)의 말을 듣고 제1위의 명령대로 따르는 것이 아니라 자신의 머리로 생각한 후에 찬동 의사를 표명한다. 섬세해서 언어로 표현하기는 어렵지만, 둘은 전혀 다른 것이다. 지금의 라스트 오더라면 액셀러레이터(일방통행)의 말을 듣고 스스로 부정 의사도 표현할 수 있을 것이다.

끊기게 해서는 안 된다, 하얀 괴물은 혼자 생각했다.

정면에 떠 있는 악마가 말없이 실실 웃었다.

"이걸로 됐어."

가만히.

킹 앞에 결정적인 말을 놓듯이, 제1위는 말했다.

"내 팔다리로, 이 도시 구석구석까지 내 의사를 통하게 할 수 있다는 건 이번 일로 확실해졌어. 쇠창살 안에서도 도시 전체를 둘러보고 움직일 수는 있지."

그렇다.

학원도시는 빌어먹을 놈들의 소굴이었다. 사건을 해결해도 구원받지 못하는 사람들뿐이고, 죽어도 낫지 않는 수준의 바보는 얼마든지 들끓는다.

그리고 기대에 응해주는 사람들은 확실히 있었다.

전부 다 액셀러레이터(일방통행) 같은 특별한 틀은 아닐 것이다. 흔한 교사가 안티스킬(경비원)로서의 방탄 장비를 걸치고 현장에 달려가고, 구급대원이 다친 사람을 병원까지 옮기고, 의사는 자신의 임무를 철저하게 다하고. 아니, 그런 전문직조차 아닌, 평범한 학생이나 회사원도 혼란을 참고, 자신이 할 수 있는 일을 생각하고, 특별한 재능에 의지하지 않고 할 수 있는 일은 없을까 하고 필사적으로 생각해주었을 것이다.

모두 다 악당을 때려눕힐 필요는 없다.

평소의 매일을 지키고, 사태 해결을 위해 움직이는 히어로들이 일직선으로 달려갈 수 있도록 길을 비워주는 것만으로도 충분한 '힘'이 된다. 분명 액셀러레이터(일방통행)가 모르는 곳에 여러 가지 드라마가 있고, 그렇게 큰 힘을 묶은 사람들은 자신이 해온 위업을 깨닫지조차 못할 것이다. 당연하게 할 수 있는 사람들은, 그렇게까지 강한 존재이다.

그 반응을 느낄 수 있었다.

이상론으로는 되지 않고, 현실은 혹독한 일뿐일지도 모르지만.

그래도, 이 도시는 신용할 만하다… 고.

"…그렇다면 이걸로 됐어. 나도, 이제 슬슬 '하얀 괴물'을 반납하겠어. 결국 타인이 억지로 떠넘겨서 스스로 뒤집어쓴 이름이야. 시시한 옷은 여기까지로 해두지. 그 정도는 하지 않으면, 나는 진정한 최강이라고는 부를 수 없어."

『……,』

"…함께할 의리는 없어. 내 인생을 내가 결정한 것처럼, 네 인생은 네 거야. 품기에는 무겁다고 생각했을 경우에는 얼른 버려."

『갈 거야. 미사카도 스스로 결정할 거야. 그럼 매일이라도 얼굴을 보러 갈게! 하고 미사카는 미사카는 떨림이 멈추지 않게 되어보기도 하고!!』

바보 같은 놈이군, 액셀러레이터(일방통행)는 내뱉었다.

하지만 그 표정을 아는 사람은, 아마 초자연 현상의 악마 이외에 없을 것이다.

취조실답게 이 방에는 '특수한 구조의 거울'이 있지만, 그쪽에 시선을 던질 생각도 없다.

다른 사람은 모를 것이다.

사람의 수만큼 연결 방식은 존재한다. 천차만별 중 하나쯤 이런 것이 있어도 좋을 터다.

가까이 기대지 않으면 소녀의 눈물은 멎을 수 없다. 하지만 말로 묶어두어서도 안 된다.

그래서 한 명의 '인간'은 이렇게 말했다.

두 사람밖에 모르는, 절묘한 힘 조절로.

"기대는 안 해."

행간 X

흐음.

뭐, 제1세트는 이 정도일까.

종장 눈과 심홍이 뒤덮는다
White_End(and_Merry_Xmas!!)

사건은 끝났다.

그러나 근본적인 것을 잊어서는 안 된다.

"우우…."

"잠깐, 너, 괜찮아?!"

"토우마, 왠지 이제 옷에서 피가 배어 나오고 있다는 차원이 아니야. 새빨개."

삐죽삐죽 머리 소년이 비틀거리는 것도 무리는 아니다. 어쨌거나 마이도노 호시미의 기습을 받고 옆구리를 찔린 사실은 사라지지 않은 것이다. 미사카 동생의 손으로 엉성하게 봉합은 했지만 기본적으로 상처는 그대로다. 게다가 그 후에도 마이도노나 네오카와 전투 속행, 유리나 쇳조각을 잔뜩 뒤집어쓴 덕분에 몸은 엉망진창이다. 카미조 토우마, 우선 크리스마스이브에 병원행은 확정. 바라건대 입원만은 피하고 싶은 마음이었다.

주위는 완전히 밤이었다.

"…네오카… 라."

"그 이상 할 수 있는 일은 아무것도 없겠지."

어깨 위의 오티누스는 메마른 어조로 말했다.

다만 그녀는 '이해자', 소년을 지탱하는 방법이라면 잘 알고 있다.

"게다가 놈이 납득할 수 있는 학원도시를 만들 수 있을지, 어떨지는 네놈의 어깨에도 걸려 있어. 위의 인간이 부른 것만으로 도시의 형태가 통째로 바뀌는 건 아니야. 부름에 응하는 자가 없으면 단상에 선 발안자를 고립시킬 뿐이지."

기나긴 계단을 이용하는 것은 포기한 모양이다. 대형 틸트로터기를 이용해 새삼스럽게 서둘러 온 안티스킬(경비원)에게 네오카 노리토와 함께 있던 여의사와 헬기 파일럿 등을 맡기고, 카미조 일행은 일단 지상으로 향한다. 그러나 70층 건물이고, 게다가 엘리베이터는 움직이지 않는다. 자력을 조종하는 미사카 미코토가 없었다면 정말이지 육지의 외딴섬 상태가 되었을 것이다.

"왠지 사람이 늘었네."

"이브 밤이라서 그런 거 아니야?"

그런 날에 피투성이가 되어 주먹을 휘두르고, 유급할지 어떨지도 알 수 없는 어중간한 상태로 얼어붙은 밤거리에 내팽개쳐진다는 등 더욱더 카미조 토우마의 연애 레벨이 절멸 직전까지 떨어졌지만, 거기에서 그는 보았다.

작은 기적을.

"아, 아저씨?"

"너 왜 그래."

"잠깐만!! 있잖아, 라멘 가게 아저씨이?!"

상처의 아픔도 날아가 인파를 헤치다시피 하며 등을 쫓아가 정면으로 가보니, 분명히.

그 아저씨였다.

국물을 내는 재료는 닭 뼈인지 해물인지 물으면 '몰라. 화학과 합성?'이라고 손님 앞에서 당당하게 말해버리는, 그러나 학교에서 돌아오는 학생을 위해 공기 한 개분의 작은 라멘을 만들어주던 그 아저씨가. 이상한 도넛의 파도에 휩쓸려 어디론가 사라졌다고 생각했는데 이런 곳에 있었다! 학원도시의 혼은 아직 죽지 않았던 것이다!!

이브 밤에도 수건을 비틀어 이마에 동여맨 사람은 중고차 딜러를 가리키고 있었다.

카미조가 피투성이든 뭐든, 아저씨는 우선 아저씨였다.

자신의 길을 가리키며 흔들리지 않는 남자는 말한다.

"어떤 형태든 가게가 없으면 어떻게도 되지 않지만, 이 추위에는 자신의 손으로 덜컹덜컹 미는 노점 같은 건 힘드니까 말이야. 다음에는 키친카로 할까 생각 중이야. 해가 바뀌기 전에는 다시 시작하고 싶군."

"오, 오오오…."

"싸구려 중고차라면 2만 정도면 살 수 있고."

"오오오오오오오!! 이거야! 일의 기준부터가 전부 망가진 상태야!! 이, 분명히 주인이 차례차례 죽어 나갈 것 같은 차를 망설임 없이 고르고 그 안에서 만든 요리를 손님에게 대접해버리는, 섬세함이라는 말이 1밀리그램도 없는 느낌! 유행하는 도넛 따위로는 흉내낼 수 없는 확실한 두께, 이게 우리의 방과 후다아!!"

장외 난투를 벌인 프로레슬러처럼 피투성이로 흥분하는 카미조는, 뒤에 남겨진 소녀들이 하나같이 입을 작은 삼각형 모양으로 만든 것을 아직 눈치채지 못한다.

배달 알바를 고용하는 것은 돈이 드니까 다음에는 스마트폰 택배에 맡기겠다고 말한 아저씨와 손을 흔들고 헤어졌다. 간신히 듣게 된 밝은 뉴스다. 그 화학식을 극한까지 추구한 플라스틱보다도 인공물 냄새가 나는 라멘을 화면에 탭 하나로 어디에서나 먹을 수 있게 되었다. 이 얼마나 정신 나간 새벽이 기다리고 있단 말인가. 애초에 가게 안에서 주의 깊게 주방을 노려보고 있어도 평범하게 위험한 라멘이 나오는데, 원격 조작으로 서로의 얼굴도 보이지 않는다면 대체 무엇을 얼마나 그릇에 처넣을지 알 수 없다. 이 정도면 가벼운 러시안룰렛이 아닌가!

희망과 기대가 멈추지 않는다.

야경과 연인들로 가득 메워진 전구 장식투성이의 거리에서, 그래도 어떤 색에도 물들지 않는 아저씨의 등을 지켜보면서 카미조는 상쾌한 웃는 얼굴이 되었다.

연말에 좋은 것을 보았다.

정신이 들고 보니 소년은 가만히 중얼거리고 있었다.

"내년도 밝은 한 해로 만들어야지."

"…일단 확인하겠는데 오늘은 크리스마스이브지? 뭐야, 이 공기. 너 시공의 일그러짐 같은 장소에 삼켜진 거 아니야?"

어쨌든.

그만한 소동이 있었어도 많은 사람들에게는 상관없었다. 친구, 가족, 그리고 연인들. 여러 덩어리가 되어 사람들은 전구 장식으로 가득 메워진 거리를 걸으며 서로 웃고 있다.

하지만.

근본적인 부분은 해결되지 않았다.

"네오카 건은 그걸로 정리되었지만, 놈이 손을 잡았던 외부 세력은 그대로 남아 있지."

어깨에 올라탄 작은 오티누스가 그렇게 말했다.

"…R&C 오컬틱스. 점이나 주술을 축으로 해서 각 업종에 기어드는 거대 IT… 인가. 또 세계는 묘한 방향으로 뻗기 시작했군."

정보는 인터넷을 통해 전 세계에 평등하게 흩뿌려지고 있다.

얼핏 보면 즐거워 보이는 이 사람들도 실제로는 어떻게 되어 있을지 아무도 모른다. 여기저기에 휴대전화나 스마트폰을 만지작거리고 있는 소년과 소녀가 넘쳐나고 있다. 겉보기로는 친하게 서로 웃고 있어도, 그 작은 화면에 표시되어 있는 것은 과연 무엇일까? 어쩌면 형태 없는 호기심으로, 또는 구체적인 콤플렉스에 부추김을 당해서. 어디에 본사가 있는지도 알 수 없는 기업 사이트에 접속해, 아무도 본 적이 없는 초자연 현상의 존재를 알고, 자, 실제로 어디의 누가 시험해보자고 생각했을지. 이미 씨가 뿌려지고 만 이상, 잠재적인 위협은 확실하게 커지고 있다. 그리고 이 문제는, 과학 측의 학원도시만으로는 해결할 수 없을 것이다. 물론 반대로, '바깥'에 뿌리를 내리고 있는 마술 측의 인간만으로도.

이번 상대는 확실하게 '빈틈'을 노려대고 있다.

연계에 실패하면 그만큼 시간적인 소모가 커지고, R&C 오컬틱스의 영향력은 순식간에 침투할 것이다. 마침내 에어컨이나 휴대전화처럼, 끊어도 끊을 수 없는, 끊고 싶어도 끊을 수 없는 존재가 될 때까지.

원래부터 능력자는 세계 전체 인구로 보자면 소수파일 터였다.

그것은 모두의 부러움을 사는 강한 소수파이기도 했을 터였다.

하지만.

만일, 전 세계의 인간이 마술을 쓸 수 있게 된다면?

그런 초자연 현상을 숨길 필요도 없이, 지극히 당연하게 보급되고 만다면?

능력자는 마술을 쓸 수 없다.

그렇다면 쓸 수 없는 인간은 약한 소수파로서 천천히 쇠퇴할지도 모른다.

하지만.

그러니까, 그것만으로 싸운다는 것은, 정말로 한 조각의 그늘도 없이 '옳은 행위'라고 부를 수 있을까?

혹시.

필사적인 저항조차도 '악한 행위'라고 단정되는 시대가 오는 것은 아닐까.

"……."

(정말로, 이걸 노린 거라면. 터무니없는 데서 뒤집은 게 된다고….)

얼굴도, 이름도 알 수 없는 적.

그 녀석은 학원도시의 외벽을 뛰어넘어, 안에 숨어들 필요조차 없다.

그저 정보를 제공하기만 해도 끝없이 강적을 만들어낼 수 있다.

"…눈이다."

인덱스가 그렇게 중얼거렸다.

그녀는 삼색 고양이를 두 팔로 안은 채 위를 올려다보며,

"눈이 내리기 시작했어! 화이트크리스마스가 될 거야, 토우마!!"

카미조는 작게 웃었다.

보이지 않는 위협은 있다. 하지만 직접 손이 닿는 범위에 있는 것은 제거했다. 그렇다면 오늘 하루 정도는 전부 잊고 승리의 여운에 잠겨도 되지 않을까. 계속 고민하고 있으면 다음 적이 오기 전에 마음이 망가지고 만다. 그러니 크리스마스 정도는 큰 소란을 떨어도 되지 않을까. 그렇게 생각을 전환하려고 한 것이다.

그러나.

"흠, 흠, 흠흠♪"
그것은 어린 소녀의 목소리였다.
그리고 들은 적이 있는 것이었다.
저도 모르게 돌아보고 카미조 토우마는 진심으로 싫다는 얼굴을 한다. 어젯밤, 편의점 뒤에서 발견해버려서 떠안았더니, 그 후로 불량배들에게 온 도시를 쫓겨 다니는 계기가 된 그 질척한 어린 소녀(?)다. 옷차림은 여전해서, 이 차가운 하늘 아래에서도 알몸. 가까스로 완만한 가슴에 한 손으로 얇고 붉은 천을 끌어모으고 있는 정도였지만, 카미조는 그것이 옷인지, 침대 시트인지도 판별할 수 없다.
하지만 여기에는 인덱스와 미카사 미코토와 오티누스가 있었다.
섞이지 마라, 위험 정도의 이야기가 아니었다.
어린 소녀의 눈동자는 이쪽을 정확히 겨냥하고 있다. 무언가 즐거운 것을 발견했다는 다우너한 기쁨에 가득 찬 시선으로!!
말했다.
분명히 놈은 이쪽을 보며 말했다.

"찾··· 았다☆"

"그만해, 아직 세이브하지 않았으니까!! 이런 곳에서 풀로 얻어
맞으면 다시 일어설 수 없게 되어버릴 거야아!!"

누구보다도 빠르게 방어 자세를 취한 카미조였지만, 상대는 아랑
곳하지 않았다. 놀랄 만큼 매끄럽게 인파를 빠져나와, 그대로 벌벌
떠는 소년에게 정면에서 다가온다.

그 미숙한 입술이 가만히 속삭인다.

"메리 크리스마스."

그 손에 들고 있는 것은 스마트폰.

처음 만났을 때부터 들고 있던 것이다.

그리고 지금, 작은 손끝이 명확하게 무언가를 조작하고 있다.

"홈페이지 갱신··· 이라. 미안해, 이런 때까지 일 얘기를 끼워 넣
어서."

"···너···."

"R&C 오컬틱스. 유행을 낳을 만한 경향에는 도달했겠지만, 그래
도 궤도에 오를 때까지는 조금 더 내가 직접 돌봐줘야지?"

깜짝 놀라 눈을 크게 뜬 것은 오티누스였다.

물론 그것은 다우너한 어린 소녀의 모습 따위에 놀란 것이 아니
라,

"설마, 이 녀석···?"

"오티누스?"

"떨어져, 인간!! 이 녀석은 나와는 비슷하면서도 다른, 이미 '마
신'에서도 탈선한 별격(別格)의···."

아랑곳하지 않았다.

어린 소녀는 자신의 입술에 검지를 댄다.

누구나 알고 있는 침묵의 신호이지만, 실은 그 기원이 이집트 신화의 비밀 의식으로까지 거슬러 올라간다는 것을 지금 시대의 사람들은 이해하고 있을까.

그대로 씩 웃으며 어린 소녀는 말을 꺼냈다.

"이 어린 모습이 신경 쓰여? 이런 초라한 모습이 된 건 내 의사는 아니지만. 귀찮단 말이야, 그걸 한다는 건. 뭐 오늘은 특별한 하루고, 분발해줘도 좋으려나, 그걸 해도."

그렇게 말하며 그녀는 무언가를 작은 손 안쪽에서 만지작거렸다.

커다란 알사탕이라고 부르기에는, 그 색은 불길한 검은색.

소위 말하는 환약을 손에 든 채… 였다.

변화가 있었다.

그것은 글래머러스한 몸을 아낌도 없이 드러낸 미녀이고, 스트로베리 블론드의 긴 머리카락을 몇 가닥이나 납작하게 땋아 묶은 요녀이고, 곳곳에 장미 디자인을 곁들여 자신을 꾸민 마녀였다.

종합해서 말하자면,

"안나 슈프렝겔!! 이야기 정도는 들었지만, 설마 육체를 가진 형태로 존재했다… 고?!"

그 신조차 자신이 보고 있는 것을 믿을 수 없다는 듯이 외쳤다.

오래된 마술 결사 '장미'의 중진이자, 세계 최대라고 불렸던 '황금'의 창설 허가를 내린 전설의 마술사. 그녀는 마술사의 최종 도달 지점이라는 '마신'에게 시선조차 던지지 않았다. 그대로 바로 가까이에 있던 소년의 목덜미에 두 팔을 감은 것이다.

"그럼, 새삼스럽지만."

모두가 보고 있는 앞에서,

검은 약을 입에 머금은, 명확하기 짝이 없는 선전 포고가 있었다.

"메리 크리스마스, 기억이 없는 나의 적. 오늘은 멋있더라?"

겹쳐진 것은, 입술과 입술.

환약 맛투성이의 일격이, 카미조 토우마의 뇌 안쪽까지 꿰뚫었다.

— 다음 권에 계속 —

작가 후기

그런 연유로 새삼 처음 뵙겠습니다, 카마치 카즈마입니다.

넘버링이 바뀌었습니다!! 그래서 이번에는 창약 시리즈가 되었어요. 이번에는 로라와 아레이스타, 각각 조직의 옛 톱이 사라진 세계에서 흔들리는 정세를 기본으로 깔면서, 모처럼 넘버링을 새로 했으니까 여기에서부터도 즐길 수 있는 것을 생각해서 이야기를 진행했습니다.

이벤트상으로는 크리스마스이브!! …요즘 핼러윈에 밀리는 것 같다는 이야기도 들리지만, 역시 즐거운 걸로 하고 싶지요. 시기상으로는 겨울방학에 접어들고 말았지만, 담임 선생님이나 같은 반의 짓궂은 친구들을 내보내서 학교의 느낌을 담아보았습니다.

작품 전체를 설명하는 첫 번째 권이기도 하기 때문에, 다이내믹한 능력 배틀을 전개하면서도, 거기에서 그치지 않고 마술에까지 발을 들여보았습니다. 역시 과학과 마술이 있어야죠.

그리고 다루는 내용은, 이 시리즈 안에서는 비교적 항상 중심에 놓여 있던 '천사'. 드, 드디어 배틀 내에서 독일어를 쓰고 말았는데요, 모두 웃지 마세요! 일단 의미 같은 것도 있었으니까요!

그 왜 R&C 오컬틱스를 통솔하고 있는 그분이 한때 독일 제1성당을 통솔하고 있었던 거라든가 생각하면, 이게 가장 알기 쉬운 힌트가 되려나 하고요. 말이 난 김에, R&C에 대해서도 특별히 꼬지는 않았습니다. 이쪽은 영어로 치환했지만요. 목차를 본 순간 아아, 이거구나 하고 생각하신 분이 대부분 아니었을까요.

마이도노 호시미와의 싸움에 대해서는 지반이나 고층 빌딩 자체를 움직이기보다도, 최고 속도의 무인 화물 열차를 지상에 불러내서 통째로 처넣는 공격이 매력이 아닐까요.

순수한 파괴력만 보자면 레일건(초전자포)을 뛰어넘는다고 주장하는 부분에서, 콤플렉스 덩어리를 겉으로 드러낼 수 있다면 좋겠다고 생각합니다.

또 여기에서는 카미조가 말했던,

『별로 부럽지 않아, 당신의 능력..』이라는 말이 일격에 그런 마이도노의 자존심을 산산이 부수는, 학원도시의 모든 일그러짐을 내포하고 있는 것 같아서 마음에 듭니다. 그래요, 단순 파괴력'만'으로는 동경으로 이어지지는 않는 거지요.

아이들의 동경이란 뒤집어서 보면 매우 날카롭게 꽂히거든요. 그리고 아무리 뒤에서 거액이 움직이고 있어도, 사람을 죽일지도 모를 정도의 위험성을 갖고 있어도, 현장에 있는 당사자들에게 제일 중요한 건 그 동경의 부분이죠. 레벨 5든 6이든, 그건 공통의 가치관으로 알기 쉽게 동경을 모으기 위한 기준의 하나일 뿐이고, 지금까지의 사투에 의해 여러 사고방식을 보아온, 선을 넘은 자들에게는 반드시 필요한 항목은 아니랍니다.

젓가락을 쓸 수 없다.

당연하다고 생각하고 있던 일을 할 수 없게 된다. 이것 또한, (뭐든지 요령 좋게 해내는 예의 바른 반장이었던) 마이도노에게는 쌓아온 프라이드라는 통화(通貨)가 통째로 폭락할지도 모르는, 폭탄이었던 것이지요.

반대로 말하자면 서류상의 레벨이 몇이든 누군가의 동경을 받는 인물이 될 수 있다면 그걸로 전부 이기는 것이고, 이 부분을 가미하면 카미조 토우마나 액셀러레이터(일방통행)가 그 목숨이나 인생을 깎아내면서까지 무엇을 이루려고 했었는지가 알기 쉬워질 거라고 생각합니다. 거기까지 자신을 몰아넣을 필요는 없다, 안전하게 중도에서 포기해도 상관없다, 하지만 그렇게 하지 않는다… 단순하지만, 그런 것에 몸과 마음을 전부 바쳐서 스스로를 관철하는 것이 아이들 사회의 재미일까 싶네요.

인터넷을 통한 점이나 마술 굿즈 판매는 황당무계한 것 같지만 실제로 여기저기에 사이트가 있습니다.

자기 자신은 몰라도 관심 있는 짝사랑 상대의 이름이나 생년월일까지 멋대로 보내버리는 건 위험한데!! 라고 생각은 하지만, 뭐 사람의 가치관은 제각각이려나요. 지금까지는 학원도시나 런던 등 장소에 집착한 면도 있어서, 본사의 소재지가 일체 불명, 인터넷을 거점으로 날뛰는 마술 결사라는 것도 재미있을 것 같다고 생각해서 설정을 만들었습니다.

허브 조합이나 3D 프린터 등, 위험한 장난감도 이것저것 범람하는 시대고요. …3D 프린터는 VR 고글과 마찬가지로, 기술 자체는 재미있으니까 뭔가 조금만 더 터질 계기가 있으면 좋겠다고 바라지만요.

액셀러레이터(일방통행)에 대해서는, 새 총괄 이사장으로서의 절대적인 권한을 손에 넣으면 제일 먼저 뭘 하고 싶을까? 하고 생각했을 때 자연스럽게 떠오른 답이 이거였습니다.

누구를 꺼릴 필요도 없게 되었다면, 아무리 생각해도 자신의 손으로 '어두운 부분'을 뭉개버리고 어깨의 짐을 내려놓겠지 하고요. 신약 22 리버스에서는 '모두의 모범이라고 부를 수 있는 제1위가 되지 못한' 것을 후회했던 액셀러레이터(일방통행)지만, 그렇기 때문에 더더욱 진정한 의미로 자유를 손에 넣는다면 마음껏 '모두의 모범이 되는 누군가'가 되려 하지 않을까 하고요. 어떠셨을까요?

그리고 덮쳐오는 질척한 소녀. 마지막의 그거, 작은 채로 할지, 본래의 모습을 발휘할지는 조금 고민했습니다. 사실을 말하면 이게 신약 23이었다면 서장에서의 등장은 없었을 거예요. 학원도시 바깥에서 참견 중이던 걸로 여겨지던 흑막이 실은 안쪽에 숨어 있던 것만으로도, 갑자기 마지막의 한 발로 충분히 놀래기로는 통할 거라고 생각하고요. 다만 이번에는 넘버링을 새로 바꿨으니까, 이 한 권 안에서 제대로 고리가 닫히는 형태를 목표로 했습니다.

원래, 놀이 부분이라면 전력을 다하는 아레이스타나 오티누스와 같거나 그 이상인 캐릭터이기는 하니까, 이건 이것대로 정답일 것 같아요.

안나가 '성실하게' 음모를 계획한다는 것도 왠지 아닌 것 같고요.

놀이 부분은 이해하면서도 기본은 조직의 보스로서 단호하게 결정하는 레이비니아와도 또 다른, 퇴폐적인 '질척'거리는 느낌을 목표로 갈 수 있기를 바랍니다. …하지만 그렇게 생각하면, 우방의 피안마는 성실하게 음모를 꾸미고 있었던 거네요. 그의 경우, 어쩌면 마음에 놀이라는 부분이 없었기 때문에 인생이 파탄 나버렸는지도 모르겠지만요.

 일러스트를 그려주신 하이무라 씨와 이토 타테키 씨, 담당 편집자 미키 씨, 아난 씨, 나카지마 씨, 하마무라 씨께 감사드립니다. 1년에 한 번인 그날이 왔습니다. 맞아요. 아마 배경을 그려 넣기가 가장 귀찮을 크리스마스이브입니다!! …정말로 폐를 끼쳐서 죄송했습니다. 앞으로도 잘 부탁드려요. 그리고 독자 여러분께도 감사드립니다. 학원도시식의 크리스마스이브는 어떠셨을까요? 모처럼의 특별한 하루. 바라건대, 여러분이 등장인물의 행복을 바라며 페이지를 넘겨주시기를. 여기까지 읽어주셔서 정말 감사합니다.

 그럼 이쯤에서 책을 덮어주시고,
 다음번에도 또 책을 들어주시기를 바라며,
 이번에는 여기에서 붓을 놓을까 합니다.

역시 넌 정키푸드가 어울리는군, 카미조 토우마

카마치 카즈마

창약 어떤 마술의 금서목록 1

2021년 12월 8일 초판 인쇄
2021년 12월 15일 초판 발행

저자 · KAZUMA KAMACHI
일러스트 · KIYOTAKA HAIMURA
역자 · 김소연
발행인 · 황민호
콘텐츠4사업본부장 · 박정훈
콘텐츠4사업본부장 · 김순란 강경양 한지은 김사라
마케팅 · 조안나 이유진 이나경
국제업무 · 이주은 김준혜
제작 · 심상운 최택순 성시원
일본어판 오리지널 디자인 · HIROKAZU WATANABE
한국판 디자인 · 디자인 우리
발행처 · 대원씨아이(주)

서울 특별시 용산구 한강로3가 40-456
편집부 : 02-2071-2104 FAX : 02-794-2105
영업부 : 02-2071-2061 FAX : 02-794-7771
1992년 5월 11일 등록 3-563호

http://www.dwci.co.kr/

원제 SOYAKU TOARU MAJUTSU NO INDEX Vol.1
ⓒKazuma Kamachi 2020
Edited by 전격 문고
First published in Japan in 2020 by KADOKAWA CORPORATION, Tokyo.
Korean translation rights arranged with KADOKAWA CORPORATION, Tokyo,
through Korea Copyright Center Inc.

ISBN 979-11-362-9440-1 04830
ISBN 979-11-362-9439-5 (세트)